사마쌍협

邪魔雙俠

사마쌍협 5

월인 新무협 판타지 소설

초판 1쇄 찍은 날 § 2003년 2월 5일
초판 1쇄 펴낸 날 § 2003년 2월 15일

지은이 § 월인
펴낸이 § 서경석

편집장 § 문혜영
편집책임 § 장상수
편집 § 박영주 · 김희정 · 유경화
마케팅 § 정필 · 강양원 · 이선구 · 김규진 · 홍현경

펴낸곳 § 도서출판 청어람
등록번호 § 제1081-1-89호
등록일자 § 1999. 5. 31
어람번호 § 제2-0180호

주소 § 경기도 부천시 원미구 심곡1동 350-1 남성B/D 3F (우) 420-011
전화 § 032-656-4452 팩스 § 032-656-4453
http://www.chungeoram.com
E-mail § eoram99@chol.com

ⓒ 월인, 2002

값 7,500원

ISBN 89-5505-507-2 (SET)
ISBN 89-5505-604-4 04810

월인 新무협 판타지 5

원본연재물

사마쌍협

邪魔雙俠

도서출판
청어람

◆ 제31장

월하광무(月下狂舞)

월하광무(月下狂舞)

　거구의 두 덩치가 조심스럽게 숲을 헤치며 앞으로 나아가고 있었다. 그러나 아무리 조심을 하여도 워낙 큰 덩치 탓에 잠을 청하던 주변의 야조(野鳥)들이 모두 깨어나 다른 곳으로 날아갔다.

　울창한 숲이 조금 옅어지며 두 거구의 모습이 비교적 자세히 드러나자, 거구의 덩치 뒤에 가려져 있던 다른 한 사람의 모습도 같이 드러났다. 보통 사람들 틈에 서면 훌쩍 큰 키에 단단해 보이는 체격이겠지만 두 거구에 비하면 너무나 왜소해 보여 세 사람이 숲 속을 거닐고 있었다는 것을 알지 못할 정도였다.

　"어이, 쌍도끼. 여기쯤이면 되지 않겠나?"

　목염태가 척발시를 보며 조용히 물었다.

　"괜찮긴 한데 너무 좁은 감이 있군. 자네 생각도 그렇지 않나?"

　목염태의 질문을 받은 척발시가 자운엽을 쳐다보며 의향을 물었다.

"없지 않아 그런 감이 있군요. 나야 괜찮지만 철추가 난무하고 쌍부가 비산하는 대결을 펼치는 두 분에게는 비좁을 것도 같은데요."

자운엽이 주변의 공터를 둘러보며 답했다.

'이놈아! 네깐 놈 하나 꿇어앉히는 데 무슨 철추난무나 쌍부비산이 필요하겠느냐? 그냥 한주먹이면 끝날 것을.'

내심 중얼거린 척발시가 어이없는 웃음을 흘리며 목염태를 바라보았다. 목염태 역시 비슷한 웃음을 지었지만 그 웃음 끝에는 무언가 한가닥 석연치 않은 기운이 어려 있었다. 하나 그런 세세한 것까지 읽어낼 예리한 감각을 갖추지 못한 척발시는 동료의 맞장구에 마냥 기분이 좋아졌다.

"으하하! 그런가? 하긴 우리 같은 거구에겐 약간 좁긴 하지. 그럼 좀 더 넓은 곳을 찾아보세."

"그러지요!"

이번에는 자운엽이 앞장서며 더 좋은 장소를 찾아 걸음을 옮겼다.

잠시 더 그렇게 걸음을 옮기자 좀 전에 발견한 장소보다 두 배는 더 넓어 보이는 공지가 나타났고, 세 사람은 자연스레 걸음을 멈추었다.

"여기면 충분할 것 같군요."

"그렇군. 내 쌍부나 저놈 철추가 춤을 추기에는 부족함이 없는 장소야."

척발시가 고개를 끄덕거리며 주변을 한 바퀴 둘러보았다.

한 십 년 전에는 누군가 밭을 일구고 살았음 직한 넓은 공터가 낙엽이 쌓인 채 달빛을 받고 있었다.

'아무래도 속을 알 수가 없는 놈이야.'

척발시는 자신과 비슷한 모습으로 주변을 둘러보는 자운엽을 쳐다보며 고소를 머금었다.

무게나 덩치, 어느 것으로 따져도 반밖에 되지 않을 애송이 꼬마 놈이 자신들 두 사람과 상대를 해보겠다는 말만으로도 배꼽이 빠질 일이건만, 이놈은 한 술 더 떠 제법 넓은 장소를 골라 주변을 이리저리 살피며 지형지물을 숙지하는 중이었다. 제 딴에는 그 지형지물을 적절히 이용이라도 할 생각인 모양인데 도끼질 한 방이면 주저앉아 버릴 녀석에게 그런 지형지물이 무슨 상관이란 말인가?

"하하!"

척발시는 결국 입 밖으로 웃음을 흘리고 말았다. 그 웃음소리를 들은 자운엽이 천천히 돌아서서 척발시를 쳐다보자 척발시는 얼른 웃음을 지우고 정색을 했다.

"하하! 자네, 예전에 제법 싸워본 모양이군. 싸우기 전에 주변 지형을 차분히 머리에 새기는 것은 아주 좋은 습관일세!"

미리 승리감에 도취한 척발시가 승자의 아량을 한껏 베풀었다.

휘잉─

픽!

저만치서 목염태가 철추를 한번 휘둘러 공터 옆 언덕을 때리자 언덕 한쪽이 둔탁한 비명을 내지르며 산사태라도 난 듯 무너져 내렸다.

"자네도 잘 알겠지만 우리는 내력보다는 외공으로 싸우는 사람들일세. 그러니 미리 몸을 좀 풀어야겠네. 예전에는 이런 것 필요없이 곧바로 철추를 휘둘러도 아무런 상관이 없었는데, 요즈음은 미리 몸을 풀어놓지 않고 설쳤다간 어디 한곳이 삐끗하여 며칠 동안 담이 든단 말일세. 세월에는 장사가 없는 모양이야. 쯧쯧쯧."

목염태가 설명과 함께 다시 몸을 움직이며 철추를 휘둘렀다.

우지끈— 뚝딱!

목염태의 다리통만한 나무들이 철추에 가격당해 풀썩 하고 허리를 꺾었다.

'저런, 주책 맞은 놈! 애송이 꼬마 앞에서 힘 자랑할 일 있나? 그냥 한주먹이면 끝날 일을 가지고 용쓰기는…….'

진지하게 몸을 푸는 목염태의 모습을 보고 척발시는 인상을 찌푸리며 내심 혀를 찼다.

경적필패(輕敵必敗)란 말이 있긴 하지만 열 번을 양보하더라도 아직 뼈도 다 굳지 않은 애송이에게 밀릴 것이란 생각은 들지 않았다.

'하긴 싸우기 전에 미리 겁을 주어 기를 꺾어놓는 것도 좋은 방법이지.'

목염태의 행동을 보고 눈살을 찌푸리던 척발시도 생각을 바꾸고는 등 뒤에 둘러멘 쌍부를 빼 들었다.

"나라고 해서 저놈과 다를 것이 없지. 나이에는 장사가 없는 법이라네."

보통 사람이라면 두 손으로 겨우 들어 올릴까 말까 해 보이는 육중한 쌍부(雙斧)를 척발시가 각각 한 손으로 가볍게 휘둘렀다.

휘익!

육중한 쌍부가 무섭게 휘둘러지며 대기를 가르는 파공음이 공터 가득 울려 퍼졌다.

'대단한 신력이군.'

자운엽은 내심 중얼거리며 두 거한의 움직임을 바라보았다.

휘익—

휘익—

척발시가 철부 두 개를 어지럽게 휘두르다가 옆에 있는 아름드리 나무를 찍었다.

쾅!

우지끈—

자운엽의 허리 굵기만한 나무 한 그루가 단번에 두 동강이 나며 천천히 옆으로 무너졌다.

"하앗—"

목염태의 철추가 넘어지는 소나무를 향해 쾌속하게 날아들었다.

뿌직!

척발시의 도끼질에 허리가 꺾여 넘어지던 소나무의 중간이 목염태가 휘두른 철추에 다시 동강이 나며 제각각 공터 바닥에 뒹굴었다.

"그동안 굳었던 몸이 조금 풀리는구먼. 자네도 몸을 좀 풀지 그러나? 하긴 내공을 쓰는 사람이라면 몸을 푸는 것보다 그 자리에 꼼짝 않고 앉아서 호흡을 조절하는 것이 더 낫겠지."

목염태가 천천히 철추를 거두어 들이며 자운엽을 바라보았다.

목염태의 말대로 자운엽은 그 자리에서 두 거한의 움직임을 바라보며 암암리에 태음토납경의 호흡과 환사일결 화석심공을 한 번씩 끌어올려 보았다. 언제, 어떤 순간에서라도 마음대로 끌어올릴 수 있는 태음토납경의 내력과 아직은 태음토납경만큼 익숙하지는 못하지만 죽음의 고비를 넘기며 단전 깊이 가라앉힌 화석심공의 폭발적인 기운이 의식이 이끄는 대로 무리없이 끌려 올라왔다.

"저도 충분히 준비가 되었습니다."

자운엽이 낮은 숨을 내쉬며 답했다.

"그런가? 정말 기대가 되는군. 아직 젊긴 하지만 자넨 뭔가 무서운 것을 숨기고 있는 사람이란 예감을 떨칠 수가 없다네. 오늘 밤은 좋은 경험이 될 것 같네."

목염태가 진지한 표정으로 자운엽을 쳐다보았다.

"하하! 그럼, 그럼! 우리 두 사람이 정식으로 비무 신청을 받아본 것이 대체 몇 년 만인가? 아마 십 년도 넘는 것 같네. 그러니 오늘 밤은 정말 잊지 못할 대결이 될 것이네."

척발시도 준비 운동을 끝냈는지 이마에 흐른 땀을 훔치며 자운엽과 목염태의 곁으로 다가왔다.

"자, 이제 모두 준비가 되었으니 어떻게 대결을 해볼 텐가? 우리도 체면이 있는데 설마 우리 둘이서 자네에게 합공을 하라는 말은 아닐 테지?"

척발시가 빙그레 웃음을 지으며 말했다.

"그럴 수야 없지요. 누가 보아도 두 분에 비해 제 덩치는 반밖에 안 되는데, 그런 식의 대결을 벌인다면 저기 쓰러진 소나무가 벌떡 일어나 웃을 일이지요."

"하하하! 그렇지."

척발시가 유쾌한 웃음을 터뜨렸다.

"그럼 어떻게 하겠나?"

"우선 두 분 중 한 분과 먼저 대결을 벌여 제가 지면 더 이상의 대결은 필요없는 일이고, 혹여 제가 이기면……."

"이기면?"

"그럼 다른 분과 다시 대결을 벌이고 거기서도 제가 이기면……."

"흠흠……! 거기서도 이기면?"

목염태의 표정이 진지해졌다.

“물론 그럴 가망성이야 희박하지만 만에 하나 그렇게 된다면…….”

자운엽이 슬쩍 말꼬리를 흐리며 척발시의 표정을 살폈다.

온통 얼굴을 찡그리며 자운엽의 말을 듣고 있는 척발시의 표정에는 하늘이 두 쪽 나도 그런 일은 없을 것이라는 확신이 너무도 뚜렷하게 자리하고 있어, 더 이상 언급했다가는 비무는 고사하고 막무가내로 불곰처럼 달려들 것 같아 보였다.

“그건 그때 가서 다시 생각해 보죠.”

자운엽이 얼른 말을 맺었다.

“그렇게 하지. 그럼 내가 먼저 자네를 상대하겠네.”

척발시가 콧김을 뿜으며 앞으로 나섰다. 그 모습에는 단 한 방에 자운엽을 때려눕혀 자신들 소굴로 끌고 가려는 기색이 고스란히 담겨 있었다.

“그렇게 하시겠습니까? 좋습니다!”

고개를 한 번 끄덕인 자운엽은 낮에 준비한 제법 폭이 두꺼워 보이는 도를 뽑아 들었다. 생사를 가르는 대결이라면 훨씬 길고 낭창거리는 수운검이 유리하겠지만 이들 두 거한의 신력을 통해 자신의 성취를 확인해 보고자 부딪치는 비무인만큼 두 거한의 힘에 마주칠 수 있는 두꺼운 도를 준비한 것이다.

“먼저 공격하게.”

척발시가 자운엽의 도에 잠시 눈길을 주었다가 쌍부를 늘어뜨리며 말했다.

“알겠습니다. 그럼!”

자운엽은 깊숙이 대기를 들이마셨다. 그리고 이제껏 태음토납경의 호흡으로 다진 내력을 천천히 끌어올렸다.

한없이 부드러우면서도 음유로운 기운이 단전 깊은 곳에서 도를 잡은 양팔 가득 밀려들었다.

"하앗!"

한마디 기합성을 지른 자운엽이 발끝으로 땅을 박차며 가볍게 허공으로 솟구쳤다.

휘익!

머리 위로 치켜든 자운엽의 도가 무서운 속도로 떨어져 내렸다. 솟구쳐 오른 몸이 떨어져 내리는 힘과 칼에 실린 힘이 합쳐져 칼이 낼 수 있는 최고의 힘을 뿌리는 태산압정의 수법이었다.

"흐읍!"

허공으로 솟구친 자운엽의 신형이 머리 위로 다가들었을 때, 파산쌍부 척발시는 아랫배에 힘을 주며 쌍부를 교차하여 자운엽의 도를 막아갔다. 애초에는 도끼를 하나만 들어 올려 가볍게 막을 생각이었으나, 가볍게 땅을 박차고 허공으로 솟구치며 양손으로 도를 내려찍는 자운엽의 기세가 뭔지 모를 위압감을 주었기에 험한 강호 생활에서 단련된 본능이 무의식적으로 도끼 두 개를 교차시켜 방어하게 했다.

쾅!

엄청난 폭음과 함께 번개가 치는 듯한 섬광이 순간적으로 번쩍하며 사방을 밝혔다. 그와 동시에 쌍부를 든 척발시가 두 걸음 뒤로 물러났다.

'정말 무서운 힘이다! 가볍게 들어 올려 막은 도끼였는데 태음토납경으로 다진 내력의 칠 할의 힘이 담긴 도가 속절없이 튕겨 나오다니!'

자운엽은 내심 놀라며 척발시를 바라보았다.

두어 걸음 뒤로 물러나 우뚝 선 채 묵묵히 자운엽을 쳐다보는 척발시의 표정이 돌처럼 굳어 있었다.

　'무슨 이런 개 같은 경우가?'

　돌처럼 굳어 있어 옆에서 보기엔 아무런 생각을 읽을 수 없었지만 척발시의 내심은 온통 격탕되어 있었다.

　'내 평생 저울추 저놈과 싸워 한 걸음씩 물러선 적은 있지만 새파란 애송이에게 두 걸음씩이나 밀리다니… 저 어린 놈은 대체 뭐 하는 놈인가?'

　내심 중얼거린 척발시는 천천히 쌍부를 들어 올렸다.

　자운엽의 도를 막은 쌍부에 제법 깊게 칼자국이 패여 있었다.

　'그동안 제대로 된 싸움을 하지 못해 힘이 반으로 줄기라도 했단 말인가?'

　척발시가 다시 한 번 두 개의 도끼를 살펴보았다.

　깊게 파인 칼자국이 자신의 생각이 틀렸음을 나타내 주고 있었다.

　많은 싸움 속에서도 이런 상처를 입은 적이 없던 쌍부였다. 이만한 칼자국을 남긴 놈이라면 이제껏 자신이 만나본 적이 없을 만큼 강한 놈인 것이다. 결코 자신의 힘이 쇠락한 것은 아니었다. 만약 한 팔로 막았으면 속절없이 도끼를 떨어뜨려 두고두고 저놈 저울추의 놀림감이 될 뻔했다.

　척발시가 천천히 고개를 돌려 목염태를 쳐다보았다.

　목염태의 표정 역시 자신만큼의 불신이 어려 있었다.

　문득 저놈이 우리를 갖고 노는 게 아닌지 모르겠다고 한 목염태의 말이 떠올랐다. 그땐 그 말을 손톱만큼도 새겨듣지 않았는데 지금 생각해 보니 헛소리만은 아닌 것 같았다. 어쩌면 저놈의 숨은 힘은 지금보다 훨씬 클지도 모를 일이다.

불끈 팔뚝의 힘줄이 솟아올랐다.

저놈은 애송이가 아니라 이무기인 것이다. 아주 드물긴 하지만 그런 놈들이 있다. 아마도 저놈은 그런 드문 경우에 속하는 한 놈이 분명할 것이다. 그렇다면 쌍도끼를 마음껏 휘두를 기분이 난다.

척발시의 가슴이 끓어올랐다.

"하하하! 자넨 정말 마음에 드는 친구야."

척발시가 대소를 터뜨렸다.

"이제껏 자넬 너무 과소평가했었네."

웃음을 멈춘 척발시가 조용히 말했다.

"그렇습니까? 그런데도 제가 별 이득을 본 것 같지 못하니 지금부터가 걱정이군요."

자운엽이 양손을 번갈아 주먹을 쥐었다 폈다 하며 손아귀가 아프다는 표시를 했다.

"더 이상 그런 엄살은 통하지 않을 것이네. 솔직히 이젠 자네가 겁이 난다네. 그러니 이제부터는 체면 같은 건 집어던질 테니 그리 알게."

척발시가 억양없이 말하고는 쌍부를 든 손에 힘을 주었다.

"갑자기 그런 표정을 하니 겁이 와락 나는군요. 손아귀가 아직도 찢어질 듯 아픈데 말입니다."

자운엽이 인상을 찡그리며 다시 엄살을 피웠지만 척발시의 눈빛은 더욱 가라앉았다.

"조심하게!"

척발시가 짧은 경고성과 함께 어지럽게 쌍부를 휘두르며 달려들었다. 곰보다 더 큰 덩치에서 어떻게 이런 속도가 나오는지 믿기지 않을 정도로 빠른 몸짓과 함께 어지러운 도끼 그림자가 자운엽의 전신을 향해 날아들었다.

쨍, 쨍—
꽈강, 깡—
자운엽의 도와 척발시의 쌍부가 연신 부딪치며 불꽃과 무거운 금속음을 토해냈다.
'크! 정말 엄청난 힘이다.'
연속으로 날아드는 쌍부를 막아내며 자운엽은 연신 뒤로 물러났다.
먼저 자신이 한 번 공격을 했으니 이번에는 척발시에게 공격할 기회를 준다는 생각으로 방어만 하자 선기를 놓치고 무지막지한 쌍부의 힘에 도저히 반격할 틈을 잡지 못했다.
'이렇게 밀리다간 칼을 놓치고 만다.'
쉴 새 없이 퍼붓는 쌍부의 공격을 막으며 자운엽은 냉정히 염두를 굴렸다.
'여기쯤인데…….'
이곳에 도착했을 때 지형을 파악하며 보아둔 작은 바위가 아마도 두어 발짝 뒤에 있을 듯했다. 자운엽은 그것을 발판으로 빼앗긴 선기를 만회하려고 생각했다.
'옳지!'
발뒤꿈치에 바위의 느낌이 전해졌다.
다른 발을 한 발 더 뒤로 내디디며 발바닥을 바위 위에 얹었다. 단단한 바위가 완벽한 버팀대의 역할을 했다.
"흐흡!"

굳건한 디딤판을 바탕으로 내력을 끌어올리자 선기를 빼앗기고 속절없이 밀리기만 하던 자운엽의 신형은 더 이상 밀리지 않고 척발시의 쌍부를 그 자리에서 쳐낼 수 있었다.

'조금만 더!'

자운엽은 최대한의 내력을 끌어올려 쌍부를 막으며 조금씩 앞으로 밀고 나갔다. 거칠 것 없이 밀어붙이던 척발시의 쌍부가 벽을 두드리는 듯 전진을 멈추다가 어느 순간 자운엽이 휘두른 도에 의해 주춤 뒤로 밀렸다.

자운엽은 그 찰나적인 순간에 환사일결을 운기하며 척발시의 무거운 도끼를 쳐낼 준비를 하였다. 하지만 또 한 번 더 진기가 역류하면 속수무책일 수밖에 없는 일이므로 그것이 가장 두려웠다.

'죽기 아니면 까무러치기다.'

자운엽은 최대한의 내력을 끌어올려 화석심공의 구결대로 이끌었다.

"하앗!"

온 산이 울릴 듯한 기합성을 지른 자운엽은 일시에 팽창된 힘을 터뜨리며 두 개의 철부 중 더 가까이로 다가든 철부를 쳐냈다.

까강―

거대한 팔뚝의 일부인 듯 움직이던 철부 하나가 척발시의 손아귀를 벗어나 무섭게 회전하며 날아갔다.

퍽―

회전하며 날아가던 철부가 언덕 한쪽에 깊이 박혀들었다. 동시에 남은 한 개의 철부도 움직임을 멈추었다.

철부 한 개를 놓친 척발시가 공격을 멈추고 허망한 얼굴로 남은 철부 하나를 내려다보았다.

"내가 졌네."

척발시가 가라앉은 음성으로 자신의 패배를 인정했다.

"아직 한 개가……."

자운엽이 척발시의 왼손에 들린 철부를 보며 말했다.

"더 이상은 무의미하네. 그건 자네가 더 잘 알 것 아닌가?"

척발시가 들고 있는 철부를 등 뒤로 돌려 부갑(斧匣)에 고정했다. 그리고 튕겨져 나간 철부를 향해 묵묵히 걸음을 옮겼다.

척발시가 저만치 언덕바지에 꽂힌 철부를 주워 올리고 등에 고정시키는 동안 목염태와 자운엽은 미동도 않고 서 있었다.

"이젠 자네 차례구먼!"

척발시가 생기를 잃은 듯한 눈빛으로 목염태를 쳐다보았다. 자신들이 모시는 주인인 공야인낙에게 패한 이후로 이제껏 보지 못했던 척발시의 그런 눈빛에 목염태는 이를 악물었다.

"정말 무서운 힘이었네. 처음 볼 때부터 자네의 내력이 보통은 아닐 것이라 생각했는데 설마 저 친구를 꺾을 정도인 줄은 몰랐네."

목염태가 오히려 차분해진 음성으로 말하며 자운엽의 눈을 응시했다.

"너무 방심한 것 같습니다."

자운엽이 짤막하게 답했다.

"그럴 수도 있겠지. 그러나 이젠 그렇지 않을 걸세. 자넨 아직까지 비무라 생각할지도 모르지만 난 지금부터 목숨을 걸겠네. 그러니 피치 못할 상황에선 내 목을 쳐도 좋네. 자네 칼에 내 목이 날아간다 할지라도 저 친구와 난 자네에게 털끝만큼의 감정도 없을 것이네. 그러니 자네도 아무 거리낌 없이 칼을 휘두르게. 그렇지 않는다면 자넨 우릴 모욕하는 것일세.”

목염태가 선혈이 뚝뚝 떨어지는 듯한 목소리로 한마디 한마디 다짐하듯 말했다.

‘이거 분위기가 왜 이렇게 변하나?’

자운엽은 갑자기 돌변한 분위기에 난감한 표정을 지었다.

시작은 비무로 했지만 자존심 강한 무인들에게 패배란 실전과 비무가 따로 없는 것이다. 한 몸처럼 지내온 동료의 패배에 목염태는 목숨을 건 대결을 펼칠 모양이었다. 그것은 비무로 시작한 척발시와의 대결과는 비교할 수 없는 살벌함과 위험이 따를 것이다.

‘어쨌든 치러야 할 시험인 것이다.’

척발시와 온 힘을 다해 충돌했지만 아직 기혈이 뒤틀리거나 하는 느낌을 받지 못한 자운엽은 주먹에 힘을 주며 다시 전의를 다졌다.

쌍부에 비해 훨씬 길이가 긴 철추를 상대하기는 그만큼 더 까다로울 것이고, 처음부터 사생결단으로 나올 목염태의 공격에 피치 못할 실수를 쓸 수도 있을 것이다. 최대한 조심하여 서로 치명적인 상처를 입는 일은 없어야 하겠지만 환사일결의 폭발적인 힘과 목염태의 결사적인 힘이 부딪치면 결과를 예측하기가 어렵다.

‘천성적으로 통하는 데가 많은 인간들이었는데……’

충혈된 눈빛으로 다가오는 목염태를 보며 자운엽은 내심 중얼거렸다.

“차앗!”

거리가 가까워져 사정거리 안에 들자 목염태가 기합성을 울리며 철추를 휘둘렀다.

휘잉—

목염태의 주먹만한 철추가 마치 작은 공기돌 하나 던져지듯 가볍게 허공으로 솟구쳤다. 동시에 대기를 가르는 음향이 울리고, 허공에 뜬 철추가 나선형으로 회전하며 자운엽의 심장을 향해 날아들었다.

까강!

회전하며 날아드는 철추를 향해 자운엽은 양손으로 굳게 잡은 도를 강하게 휘둘렀다.

'으윽!'

호구가 찢어지는 듯한 통증을 느끼며 자운엽의 도가 가까스로 목염태의 철추를 막았다. 그러나 그것도 잠시, 도에 막혀 튕겨 오른 철추는 다시 용틀임을 하며 이번에는 자운엽의 이마를 향해 날아들었다.

'지독하군!'

자운엽은 목염태의 연속적인 철추 공격에 혀를 내둘렀다.

목염태의 주먹만한, 그러니까 자운엽 자신이 주먹 두 개를 합친 것보다 더 큰 크기의 쇳덩이를 날려 이런 식의 연속 공격을 하려면 철추를 매단 쇠사슬에 엄청난 힘을 쏟아 부어야 가능한 것이다. 그래야만 쇠사슬에 달린 철추가 막대 끝에 묶인 것처럼 자유자재로 움직일 것이다.

철추의 무게에다 큰 반경을 그리며 날아온 회전력이 고스란히 실린 공격은 철추염왕이란 별호가 전혀 부족하지 않았다.

깡—

이마로 날아드는 철추를 다시 막은 자운엽의 손아귀가 감각을 잃을 정도로 저려왔다. 이런 무식한 공격은 맞받아치기보다는 그냥 피하는 것이 상책이지만, 다시 만나기 힘든 외공의 고수와 맞받아치며 환사일

결의 성취를 확인하고픈 자운엽은 목염태 못지않게 무식한 공격과 수
비를 펼쳤다.

쉴 새 없이 찍어대는 철부보다 긴 원을 그리며 회전력을 실은 철추
의 순간적인 충격력은 훨씬 더 컸다. 겨우 몇 번의 공격을 막았을 뿐이
지만 자운엽의 손바닥과 팔목은 온통 시큰거리며 저려왔다. 그러나 쉴
새 없이 찍어대는 쌍부에 비해 철추는 다음 공격까지의 시간적 간격이
비교적 길었다. 그 간격이 자운엽에게 호흡을 가다듬을 수 있는 여유
를 주었다.

"후읍!"

철추가 긴 회전을 하는 동안 내력을 다시 끌어올린 자운엽은 목염태
의 발을 주시했다. 엄청난 힘을 쏟아 부으며 철추를 휘두르기 위해서
는 무엇보다 땅바닥을 강하게 박차야 한다. 그 순간이 철추가 방향을
바꾸는 순간인 것이고, 또 자운엽 자신이 공격의 틈을 찾을 수 있는 순
간이다.

까강―

다시 날아오는 철추를 막아내며 자운엽은 목염태의 두 발을 동시에
주시했다.

어느 순간, 목염태의 뒤쪽 디딤 발이 강하게 땅을 짓눌렀다.

'이때다!'

자운엽 역시 강하게 땅을 박차며 철추를 향해 도를 휘둘렀다.

예상대로 자운엽의 도에 튕겨 나가던 철추가 방향을 바꾸며 다시 공
격해 들어오려는 순간 찰나의 멈춤이 생겨났다. 그 찰나의 순간을 포
착한 자운엽이 화석심공의 팽창된 내력을 터뜨리며 양손으로 굳건히
잡은 도로 철추를 가격했다.

콰앙!

척발시의 도끼와 부딪쳤을 때와는 비교할 수 없는 큰 폭음이 울리며 철추가 포탄처럼 뒤로 날아갔다.

철컹—

뒤로 날아가는 철추를 멈추기 위해 목염태가 급히 쇠사슬을 잡아챘고, 철추와 목염태의 손바닥 사이에 펼쳐진 쇠사슬이 팽팽하게 당겨지며 움직임을 멈추는 듯했다.

주르륵!

극히 짧은 순간 동안 유지되었던 힘의 균형이 무너지고, 뒤로 날아가는 철추를 제압하지 못한 목염태의 몸이 주르르 철추를 따라 미끄러져 갔다. 흙먼지를 피워 올리며 미끄러져 가는 목염태의 얼굴에는 경악의 표정과 함께 굵은 힘줄이 지렁이가 기어가는 듯 달빛 아래에서 고스란히 불거져 보였다.

쿵!

마침내 목염태의 신형이 더 이상 중심을 유지하지 못하고 기울어지며 엉덩방아를 찧었다. 그와 함께 계속해서 뒤로 나아가기 위해 허공에서 안간힘을 쓰던 철추도 힘을 잃고 땅바닥에 떨어졌다.

'환사일결은 이제 내 것이다.'

내심 환호성을 지른 자운엽은 호흡을 조절하며 온몸 구석구석 진기를 유통시켰다. 어느 한곳도 막히거나 주저함없이 진기가 순탄하게 유통되었다.

무영신개를 구하기 위해 탈백마검이란 노인과 싸울 때보다 더 강한 힘으로 환사일결인 화석심공을 펼쳤지만 기혈의 손상이나 역류는 없었다. 내재된 태음토납경의 힘과 화석심공의 힘이 거의 완벽하게 조화를 이룬 것 같았다.

"정체가 뭐냐?"

상념에 잠겼던 자운엽의 귓속으로 척발시의 굳은 목소리가 들려왔다.

밀려가는 철추와 함께 뒤로 미끄러져 주저앉았던 목염태도 쇠사슬을 감아 들고는 자운엽에게로 다가왔다. 그런 목염태의 표정 역시 척발시와 똑같이 만감이 교차하는 듯했다.

'그놈의 정체란 것이 어딜 가나 그렇게 중요한 것이군. 정직하게 감숙설가의 하인 출신이라면 안 믿겠지?

내심 빠르게 염두를 굴린 자운엽이 한 번 더 시치미를 뗐다.

"아시다시피 남양 땅 금성표국이란 작은 표국의 표사입니다."

"개 풀 뜯어 먹는 소리 집어치우고 솔직히 말하게!"

이번에는 목염태가 이를 앙다물며 고함을 쳤다.

난생처음 철추와 함께 뒤로 밀려가 엉덩방아를 찧으며 패배했으니 마음 같아서는 사생결단을 낼 때까지 싸우고 싶었다. 그러나 그건 차후의 일이고 우선은 패배를 인정해야 했다. 그러고 나니 애송이의 정체가 너무 궁금했다.

"작은 표국의 표사 따위가 우리 둘을 차례로 꺾는단 말인가? 그게 말이 된다고 생각하나?"

척발시도 자운엽이 합당한 답을 내놓지 못한다면 다시 덤벼들 듯한 자세로 으르렁거렸다.

'진실이 안 통하는 사회에서는 거짓이 진실이 될 수밖에 없지! 이 인간들에게도 사돈 노인에게 써먹었던 수법을 써야 되겠군.'

자운엽을 잠시 머리 속을 정리했다.

'그런데 그게 태을문이었나……? 아니면 태음문이었던가?'

잠시 자기 사문의 이름이 헷갈린 자운엽이 당황한 표정을 지었다. 신비문파 하나를 창건한 후 까마득히 잊어버리고 그동안 환사삼결에만 온 신경을 집중하다 보니 정작 자신의 문파 이름이 아른아른한 것이다.

'그렇지 태음문이 내 사문이고 사부님의 별호가 태을신군이지!'

기억을 떠올린 자운엽이 점점 더 험악한 표정으로 변해가는 두 거인을 보고 얼른 입을 열었다.

"제 사문은 일인계승으로 무림의 안위에 큰 힘을 보태고 있는 태음문이란 곳입니다. 그리고 사부님은 태을신군이란 별호를 쓰시는 태음문 십삼대 문주인 원가후 대협이십니다. 두 분께서도 익히 들어보셨으리라 생각합니다만……?"

자운엽이 별빛처럼 초롱초롱한 눈빛으로 도리어 두 사람의 대답을 기대하는 표정을 짓자, 금방이라도 달려들 듯한 기세로 자운엽의 입만 주시하던 목염태와 척발시가 서로의 얼굴을 쳐다보았다. 그러나 아무리 쥐어짜 봐도 별로 좋지도 않은 기억력에다, 전혀 들은 적이 없는 이름이 떠오를 리 만무했다.

"설마 금시초문은 아니겠지요?"

자운엽이 틈을 주지 않고 당문정에게 하던 수법 그대로, 금방이라도 실망의 둑이 터져 내릴 듯한 표정으로 재차 질문했다.

"태음문이라면……?"

"그, 글쎄? 태을신군이라……?"

척발시와 목염태가 다시 한 번 서로의 얼굴을 바라보았다.

두 사람의 얼굴에는 이제껏 넘쳐 나던 패배에 대한 분노의 표정은 간 곳 없고 자신들의 희박한 견문에 대한 탄식만이 서려 있었다.

"거참! 어디서 들은 적이 있는 것도 같고… 없는 것도 같고…….”
“됐습니다! 그만두십시오!”

자운엽이 실망 가득한 목소리로 두 사람의 말을 잘랐다.

“별 볼일 없는 제 사문을 명성이 자자한 두 분께서 기억 못하는 것도 무리는 아니죠. 그 얘긴 이쯤에서 그만 접고, 이젠 비무 전에 했던 약속에 대해서 얘기해 보도록 하지요.”

“비무 전의 약속이라면……?”

목염태가 까맣게 잊고 있던 사실이 생각난 듯 눈을 번쩍 떴다.

나이 어린 후배의 사문을 몰라주는 죄책감에 시달리다 보니 어느새 상황이 이상한 방향으로 흘러가고 있었다.

“그, 그렇군. 자네가 지면 우리를 형님으로 부르기로 했었는데… 그런데 우리가…….”

척발시가 말끝을 흐렸다. 자신이 진 사실을 다시 한 번 자기 입으로 인정하는 것이 죽기보다 싫은 것이다.

“그런데 제가 진 것이 아니니까 그 약속은 없었던 걸로 하고, 전 앞으로도 여전히 두 분을 대협으로 부르기로 하겠습니다. 그리고 시간이 나면 꼭 두 분이 계신 공야세가에도 한번 들르겠습니다. 약속드리지요.”

자운엽이 결의에 찬 표정으로 기약없는 약속을 굳게, 굳게 맺었다.

“그렇지만…….”

“그렇게 하게! 패자는 유구무언일세.”

척발시가 당황하여 손을 내저으려 하자 목염태가 자르듯이 말했다. 좀 전의 기분으로야 절대로 패배를 인정할 수 없다며 죽을 때까지 싸우자고 할 생각이었지만 조금 흥분이 가라앉자 자신들의 패배가 명백

한 것이다.

"그럼……."

자운엽이 포권을 쥐어 인사를 차리고는 넋이 빠진 듯 쳐다보는 두 거한을 뒤로하고 공터를 빠져나왔다.

"이젠 환사삼결 중 제이결 전이심공(轉移心功)에 전념해야 할 때다."

산을 내려오는 자운엽의 얼굴에는 은은한 열기가 드리워졌다.

엄청난 신력을 가진 척발시와 목염태를 상대로 온 힘을 다해 환사일결을 펼쳤고, 어떤 걸림돌도 없이 완벽하게 뿌려졌다. 그것으로 환사일결은 자신의 것이 되었다.

어떤 기쁨보다 더 강한 성취감 한줄기가 가슴 한복판을 가로질렀다. 태음토납경의 첫 번째 호흡인 나비의 호흡을 완성했을 때 느낀 그 성취감이었다.

"크큭!"

터져 나오는 환호성을 억누른 자운엽이 한껏 가슴을 펴며 심호흡을 했다.

"흐읍—"

온 산의 정기가 가슴 가득 채워지는 듯한 충만감이 느껴졌다.

"이크!"

가슴속을 가로지르는 성취감을 음미하던 자운엽이 얼른 고개를 옆으로 틀었다.

공력이 가득 담긴 낙엽 한 잎이 쏜살같이 옆으로 날아갔다.

고개를 돌리지 않았다 하더라도 해를 입히지 않을 정도의 거리를 두고 날아간 낙엽은 누군가 자신을 공격하려는 의도보다는 주의를 일깨

우려는 의도가 다분해 보였다.

─따라오게!

짐작대로 한줄기 전음성이 귓가에 울리며 저만치 앞쪽에서 잠시 모습을 드러낸 인영이 신속히 경공을 펼쳤다.

휘익─

잠깐 주위를 살핀 자운엽도 정체 모를 인영이 사라진 방향으로 몸을 날렸다.

'날개가 달렸나?'

괴인영을 따라 경공을 펼치며 자운엽은 감탄의 심정을 감추지 못했다. 작은 야산 하나를 넘고 저만치 또 하나의 산이 보이는 거리를 죽어라 달려왔지만 앞서가는 괴인과의 거리는 조금도 좁혀지지 않았다.

'뭐야, 이거? 달밤에 체조도 유분수지.'

산 하나를 다시 옆으로 돌았건만 앞서 달리고 있는 괴인영은 조금도 속도를 늦추지 않았다. 서서히 오기가 치솟은 자운엽은 태음토납경 속 구름의 호흡을 끌어올렸다.

슈우욱─

온몸 구석구석 구름의 기운이 가득 차고, 한 조각 뜬구름처럼 가벼워진 자운엽의 발끝이 강하게 땅을 박차자 순간적으로 신형이 길게 늘어난 듯하며 괴인과의 거리가 차츰차츰 좁혀졌다.

다시 산 하나가 눈앞에 펼쳐졌을 때 자운엽은 괴인과 어깨를 나란히 하며 달릴 수가 있었다.

쉬익─

거리를 좁히고 어깨를 나란히 하게 되자 괴인이 흠칫 놀라는 듯했지만 여전히 속도를 줄이지 않았다. 그리고 어느 순간 괴인의 속도가 더 빨라졌고 자운엽과의 거리가 다시 조금 벌어졌다.

'인간도 아니군!'

경공으로는 더 이상 무리임을 깨달은 자운엽은 괴인과 어깨를 나란히 하기를 포기하고 뒤를 따르기만 했다.

경공을 펼친 후 세 번째로 산을 마주하고, 그 산허리쯤에서 앞서 달리던 괴인의 속도가 늦추어졌다.

"무영신개?"

완전히 멈추어 서서 등을 돌린 괴인의 얼굴을 보고 자운엽은 눈을 크게 떴다.

아닌 달밤에 산을 세 개나 지나올 만큼 과격한 체조를 시킨 장본인은 그림자조차 없다는 개방의 신비거지 무영신개였다. 뒤를 따르며 직접 겪어본 경공은 정말 놀랄 만했고, 그림자마저 따라잡을 수 없다는 말이 실감났다.

"제법이구나."

그리 크게 뒤지지 않고 자신을 따라잡은 자운엽을 보고 무영신개가 무심하게 한마디 했다.

"노인께서 무슨 걸음이 그리 빠르시오? 혹시 간 빼 먹는 구미호가 아닌가 싶어 그만 돌아갈까 하는 생각도 했습니다."

자운엽이 천천히 호흡을 가다듬으며 말했다.

"엄살은 그만 부리고 잠시 주위나 살피게. 매사 불여튼튼이니까 말일세."

이런 상황에서도 누가 뒤를 따를지 안심이 안 된다는 듯 사방을 살펴보는 무영신개의 노파심에 자운엽은 고개를 설레설레 흔들었다.

"네놈이 정말 설가의 하인 놈이 맞는 것이냐?"

‘이런… 망할 노인네가!’

상관진걸과 비슷한 방식으로 허를 찌르며 마음에 안 드는 짓만 골라서 하는 무영신개의 행동에 자운엽의 눈매가 와락 사나워졌다. 아닌 밤중에 느닷없이 나타나 요령 소리나게 달리게 만들어놓고는 다짜고짜 일급비밀을 발설하다니……?

“상관진걸 그 어린 놈이 알고 있는 사실을 내가 모를 것 같더냐?”

약이 바짝 오른 표정으로 열심히 염두를 굴리는 자운엽을 보고 무영신개가 의문을 풀어주려는 듯 설명을 했다.

“백도무림의 모든 정보를 한 손에 주무르고 있다더니 정말 놀랍군요.”

자운엽은 무영신개의 정보력에 감탄을 금치 못하겠다는 표정을 하며 답했다.

“상관진걸과는 어떤 사이더냐?”

다시 한 번 찌르듯이 던지는 질문에 자운엽은 빙긋 웃음을 지었다.

“그건 알아내지 못하신 모양이군요?”

“대충 짐작은 가지만 확인차 물어본 것이다.”

‘짐작이 간다고?’

자운엽은 무영신개의 말을 되뇌어보았다. 그러다 이 노인네는 상관진걸에 대해 자운엽 자신이 모르는 많은 것들을 알고 있을 것이라는 생각이 퍼뜩 들었다.

“별 사이 아닙니다. 만난 지 얼마 되지 않은 사람이기도 하고… 그런데 상관진걸 그 사람은 누구입니까?”

자운엽이 무영신개를 똑바로 쳐다보았다.

“상관진걸 그놈은 나에 대해 얼마나 말해 주더냐?”

자운엽의 질문에 대한 대답 대신 무영신개는 또 한 번의 질문을 던졌다.

"글쎄요… 백도무림의 모든 정보를 한 손에 쥐고 움직이는 그림자 인간이라고 하더군요. 그리고 이번 남궁세가의 회합을 주도하고 있다는 정도로만……."

"그럼 나도 그만큼만 가르쳐 주겠다."

자운엽의 말이 끝나기도 전에 무영신개가 칼로 자르듯이 말을 꺼냈다. 수많은 정보의 취사선택과 신속한 판단, 결정을 내리며 살아온 사람의 특성을 고스란히 내비치는 행동이었다.

"그놈은 황제 직속 몇몇 비밀 조직 중 한 조직의 수장이라고 보면 될 것이다."

"그 정도는 저도 알고 있습니다. 그러니 다른……."

"일없다, 이놈아! 그놈이 나에 대해 말한 만큼만 나도 그놈에 대해 말해 줄 뿐이다. 그건 우리 같은 사람들이 필히 지켜야 할 묵계이지!"

무영신개가 굳게 입을 다물었다.

"어쨌든 이번에는 그놈에게 큰 신세를 졌다. 아니, 네놈에게 신세를 졌다는 말이 더 정확하겠지."

무영신개의 눈빛이 번쩍하고 빛나며 자운엽을 쳐다보았다.

"그렇게 생각하는 사람이 틈이 생기자마자 뒤도 안 돌아보고 줄행랑을 치셨습니까?"

자운엽이 약간은 비웃음이 담긴 목소리로 빈정거렸다.

"그때 내 판단으로는 모두 전멸할 상황이었다. 탈백마검 염설비가 나타난 이상 네놈들이 가세했다고 해도 달라질 것이 없었지. 단지 시간만 조금 더 걸릴 뿐……. 나나 네놈들이 한날한시에 제삿밥을 받게 되는 것은 기정사실이었다. 그런 상황에서 한 놈이라도 도주할 수 있다면 그것이야말로 대역전인 것이지.”

무영신개가 다시금 그때 상황이 생각난 듯 목소리에 힘이 들어갔다.

“덕분에 저승 문턱까지 갔다 왔지요.”

자운엽의 목소리도 조금 커졌다.

“정말 어이없는 일이다. 탈백마검 염설비가 네놈 같은 애송이에게 가슴이 갈라져 명부를 달리하다니. 이건 도저히 있을 수 없는, 아니, 결코 있어서는 안 될 일이다.”

‘결코 있어서는 안 되는 일이라고……? 이 영감쟁이가 생사람을 도로 죽이고 있군.’

자운엽은 기가 막혀 말이 나오지 않는다는 표정으로 무영신개를 빤히 쳐다보았다.

“그럼 영감님 말씀대로 그때 한 놈도 도망치지 못하고, 한 놈도 살아나오지 못했으면 속이 시원하시겠군요?”

자운엽이 ‘한 놈’ 이란 단어에 최대한 힘을 주며 대꾸했다.

“이놈이?”

무영신개가 눈꼬리를 치켜 올리며 자운엽을 쳐다보다가 피식 웃음을 터뜨렸다.

“머리 회전이 아주 빠른 놈이구나. 상관진걸 그놈이 후임자로 점찍을 만할 정도로…….”

무영신개가 혼잣소리인 듯 중얼거렸다.

“후임자라니요? 그건 또 무슨 말씀이십니까, 노인장?”

자운엽은 꿀꺽 침을 삼키며 무영신개의 입술을 쳐다보았다.

“그놈 참! 기분 나쁘면 영감님이고, 아쉬우니 금방 노인장이구나.”

무영신개가 어깨를 한번 들썩였다.

"상관진걸이 네놈을 끌어들인 비슷한 방법으로 그놈의 전임자도 상관진걸 그놈을 끌어들여 후임자로 만들었지. 네놈 품속에 있는 황룡단검은 그렇게 떠넘겨져 온 물건이야."

무영신개가 자운엽의 가슴 어림으로 눈길을 주었다.

"이런 빌어먹을!"

자운엽이 옷 속에 들어간 뱀을 잡아내듯 품속에서 황룡단검을 끄집어냈다.

"이거… 노인장 가지십시오."

자운엽이 꺼내 든 황룡단검을 얼른 무영신개에게 떠넘겼다.

"이런 대책없는 놈을 보았나?"

무영신개가 어이없는 표정을 지으며 황룡단검을 자운엽에게로 되던졌다.

"이놈아! 결자해지(結者解之)란 말도 들어보지 못했느냐? 네놈이 맡은 화근덩어리를 왜 나에게 떠넘기느냐?"

"노인장께서는 무슨 방법이 있을 것 아닙니까? 자고로 황실과 무림은 서로 불가침이라 알고 있는데, 무림인들에게 이런 것이 돌아다니는 것을 보고도 수수방관하실 수 있습니까?"

자운엽이 얼른 같은 무림인이란 동지 입장을 강조하며 무영신개를 쳐다보았다.

"어디서 주워들은 모양이다마는, 그 소리만큼 허무맹랑한 소리도 없을 것이다."

무영신개가 코웃음을 쳤다.

"어쨌든 그건 어디까지나 네놈이 알아서 할 일이지 누가 와서 대신해 줄 수 없는 일이다. 그러니 괜한 일로 시간 낭비 그만 하고 본론으로 들어가자.”

무영신개의 목소리가 낮아졌다.

“그렇군요! 노인장께서 이 오밤중에 여기 오신 이유가 있겠군요.”

자운엽도 갑자기 생각난 듯 맞장구를 쳤다.

“그동안 네놈과 네놈의 사문이란 곳에 대해 조금 알아보았다. 태음문이란 곳이 어디에 붙어 있는 문파더냐? 그리고 태을신군 원가후란 인물은 또 무엇 하는 사람이더냐?”

무영신개의 눈빛이 송곳처럼 자운엽의 망막을 찔러왔다.

“그러니까, 그게…….”

“그만 됐다. 내가 알고 싶은 것은 그것이 아니다. 네놈이 굳이 밝히기 싫다면 나로서도 강요할 수 없는 일이고…….”

무영신개가 주저하는 자운엽을 보고 손을 내저었다.

“그럼 무엇이 알고 싶은 것입니까?”

자운엽이 뚱하게 질문했다.

“네놈 정도를 키워낼 만한 인물이나 문파라면 결코 평범한 곳은 아닐 것이다. 그러나 지금 당장 중요한 것은 그 힘이 앞으로 네놈에게 얼마나 도움을 줄 수 있느냐 하는 것이다.

“도움이라니요? 무슨 도움 말입니까?”

자운엽은 영문을 모르겠다는 듯 잠시 눈을 깜박거렸다.

“머리 회전이 얼마나 빠른지 다시 한 번 지켜볼까?”

무영신개가 느긋하게 뒷짐을 지며 자운엽 스스로 답을 찾아내라는 표정을 지었다.

‘여러모로 사람 피곤하게 만드는 노인일세.’

자운엽은 인상을 쓰며 즉시 신경을 집중시켰다.

"서문세가에서 서서히 움직이고 있군요?"

잠시 생각에 잠겼던 자운엽이 눈을 치뜨며 무영신개를 바라보았다.

"제법이다."

무영신개가 짤막하게 말했다.

"치사한 놈들!"

더러운 것을 본 듯한 표정을 지은 자운엽이 억눌린 목소리로 말했다.

"그것도 맞는 말이다. 그놈들은 갖은 치졸한 방법으로 네놈의 목을 조여올 것이다. 그러니 그때 네놈 사문이나 사부가 힘이 되어줄 수 있는가 하는 것이 아까 내가 하고자 한 질문이다."

무영신개가 자운엽의 사문을 물은 이유를 밝히며 유심히 자운엽의 표정을 살폈다.

"지금 당장은 좀……."

"그럴 줄 알았다."

자운엽이 기어들어 가는 목소리로 얼버무리자 무영신개가 왜 아니겠느냔 표정으로 고개를 끄덕였다.

'젠장!'

처음부터 지금까지 속절없이 몰리고 있는 상황에 내심 배알이 꼬였지만 현실 타개를 위한 별다른 방안이 없는 자운엽은 꼬이는 배알을 애써 원래 모습으로 펴고자 무진 애를 썼다.

"네놈 사문이나 사부가 나설 입장이 못 된다면 빚을 갚는 셈치고 내가 도움을 좀 주겠다. 그러니 네놈 얼굴에 쓰여 있는 의리없고 치사한 노인네란 글자는 지우거라."

무영신개가 최종적으로 자신이 오밤중에 이곳까지 온 목적을 밝혔
다.

'날 찾은 목적이 그거였군! 약삭빠르긴 해도 끝까지 치사한 늙은이
는 아니다, 그 말인가?'

자운엽은 무영신개가 자신을 찾은 이유를 완전히 이해하며 묵묵히
무영신개를 쳐다보았다. 그때 심정으로 따진다면 대화는커녕 한 대 걸
어차고 도망가고 싶었지만, 자신이 모르는 많은 정보를 가진 노인이기
에 최대한 길게 대화를 나누며 실속이나 챙기자는 생각을 했다.

"유리검(琉璃劍) 진철우(陳撤羽)란 이름을 아느냐?"

잠시 생각을 정리하는 듯하던 무영신개가 느닷없이 한 사람의 이름
을 들먹였다.

"유리검 진철우? 그 사람이 누굽니까?"

자운엽이 금시초문이란 듯 눈만 멀뚱거리며 무영신개를 바라보았
다.

"하긴 네놈이 태어난 비슷한 시기에 강호 활동을 접고 사라진 인물
이니 알면 오히려 이상한 일이지."

오랜 기억을 더듬는 듯 무영신개가 말끝을 흐렸다.

"유리검이란, 말 그대로 공력이 주입되면 검날이 유리처럼 투명해지
며 잘 보이지 않아 상대하는 사람의 눈을 현혹시키는 기병이다. 진철
우는 그 유리검을 들고 강호를 주유하며 많은 고수들을 괴롭힌 정사(正
邪) 중간의 인물이다. 그의 내공이나 검법 자체도 절정 수준이었지만
유리검으로 펼치는 검식은 너무 까다로웠다. 빛을 반사시키기도 하고,
순간적으로 사라져서 보이지 않는 검날에 제대로 대처하지 못하고 목
숨을 잃은 고수가 한둘이 아니었지."

"그렇겠군요. 검날이 제대로 안 보이니 이상한 각도로 파고들면 무척이나 까다롭겠군요."

자운엽도 호기심 가득한 얼굴로 무영신개의 얘기 속으로 빨려들었다.

"네놈의 그 낭창거리는 칼보다 몇 단계는 더 어려울 것이다, 아마."

무영신개가 넌지시 자운엽의 자존심을 건드렸다.

"젠장! 그거야 대봐야 아는 것 아닙니까? 그런데 유리검이란 노인이 서문가를 대신해 절 잡으러 오기라도 한답니까?"

자운엽이 볼멘소리로 어서 핵심을 꺼내라는 듯 재촉했다.

"애송이 하나 잡으러 이십여 년이나 보이지 않던 노괴가 세상으로 나올 리가 있겠느냐?"

무영신개가 계속해서 자운엽의 신경을 긁어댔다.

서문표를 순식간에 비루먹은 강아지로 만들어 버리던 자운엽을 똑똑히 지켜본 무영신개는 최대한 자운엽의 감정을 건드려 자신의 분위기로 대화를 이끌어가려고 노력했다.

서문표와 대결을 한 후 척발시와 목염태를 어르고 등치며 자신의 목적을 달성하는 자운엽의 진면목과 두 거한을 차례로 꺾는 무서운 내력을 고스란히 목격했기에 무영신개는 처음부터 빈틈을 주지 않고 자운엽을 몰아세웠다.

'끄응! 망할 노인네.'

아쉬운 사람이 우물 파는 법. 무영신개의 얘기를 반드시 경청해야 할 자운엽은 소태 씹은 얼굴을 하면서도 애써 열을 식혔다.

"유리검이 강호 생활을 청산하고 태행산맥(太行山脈) 깊은 곳으로 들어갈 때 자신의 절기를 익히기에 적합한 자질을 가진 소년을 하나

대동했다. 그놈이 바로 서문가의 둘째인 서문주치(西門周致)란 것이 최근에야 알려졌다."

"서문주치?"

자운엽은 뜻밖의 사실에 잠시 서문주치란 이름을 되뇌어보았다. 자신을 하오문의 꼬마 놈으로 비하하다 날아간 놈이 셋째라 했으니, 서문주치라는 인물은 서문표 바로 위의 형이 될 것이다.

"그리고 서문주치란 그 아이는 유리검 진철우의 절기를 모두 이어받았다고 한다."

"그럼 그자가 날 잡으러 내려오는군요?"

자운엽은 잔뜩 호기심이 일어나는 목소리로 말했다. 유리검이란 기병이 어떤 것인지 실제로 보고 싶기도 한 것이다.

"내려오는 것이 아니라 이번에 서문가의 인물들과 함께 남궁가에 같이 와 있는 것이지. 음흉한 놈들이라 그것을 숨기고 있는 중이지만 말이야."

"그럼 나보다 먼저 남궁가에 와 있었다는 말이군요? 그런데 그날 제 동생이 그 꼴을 당하는데도 가만있었단 말입니까?"

자운엽은 도저히 이해가 안 간다는 표정으로 물었다.

"그게 서문가 사람들의 특징이지. 그런 일이 있다고 해서 선불 맞은 멧돼지마냥 펄펄 뛰는 사람들과는 달리 그들은 아주 조용히 많은 준비를 해서 결정적인 순간 몇 배로 돌려주지. 그래서 모두들 웬만하면 그들과는 상대를 안 하려고 하는데 이번에 네놈이 정통으로 걸린 것이다. 내 생각엔 최근 서문가와 위지가는 이권 다툼을 벌이고 있었고, 서문표 그놈의 목표는 위지가의 아들놈이었는데 엉뚱하게도 네놈이 끼어들어 산통을 깨버린 것이지. 그들도 예상 못한 상황에 지금껏 어이없어하며 아무 짓 않고 있지만, 결국 네놈에게 복수를 하고 난 다음 어떻게든 위지가를 끌어들어 다시 수작을 부릴 것이다. 그 선봉에 서서 움직이는 자가 서문주치 그놈이 될 것이고……."

"꽤나 재밌어지겠군요?"

무영신개의 말을 모두 들은 자운엽은 피식 웃으며 답했다.

"그런 것이 네놈은 재미있는 모양이다만, 그런 재미를 즐기는 놈치고 서른 살을 넘기는 놈을 보지 못했다."

무영신개가 엄한 눈빛을 하며 자운엽을 쳐다보았다.

"그놈들이 어둠 속에서 움직이며 네놈을 암습하려 하는 짓들은 내가 막아줄 수 있다. 그러니 그 점은 안심해도 될 것이다. 대신 공식적인 비무나 공공연한 장소에서 시비를 거는 짓들은 전적으로 네놈이 알아서 해야 한다. 그리고 혹시 서문주치 그놈과 마주쳐 유리검을 상대하게 되거든 검날이 수평에서 수직으로 바뀔 때를 조심해라. 유리검은 그때가 가장 위험하다고 알려져 있다. 척발시와 목염태를 상대하는 네놈 실력을 보니 놀랄 만했다마는, 칼이란 것은 상대적인 것으로 무식한 칼에서는 볼 수 없는 전혀 색다른 위험이 유리검 속에 도사리고 있을지도 모른다. 네놈이 설가에서 심부름을 하던 그 시절 이전부터 그놈은 유리검을 갈고닦았으니 훨씬 더……."

"혼자서 북 치고 장구 치고 다하시는군요. 그 치사스런 놈들을 문파와 사부를 대신해서 그리 쉽게 물리쳐 주시겠다니, 고마움에 눈물이 다 나오려고 합니다그려."

무영신개의 말을 끊으며 자운엽은 조금도 달갑지 않다는 표정으로 빈정거렸다. 도움을 주기 위해 일부러 여기까지 왔겠지만 자신을 손바닥 위에 올려놓고 내려다보고 있는 무영신개가 영 마음에 들지가 않는 것이다. 그러니 호의마저도 별로 달갑지 않은 기분이 들게 했다.

"치사한 놈들이기에 다루기가 편하지. 그런 놈들을 다루는 데는 나 같은 사람이 전문이니까."

무영신개가 자신에 찬 목소리로 말했다.

"그러시군요. 그렇다면 감사히 받아들이지요. 그놈들 말고도 신경 쓸 일이 많은데 괜한 데 시간을 뺏기지 않게 되어 정말 고맙군요."

자운엽이 포권을 쥐었다.

"그런데 어째 네놈 어투는 내용과 달리 조금도 고마워하지 않는 것 같으냐?"

무영신개가 눈을 가늘게 떴다.

"그럴 리가요? 제 어린 시절 아픈 과거까지 들춰내어 보드랍게 감싸 주시고, 행여 넘어지기라도 할까 싶어 한시도 눈을 떼지 않고 일거수일 투족을 감시하시며 이곳까지 따라오신 분께 고마운 마음을 갖지 않는 다면 그놈이야말로 정말 몹쓸 놈이지요."

자운엽이 손짓발짓 섞어가며 고마워하는 몸짓을 했다.

"놈! 그게 불만이더냐?"

"글쎄요. 불만이라기보다는… 전 천성적으로 누굴 훔쳐보는 것은 좋아하지만 그 반대는 딱 질색이거든요. 하지만 앞으로는 좀 힘들 겁 니다. 저번에는 경황 중이라 눈여겨보지 못했지만 오늘은 이렇게 코앞 에서 두 눈 똑바로 뜨고 보았으니, 이제부터 근처에 얼쩡거리면 금방 알아채게 되겠지요."

자운엽이 얼굴 가득 미소를 피워 올리자 무영신개도 비슷한 표정으 로 미소를 배어 물었다.

"이 얼굴이 원래 내 얼굴이라 생각하느냐?"

말과 함께 턱 아래에 손을 갖다 댄 무영신개가 손끝을 움직이자 한 겹 꺼풀이 일어났다. 그렇게 역용의 증거를 조금 내보인 무영신개가 일어난 꺼풀을 도로 붙이고는 손을 떼었다.

"현재의 얼굴은 내 본얼굴이 아니니 네놈이 아무리 눈을 크게 뜨고 기억해도 소용없는 일이란 말이다, 이놈아!"

무영신개가 득의에 찬 목소리로 자운엽을 비웃었다.

"후후! 얼굴이야 한 인간의 전체 모습 중 아주 작은 일부분이지요. 얼굴 말고도 한 사람의 특징을 나타내는 부분은 너무 많거든요. 그러니까 앞으로는 노인장께서 얼굴을 바꾸는 정도가 아니라 아예 목을 떼어놓고 오더라도 전 노인장을 찾아낼 수 있다, 그 말입니다. 내일 당장이라도 시험해 보시죠."

자운엽이 화사하게 웃으며 말을 끝내자 득의에 차 있던 무영신개의 표정이 딱딱하게 굳어졌다.

'이크!'

자운엽은 내심 비명을 지르며 뒤로 한 발짝 물러섰다.

지금 무영신개의 표정은 오래전, 감숙설가를 떠나던 큰공자가 정자나무 아래에서 '지금 네놈을 죽여야 할지 살려두어야 할지 판단이 서지 않는다' 라며 생각에 잠기던 그 표정이었다.

"그런 눈으로 보지 마십시오. 노인장에게 묵계가 있듯이 저에게도 신조가 있습니다. 누구든 먼저 건드리지 않으면 절대로 해치지 않는다. 그리고 내 비밀을 폭로하지 않는 한 남의 비밀도 폭로하지 않는다. 또 상대가 날 모르는 체하는 이상 나도 절대 아는 체하지 않는다. 등등입니다."

"요악스런 놈!"

　무영신개가 불쑥 한마디 던지며 자운엽을 쏘아보았다.

　비록 잔뜩 겁을 먹은 듯 과장된 표정으로 뒤로 물러나 눈치를 보고 있지만 이놈의 숨은 실력은 자신도 상대가 안 될 것이 확실하다. 워낙 흉물스런 놈이라 자신의 진면목을 절대로 내보이지 않기에 진정한 실력은 알 수 없지만 탈백마검 염설비를 죽인 것이 결코 우연만은 아닌 것이다. 그것은 척발시와 목염태 두 거인을 차례로 꺾은 것으로 충분히 증명이 되었다.

　'아직은 호기로운 구석이 더 많은 놈 같지만……'

　무영신개 가슴속에도 엄한필과 비슷한 걱정이 요동 쳤다.

　"더 이상 할 말이 없으시면 전 그만 내려가 보겠습니다."

　자운엽이 슬쩍 몸을 돌리며 무영신개에게 작별을 고했다.

　"명심하거라. 유리검의 무서움은 검날이 수평에서 수직으로 바뀔 때이다."

　무영신개가 다시 한 번 주의를 일깨워 주고는 주위를 한 바퀴 둘러본 후 그 자리에서 사라졌다.

　"의리없는 노인네 덕에 등 뒤에서 칼 맞을 걱정은 안 해도 되겠구만."

　무영신개와 헤어지고 나서 산을 내려오는 자운엽은 한층 가벼운 마음이 되었다. 천방지축 서교영 때문에 흑살의 집요한 공격을 받으며 바짝 신경을 곤두세우느라 한동안 피곤했는데, 또 그런 식의 공격에 대처하려면 정말 짜증나는 일이다. 그리고 지금 현재 자신의 관심은 온통 환사삼결에 집중되어 있었기에 다른 곳으로 신경을 분산시키지 않아도 된다는 사실이 무엇보다 마음을 편하게 만들었다.

‘환사일결은 이제 걱정할 것이 없다.’

두 거인의 엄청난 힘과 맞부딪치면서도 아무런 위험을 겪지 않았다면 앞으로도 그럴 것이다. 이제부터는 열심히 다듬어 그 힘을 끌어올리는 데 걸리는 시간을 최소한으로 단축시키고, 힘의 증폭은 최대한으로 높이는 데 중점을 두어야 할 일이다.

“흐읍!”

자운엽은 부지런히 걸음을 옮기면서 환사일결인 화석심공을 운기했다. 심장 박동이 즉시 멈추고 혈도가 폐쇄되며 인간 한계를 초월하기 위한 준비가 되었다.

“타앗!”

한소리 기합과 함께 자신이 낼 수 있는 최고의 기운으로 아름드리 소나무에 쌍장을 날렸다.

펑—

자운엽의 몸통보다 더 굵은 소나무가 사시나무 떨듯 흔들리며 마른 솔잎들이 우수수 바닥으로 떨어져 내렸다.

우지직!

한동안 그렇게 흔들리던 소나무가 천천히 허리를 꺾으며 숙여지기 시작했다.

‘이크!’

설마 하고 있던 자운엽이 얼른 소나무가 넘어지는 반대 방향으로 신형을 옮겼다.

우지끈, 쿠쿵—

꺾여진 소나무가 굉음을 내며 천천히 땅바닥에 드러누웠다.

갑자기 울려 퍼지는 굉음에 온 산이 깜짝 놀라며 잠에서 깨어났다.

잠시 멍하니 쓰러진 소나무를 내려다보던 자운엽은 즉시 진기를 끌어올려 온몸 곳곳으로 운기시켜 보았다. 척발시와 목염태와의 대결 때와 마찬가지로 몸 어느 구석에서도 진기의 흐름이 막히거나 혈도의 미세한 손상도 느껴지지 않았다.

태음토납경의 부드러운 힘과 조화되어 환사일결인 화석심공의 파괴적인 힘은 완벽히 자신의 것이 된 것 같았다.

"이제 환사일결을 펼치는 데는 아무런 부작용을 느끼지 못하니 앞으로는 무의식 중에서라도 자유자재로 펼칠 수 있을 정도로 숙달시키는 일만이 남았다. 그것은 시간이 해결해 줄 테니 지금부터는 환사이결 전이심공을 파고들어야겠다. 이것 역시 만만치 않을 것인데 얼마나 신기한 힘이 들어 있는지 궁금하구나."

숙소로 돌아온 자운엽은 환사삼결의 비급을 펼쳤다.

이미 머리 속에 그 내용을 모두 새기고 있지만, 오묘하게 숨겨진 문맥의 뜻은 이렇게 눈으로 행간을 읽는 것이 효과적이란 것을 태음토납경에서 충분히 경험하였기에 자운엽은 다시 비급을 펼쳐 환사이결이 적힌 부분을 찾았다.

환사이결은 환사일결에서 폐쇄한 혈도를 뛰어넘어 진기를 곧바로 신체의 말단에 전이시켜 극쾌를 추구하는 괴이한 수법이었다.

"나도 제법 별나다고 자부했는데 세상 구석구석에는 정말 별난 사람들이 무궁무진한 것 같다. 대체 어찌 이런 생각을 한 것일까?"

다시 읽어보아도 기묘한 생각이 절로 들게 하는 환사이결의 구절을 음미하던 자운엽은 고개를 설레설레 흔들며 가부좌를 틀고 환사일결의 구절을 운기했다.

순식간에 심장 박동이 멈추어지며 혈도가 폐쇄되었다. 그 상태에서 자운엽은 천천히 환사이결의 구절을 운기했다.

기를 쓰며 몇 번을 매달려도 아직은 아무런 기운이 느껴지지 않았다. 그럴수록 오기가 생겨 더 악착같이 달려드는 성격인 자운엽은 시간이 어찌 흐르는지도 모르고 환사이결에 매달렸다.

계속해서 환사이결을 운기하는 자운엽의 이마에 어느덧 땀이 맺히고 혈색이 창백해져 갔다. 그것은 처음 환사일결을 수련하던 때와 똑같은 어려움을 겪고 있다는 증거였다.

"후우―"

백지장처럼 하얗게 탈색된 얼굴을 한 자운엽이 탁한 숨을 토해내며 무거운 표정을 지었다. 그러나 그 표정이 무거워질수록 두 눈에서 뿜어져 나오는 열망은 훨씬 더 강해져 갔다.

'됐다!'

먼동이 훤하게 밝아오는 새벽이 되었을 때 자운엽은 실낱같은 한줄기 기운을 느낄 수 있었다. 거의 착각이지 않았나 싶을 정도로 미약한 기운 한 가닥이 폐쇄된 혈도를 건너뛰고 곧바로 손끝에 전이되어 느껴졌던 것이다.

"푸후―"

긴 숨을 내쉰 자운엽이 태음토납경의 호흡을 끌어올려 환사일결과 이결에 의해 굳어진 혈맥을 보살폈다. 그리고는 천천히 조금 전에 느꼈던 감각을 떠올려 보았다.

수십 번을 반복한 끝에 너무 미약하여 착각이 아닌가 싶었지만 이제껏 느끼지 못했던 한 가닥의 기운을 분명히 느낀 것 같았다.

환사일결의 완성!

그것은 또 하나의 시작점이었다.

기를 쓰며 정상을 향해 달려왔고, 숨이 턱에 차며 정상을 밟았다.

그러나 그곳은 또 다른 정점을 위한 작은 발판에 불과했다.

"후후! 정말 재미있는 심법이야. 오로지 날 위해 만들어진 것 같은……. 크크큭!"

나직한 자운엽의 웃음소리가 방 안에 울려 퍼졌다.

유리검(琉璃劍)

유리검(琉璃劍)

"와—하하하!"

왁자지껄한 웃음이 온 남궁가에 울려 퍼지며 전 남궁가주이며 현재 남궁가의 제일 어른인 남궁선유 노인의 팔순 잔치가 벌어졌다.

이르게는 보름 전부터 남궁가에 도착하여 오늘을 기다린 손님들도 있었지만, 가까운 곳에 사는 사람들은 잔치가 벌어지는 당일 날 아침에도 줄을 이어 점심을 겸한 잔치 시간에는 그 넓은 남궁가의 안채 마당에 발 디딜 틈이 없을 정도로 축하 손님들이 운집했다.

안채 마당에 자리 잡은 많은 손님들 앞에 빈틈없이 준비된 음식상들이 연방 날라져 왔고, 그들의 시종들이나 호위무사로 동행한 사람들도 남궁가 바깥채 곳곳에 자리가 마련되어 같은 시각에 음식들이 날라져 왔지만 그 많은 손님들을 접대함에 있어 남궁가의 일꾼들은 아무런 차질 없이 일을 처리해 나갔다.

　남궁세가 건물 곳곳에 마련되어 있는 요리실에서는 퍼내어도 마르지 않는 샘처럼 계속해서 음식들이 쏟아져 나왔고, 단 한 가지의 음식도 부족하거나 먼저 떨어지는 것이 없었다. 그 엄청나고 줄기찬 음식들의 공급만 보더라도 수백 년 전통의 남궁세가가 지닌 저력이 어떤 것인지 고스란히 느낄 수 있었다.

　남궁가의 일꾼들과 무사들까지 전부 동원되어 음식상이 모두 차려지자 남궁세가의 제일 어른이자 오늘 잔치의 주인공인 남궁선유가 가주인 남궁회준과 함께 먼저 모습을 드러냈다. 그리고 그 뒤로 또 다른 아들 넷과 며느리, 딸 셋과 그 사위들……. 수를 헤아릴 수 없이 많은 손주, 손녀, 손주며느리들과, 증손주, 증손녀들이 남궁 노인을 따라 미리 준비된 자리에 앉았다.

　“와아!”

　“와— 노신선이 하강했다!”

　“과연 남궁세가다!”

　온갖 정성을 다해 차려입은 딸들과 며느리들의 화려한 옷차림과 엄청난 숫자의 손주 손녀들의 날아갈 듯한 자태는 절로 보는 이들의 탄성을 자아내게 했다.

　“정말 대단하군요. 저 어른의 직계 자손들만 해도 대체 몇이야?”

　금성표국의 국주 송여주가 눈을 반짝이며 남궁가의 식구들 수를 대략이나마 세어보려는 듯 고개를 끄덕거리기 시작했다.

　“다산(多産)에 관심이 많으신 모양이오? 그런 것이라면 나도 자신이 있는데…….”

　엄한필이 송여주의 시선이 머문 곳으로 같이 시선을 던지며 은근하게 속삭였다.

“쿡!”

옆에 있던 서교영이 터져 나오는 웃음을 참느라 애를 썼다.

“애는 엄 공자가 낳아요? 쓸데없는 소리 지껄이지 말고 구경이나 해요.”

송여주가 옆에서 보는 사람만 없다면 당장 정강이라도 한 대 걷어찰 기세로 엄한필을 보고 고함을 질렀다. 그리고 다시 시선을 남궁세가의 식구들에게로 고정시켰다.

풍악 소리가 웅장하게 울려 퍼지는 가운데 아들, 딸, 며느리, 사위들이 남궁 노인의 만수무강을 비는 축하주를 올렸고, 증손자들의 재롱이 몇 차례 있은 후 잔치의 주인공이 참석자 모두에게 짧은 감사의 말과 함께 건배를 외치자 잔치의 분위기는 절정으로 달아올랐다.

“어이, 나비! 우리도 공차표행 끝나면 만사 때려치우고 열심히 노력해서 이런 가문을 하나 일으키는 것이 어때? 백발이 휘날리는 말년에 많은 자손들 틈에서 술잔을 받는 저 노인의 풍모가 보통 부러운 게 아닌걸!”

엄한필이 자운엽을 쳐다보며 너스레를 떨었다.

“그건 이것저것 대충 준비가 되어가는 당신이나 잘해봐! 나는 아직 아무 준비도 되어 있지 않으니까 말이야. 찾는 사람이 어디 있는지조차 짐작도 못하고 있고…….”

자운엽이 퉁명스럽게 답했다.

“왜 그래? 어제 오후에 건강미와 함께 야릇한 매력을 풍기는 아가씨와 다정히 남궁가를 거닐던데… 그건 준비 과정이 아니었나?”

엄한필이 실눈을 뜨며 자운엽의 표정을 살폈다. 아마도 자운엽과 북호의 만남을 어디선가 목격한 모양이었다.

"나도 봤어! 그 여자 아주 매력적이던데… 그리고 널 쳐다보는 눈빛도 만만찮았어. 도대체 누구야, 그 여자?"

서교영도 눈빛을 반짝이며 끼어들었다.

"무슨 말이에요? 자 공자에게 여자가 생겼나요?"

서교영의 말에 송여주도 와락 반가운 표정으로 다가들었다.

"이거 왜들 이러시오? 그 여자는 예전의 내 고객일 뿐이오. 우연히 만나 옛날얘기를 좀 했던 것뿐이오."

자운엽이 여러 사람의 타오르는 관심에 서둘러 찬물을 끼얹었다.

"그 말은 네놈이 이전에도 어디에서 표행을 했다는 뜻인데, 그건 신빙성이 없는 말이야. 이 이전의 네놈 흔적은 어디에서도 발견되지 않고 있으……."

자신이 끊임없이 자운엽의 뒤를 캐고 있다는 사실을 스스로 인정한 꼴이 되고 만 엄한필이 얼른 입을 다물었다.

"부업으로 사람 뒷조사하는 일도 맡은 모양이지?"

자운엽이 눈을 가늘게 뜨며 엄한필을 노려보았다.

"아니, 뭐… 내 짐작이 그렇단 말이지. 너 같은 놈이 이전에도 어느 곳에서 일을 맡았다면 반드시 그만한 소문이 날 것인데 그런 소문은 전혀 못 들어봤거든……."

엄한필이 궁색한 변명을 하며 얼버무렸다.

'후후! 나 자신도 별로 아는 게 없는 나에 대해 네가 어떻게 알 수가 있겠느냐.'

자운엽은 내심 중얼거리며 행사장 한복판으로 눈길을 돌렸다.

거창하면서도 명가의 엄격한 예법이 스며 있던 식이 끝나자 자유스런 분위기에서 주인과 객이 어울려 흥겨운 시간을 보내고 있었다. 자리를 잡은 모든 사람들이 서로 술잔을 권하며 어느 정도 취기가 돌 때가 되었을 때 좌중 한가운데서 중년인 하나가 벌떡 일어서며 들고 있던 잔을 높이 쳐들었다.

"하남제일, 아니, 어쩌면 중원제일가라 해도 그리 큰 말실수가 되지 않을 남궁세가의 최고 어른이신 남궁선유 대협의 팔순을 진심으로 축하드리며, 이 자리를 더욱 흥겹게 하기 위해 소생이 한 가지 제안을 할까 합니다."

연신 커다란 웃음과 함께 흥거운 시간을 보내던 축하객들이 갑자기 온 장내를 울리는 중년인의 목소리에 잠시 술잔을 내리고 고개를 돌려 중년인을 바라보았다.

그리 크지 않은 눈이지만 그 눈에서 날카로운 안광을 뿜어내던 중년인은 모든 사람들의 시선이 자신에게로 쏠리고 있음을 느끼자 잠시 끊었던 말을 다시 이어갔다.

"이 자리에 모이신 여러분들도 이젠 웬만큼은 마시고 즐겼으리라 생각되니 불초가 지금부터 더 큰 재미를 하나 선사할까 합니다."

다시 중년 사내가 하던 말을 멈추고 장내를 한 바퀴 둘러보았다.

"그런데 귀하의 존대성명은 어떻게 되시는지요?"

느닷없이 일어서서 모든 분위기를 혼자 이끌어가는 사내의 행동이 눈에 거슬렸는지 어디에선가 약간은 질책하는 듯한 목소리가 울려 퍼졌다.

"누구야, 저 사람은?"

그 소리에 다른 많은 사람들도 같은 심정이란 듯 한마디씩 했다.

"이런 결례를 보았나? 먼저 내 이름자부터 밝히고 여러분들께 내 의견을 피력해야 했거늘……. 술이 한잔 들어가다 보니 큰 결례를 했습니다. 부디 너그러운 아량으로 용서하시길."

중년 사내가 즉시 자신의 실수를 인정하며 사방으로 포권을 지었다.

"거참! 조조의 참모 역할을 맡았으면 딱 잘 어울릴 사내로군!"

엄한필이 기름이 반지르하게 흐르는 중년 사내의 말투와 행동에 거부감을 느꼈는지 이마에 주름살을 지우며 혀를 찼다. 그러는 사이에 중년 사내의 음성이 다시 장내에 울려 퍼졌다.

"소생의 이름은 서문덕조(西門德趙)라 하며, 하북서문가의 자손이지요. 그리 변변치 않은 이름이라 이렇게 많은 분들 앞에서 밝히는 것이 몹시 송구스럽군요."

사내의 말이 끝남과 동시에 좌중은 일순 쥐 죽은 듯 조용해졌다. 서문덕조란 네 글자 중에서 뒤의 두 자인 덕조란 이름자는 그 이름의 주인 말대로 별로 알려진 것이 없어 오히려 이런 자리에서 큰 소리로 밝히기 적잖이 부끄러운 감이 있었지만, 이름 앞의 두 자인 서문이란 성씨는 그와 정반대로 송충이를 쳐다보았을 때처럼 소름이 끼치는 글자였다.

남궁세가에 모인 많은 사람들은 며칠 전에 일어났던 서문세가의 여우—이제는 비루먹은 강아지가 되어버렸지만—서문표와 위지종현, 팽가삼화, 그리고 서문표를 비루먹은 강아지로 만들어 버린 자운엽에 대한 얘기를 모두 알고 있었으므로, 지금 서문덕조라는 중년인의 이름을 듣는 순간 그들이 무언가 흉계를 꾸미고 있음을 짐작할 수 있었다.

"그럼 소생의 결례는 용서해 주시는 걸로 생각하고 아까 제가 올린 제안에 대해서 계속 말씀드릴까 합니다. 제 제안이란 단도직입적으로 말해서, 중원제일의 무가 중 한곳인 남궁가의 잔치에서 그에 어울리는 무공 대결 한 장면 보지 못한다면 그것이야말로 용을 그리고 눈을 그리지 않은 격이 아닐는지요? 그래서 소생은 과분한 대접을 받은 손님으로서 작은 보답이나마 하고자 잔치의 흥도 돋우고, 또한 이 자리에 계신 많은 분들께 좋은 구경거리를 제공할까 합니다.”

“그냥 간단히 한마디 하면 될 것을 가지고 꼭 저렇게 구구절절 읊어야 하는 건가? 아마도 집안 내력인 모양이야.”

서교영이 인상을 쓰며 투덜거리다 굳어진 엄한필의 표정을 보고 의아한 표정을 지었다.

“왜 그래요, 사형? 내 말이 틀린 건가요?”

“가만 있어봐, 사매! 저 인간의 말을 좀 더 들어봐!”

엄한필이 서교영에게는 눈길도 주지 않고 서문덕조란 중년인에게 시선을 고정시키고 있자, 서교영도 눈을 깜박거리며 서문덕조를 쳐다보았다.

“아시다시피 엊그제 비무에서 내 셋째 조카 녀석이 미숙한 탓에 한 청년에게 패배를 당하고 말았지요. 무가의 자손으로 정정당당한 비무로 인한 승리와 패배는 손바닥의 양면과 같이 공존하는 바, 승자에게는 찬사를 보내고 패배자에게는 격려를 보냄이 마땅하지요. 그리고 오늘 한 번의 패배가 영원한 패배는 아니기에 패자 쪽에서 절치부심하여 그때의 패배를 설욕하고자 할 때는 당연히 그 기회를 주는 것이 승자 쪽의 의무라 생각합니다. 그런고로 우리 서문가에서 저 청년에게 지금 그 기회를 요구하고자 하는 바이오.”

장광설(長廣舌)을 늘어놓던 서문덕조가 천천히 남궁가 안마당 한쪽에서 엄한필 등과 수저를 놀리고 있는 자운엽 쪽으로 고개를 돌렸다.

“뭐, 뭐야? 얘기가 그렇게 되는 거야?”

서문덕조의 말이 끝나자 분위기 파악을 한 서교영이 벌떡 일어서려다 장내의 모든 시선이 자신들에게로 모이는 것을 느끼고 엉거주춤 자리에 앉아 자운엽의 표정만 살폈다.

'무영신개가 말한 소위 공식적인 보복이란 것이 이것인가 보군!'

서문덕조란 사람의 이름을 듣는 순간부터 이런 결과를 예측하고 있던 자운엽은 무표정하게 음식 한 젓갈을 더 입에 넣고 맛을 음미했다.

'저런 죽일 놈!'

자신의 말에 적지 않게 당황하리라 생각한 자운엽이 너무 태연하게 행동하자 서문덕조의 수염이 일순 파르르 떨렸다.

"하하! 젊은 친구! 손바닥으로 하늘을 가릴 수는 없는 법이라네. 자네가 그런다고 해서 이 상황이 유야무야(有耶無耶)되지도 않을 것이니 시침 그만 떼고 이젠 답을 하게나."

서문덕조가 자운엽을 옴짝달싹할 수 없게 만들려는 듯 손짓으로 일어서라는 시늉까지 하며 재촉했다.

자운엽이 있는 곳으로 고개를 돌리는 것도 모자라 손가락질까지 하는 서문덕조의 재촉이 끝나자, 모든 시선들이 자운엽에게로 모여지며 숨을 죽였다.

'이곳에 온 후론 하루도 그냥 넘어가는 날이 없군. 그런데 그 의리가 없는… 아니, 조금은 있는 개방 염감은 분명히 이런 상황에서 서문가의 둘째 아들이 나올 것이라 했겠다?'

자운엽은 잠시 무영신개의 당부를 떠올리며 씹고 있던 음식을 꿀걱 삼켰다.

"왜 그러나, 자네? 설마 겁이 나서 그러고 있는 것은 아니겠지?"

앞으로 일어날 상황을 한번 예측해 보고, 씹고 있던 음식을 삼키며 막 일어나려는 자운엽은 서문덕조의 재촉을 다시 받고는 목으로 넘어

가던 음식이 그 자리에서 걸리는 듯한 느낌을 받으며 인상을 썼다.

'조카나 그놈 숙부나 노는 꼴이 똑같군!'

목에 걸린 음식을 억지로 삼키려는 듯 인상을 쓴 자운엽이 천천히 일어섰다.

"대협의 말씀이 무슨 뜻인지 몰라서 잠시 생각하느라 제때 대답을 못했군요. 용서하십시오."

자운엽이 포권을 쥐며 가볍게 예를 차리자 서문덕조와 많은 사람들이 자운엽의 입만 쳐다보았다.

"처음 대협께서 조카 분이 정정당당한 대결을 해서 패했다고 말할 때 저는 딴사람 얘긴 줄 알았습니다. 제 기억으로는 누군가와 대결한 적이 없거든요. 단지 이틀 전에 웬 비루먹은 강아지 한 마리를 혼내준 적이 있기는 하지만 말입니다……."

"푸후!"

"쿡!"

"와하하─"

이곳저곳에서 억눌린 웃음이 터져 나오다가 마침내 박장대소가 울려 퍼졌다.

'이, 이놈이?'

자운엽의 빈틈없는 반격을 받은 서문덕조의 안색이 붉으락푸르락하며 보는 사람만 없다면 당장이라도 자운엽에게로 달려들 듯한 표정을 지었다. 그러나 불행하게도 지금은 자신을 쳐다보는 사람들이 너무 많았기에 최대한의 절제력으로 냉정을 되찾을 수밖에 없었다.

"하하! 젊은 친구. 자네의 혀끝은 뱀의 이빨보다 날카롭구먼. 그 방면에서는 내 깨끗이 항복하지. 그러니 말장난들은 그만 하고 도전이나 받아주게!"

　서문덕조가 말싸움으로는 본전도 못 찾겠다 싶었는지 고개를 흔들며 패배를 자인했다. 이틀 전, 조카 녀석의 그 현란한 말솜씨를 지극히 짧은 순간에 무력화시키고 졸지에 비루먹은 강아지로 만들어 버린 자운엽의 고강한 말솜씨를 염두에 둔 재빠른 행동이었다. 지금도 꼼짝없는 상황으로 몰고 가기 위해 무심코 약을 올리다가 당장 맞받아쳐 온 자운엽의 역습에 조카 서문표는 다시 한 번 비루먹은 강아지가 되어 이곳에 모인 사람들의 기억을 새롭게 한 것이다.

　'하지만 네놈의 명도 오늘이 끝이다! 이런 공개적인 자리에서 비무를 하여 목을 베어버린다면 위지가든 팽가든, 아니면 네놈의 사돈이라는 사천당가도 아무런 군소리를 하지 못할 것이다. 개망신을 당하고도 즉시 움직이지 않은 것은 네놈을 이 자리에서 완벽하게 죽이기 위한 충분한 연습을 하기 위해서였다. 피치 못할 상황을 만들고 그 상황 속에서 네놈 목을 벨 연습 말이다. 후후후!'

　서문덕조가 자꾸 위로 솟구치려는 입꼬리를 고정시키려고 안간힘을 썼다.

　'아주 자신이 만만한 모양인데… 그렇다면 기어코 확인해 보고 싶어지는군.'

　서문덕조의 미세한 표정 변화를 살피던 자운엽이 입을 열었다.

　"그 일을 정정당당한 비무로 생각하고 다른 감정을 품지 않으시겠다니 저로서도 개운한 마음을 금할 길이 없습니다. 사실은 서문세가에서 속 좁게 저를 가문의 원수로 점찍었으면 어쩌나 하는 걱정이 태산 같았습니다. 어찌 된 일인지 그런 쪽으로는 서문세가의 소문이 무척이나 나쁘더군요. 아니, 나쁜 정도가 아니라 아예 구린내가 나서 코를 싸매

겠더군요. 하나 그것이 말짱 헛소문이었다는 것을 지금 알게 되었습니다. 그러니 대협의 제의에 기꺼이 응하도록 하지요!"

어르고 뺨 치는 자운엽의 말에 서문덕조가 수시로 인상을 찌푸렸다 폈다 했지만, 결국 자운엽이 제안을 받아들이자 번쩍하고 눈빛을 빛냈다.

"하하! 그럴 줄 알았네. 자네 같은 실력을 갖춘 사람이 겁쟁이일 리가 없지."

서문덕조가 한마디 덧붙이고는 얼른 남궁가의 사람들에게로 고개를 돌렸다.

"어떻습니까, 남궁 대협? 본인도 승낙했고 우리 가문도 패배의 아픔을 설욕하고 싶으니, 잔치의 여흥도 돋울 겸 비무를 허락하심이……?"

말이야 패배의 아픔을 설욕하게 자리를 마련해 달라는 뜻이지만, 이제껏 그들 가문의 행동으로 보아 그것은 결코 표면적인 뜻과는 다른, 무슨 흉계가 있을 것이 틀림없음을 짐작한 남궁가주와 잔치의 주인공인 남궁 노인은 난처한 표정을 지었다.

단순하게 생각하며 그것을 허락하자니 저 인간들이 무슨 흉계를 꾸미고 있는지가 걱정이 되었다. 만약 저들의 흉계에 의해 저 젊은이의 신상에 해가 있기라도 한다면 오십 년 지기인 당문정에게 고개를 들지 못할 일이 될 것이다. 그리고 다른 많은 사람들에게도 남궁세가에서 그런 불상사 하나 막지 못했다는 오명까지 뒤집어쓸 것이다. 그렇다고 패자의 아픔이니 무가의 잔치에 여흥을 돋우겠다니 하며 구구절절 이유를 갖다 붙이는 저들의 청을 딱 잘라 거절할 명분도 없었다.

그런저런 생각으로 난감해하고 있는 남궁 노인의 귓가에 전음 한줄기가 날아들었다.

─남궁 대협! 저들의 이차적인 흉계는 제가 원천 봉쇄했으니 비무를 허락하고 얼마나 잘 노는지 구경이나 하시지요. 당가의 사돈이란 저 어린 놈은 겉보기에는 젖비린내가 물씬 풍기는 애송이의 모습이지만 여우보다 더 교활하고, 너구리보다 더 능청스러운 놈입니다. 무공 또한 나로서도 감당을 하지 못할 정도이니 저놈들의 흉계 정도는 충분히 막아낼 수 있을 것입니다.

'이 전음은?'

남궁 노인이 갑자기 귓전으로 날아든 전음에 잠시 표정을 굳혔다. 그러나 잠시 후, 전음의 임자가 무영신개임을 알아차리고는 만면 가득 미소를 피워 올렸다.

"하하! 그거 좋은 생각이오! 내 그렇잖아도 하루 종일 이렇게 팔자에도 없는 신선 흉내를 내려니 사지가 뒤틀리던 참이라오. 만약 서문가에서 제의를 하지 않았다면 나라도 친히 나서 당문정 저놈과 오십 년 전에 못 가린 승부를 가릴 참이었는데, 정말 듣던 중 반가운 소리오. 하하하!"

오십여 년 전 당문정과 함께 온 중원을 누비며 뭇 강호인들을 골탕 먹이던 때의 기분이 되살아난 듯, 남궁 노인이 취기 오른 얼굴로 고함을 지르며 대소를 터뜨리자 조마조마하는 심정으로 상황을 지켜보던 남궁가의 가주 남궁회준과 다른 아들들, 그리고 그 며느리들의 표정이 날벼락을 맞은 듯이 수시로 변했다.

"네놈은 오십 년이 지나나 백 년이 지나나 철들기는 애당초 틀린 놈이다!"

노심초사하던 당문정도 남궁 노인의 갑작스런 결정에 깜짝 놀라다 마침내 고함을 질렀다.

"어허, 이놈아! 당가 성을 쓰면서 주먹질에 더 열을 올리는 네놈보다
는 훨씬 낫다."

남궁 노인도 지지 않고 맞받아치자 두 노인의 아들들이 홍당무가 된
얼굴로 자신들의 부친을 뜯어말렸다.

"하하하!"

팽팽하던 장내의 긴장이 한때 중원의 다시없는 괴걸로 이름을 날렸
던 두 노인들의 기행에 대번에 풀어지며 이곳저곳에서 웃음소리들이
터져 나왔다.

처음에야 서문가에서 벼르고 벼른 대결이란 생각에 모두들 긴장이
되었지만, 잔치의 주인이자 이곳 남궁세가의 최고 어른이 저렇게 호기
롭게 나오는 이상 서문가도 함부로 날뛰지 못할 것이라는 믿음이 생기
며 모두들 서문덕조의 말마따나 여흥을 돋우기 위한 무공 시합쯤으로
받아들이게 되었다.

"자, 뭣들 하시오? 쇠뿔도 단번에 뽑으라 했으니, 어서 연무장이 있
는 별채로 갑시다. 애들아! 너희들은 어서 사람들을 시켜 그쪽에 다시
자리를 마련하도록 하여라."

아들들의 낭패한 표정에는 아랑곳없이 남궁 노인이 냉큼 자리를 털
고 일어나자 하객들도 하나둘 자리에서 일어나고, 급기야는 한 발이라
도 더 잘 보이는 곳에 먼저 자리 잡으려는 듯 앞을 다투어 안채를 빠져
나갔다.

"이런 멍청한 놈 같으니라고! 어쩌자고 그렇게 쉽게 대답을 하는 거
야! 저놈들이 무슨 흉계를 들고 나올지 어떻게 알고?!"

엄한필이 답답하다는 표정으로 자운엽을 쳐다보며 소리를 쳤다.

"어차피 치러야 할 싸움이지. 그래도 유리검이란 걸 아니까 크게 겪

정할 건 없어!"

엄한필의 걱정에는 아랑곳 않고 자운엽은 오히려 홀가분하다는 표정으로 걸음을 옮겼다.

"유리검? 도대체 네놈이 하는 말은 무슨 뜻인지 알 수가 없다. 망할놈! 죽든 살든 네놈 목숨이지, 내 목숨이 아니다. 나도 이번에는 마음 편하게 네놈 싸우는 모습이나 구경할 테니 알아서 해라!"

엄한필이 자운엽의 뒤통수에다 고함을 질렀다.

남궁가의 안채를 바라보며 왼쪽에 자리 잡은 별채는 잔치 기간 중에도 타인에게 개방이 되지 않는 곳으로, 연무장과 병기 창고, 마사 등이 자리 잡고 있는 곳이다. 중원세가이자 막강한 무가의 힘이 고스란히 느껴지는 이곳이 갑작스럽게 개방되자, 이곳을 관리하고 경계를 서던 남궁가의 무사들은 분주하게 하객들을 인솔하면서도 절대로 타인이 보아서는 안 될 곳에는 굳은 표정으로 고개를 저으며 접근을 통제하였다.

"우와! 저 말들 좀 봐! 잘 찾아보면 천리마란 놈이 저곳에 숨어 있지 않을까 모르겠네."

"휴유— 저 연무장 넓이만 해도 우리 집 두 채는 들어앉겠구만."

"저건 도대체 무슨 훈련에 쓰이는 모형들인가?"

별채로 몰려든 사람들이 저마다 한마디씩 감탄을 하며 연무장 주변으로 자리를 잡았다.

"그런데 어쩌자고 남궁 노인께서 이렇게 선뜻 서문가의 부탁을 들어주는 것일까? 서문가의 인간들이 단순히 엊그제의 패배만 설욕하자고 모든 사람들 앞에서 이런 번거로운 일을 저지르지는 않았을 것 같은데 말이야."

"내 말이 그 말일세! 설사 피치 못할 사정으로 이런 대결이 성사되었다 하더라도 제일 앞장서서 말려야 할 사람들이 남궁세가 사람들이 아닌가 말일세? 그런데도 불구하고 남궁 노인은 오히려 기다렸다는 듯이 대결을 하게 장소까지 제공하니, 이것 참! 뒤통수를 한 방 맞은 기분이야."

한 사내의 말에 다른 사내도 맞장구를 치며 연신 고개를 갸웃거렸다.

여기 모인 사람들 중에서 당사자인 자운엽, 그리고 뒤에서 검은 음모를 봉쇄시키고 있는 무영신개와 무영신개에게서 전음을 받고 사태를 낙관하고 있는 남궁 노인 외에 다른 모든 사람들은 방금 대화를 나눈 사람들과 똑같은 심정으로 의문을 품고 있는 것이다.

"무슨 생각들이 있겠지! 젊었을 적에는 기상천외한 방법으로 많은 강호인들을 골탕 먹인 사람인데 아무런 생각도 없이 허락했겠나? 우린 그냥 굿이나 보고 떡이나 먹으면 되는 것이야."

옆에서 끼어든 다른 사내의 말에 두 사내도 일리가 있다는 듯 고개를 끄덕였다.

"그렇지! 서문가의 셋째 아들을 한 방에 날려 버리던 청년이니 그리 호락호락하지는 않겠지. 어쨌든 그 청년의 솜씨를 한번 더 견식할 수 있다니 이거 정말 흥미진진한 일일세."

사내가 말을 마친 후 어서 대결이 펼쳐지지 않는가 하는 표정으로 목을 빼고 연무장 가운데를 바라보았다.

"그런데 서문가에서는 누가 나오려나? 듣기로는 그 청년에게 당한 서문가의 셋째는 아직도 운신이 불가능하다던데 말이야?"

"그것도 지켜보면 될 일이지……. 옳지, 저기 온다!"

한 사내의 말에 다른 두 사내도 얼른 목을 빼고 앞을 쳐다보았다. 그
와 동시에 이곳저곳에서 웅성거리던 소란이 천천히 그치고 서문가의
사람들이 연무장 가운데로 나타났다.

이런 상황을 만든 서문덕조를 중심으로 몇 명의 수행무사들과 세 명
의 젊은이가 눈에 들어왔다. 아마도 저 세 명 중 누군가가 오늘 비무의
주인공이 될 것이라는 생각에 세 명의 젊은이에게 모든 시선이 모여졌
다.

뒤이어 남궁가의 가주 남궁회준이 연무장 한가운데로 걸어나왔다.

"갑자기 이루어진 비무인지라 당황스럽기 그지없소. 그래서 자칫 불
상사나 일어나지 않을까 염려가 되오."

남궁회준은 아직도 이 상황이 마음에 들지 않은 듯 고개를 몇 번 흔
들고는 다시 말을 이어갔다.

"지금 이 대결을 말 그대로 정정당당한 비무이오. 그러니 대결을 벌
이는 양측은 절대로 살수를 쓰거나 불필요하게 상대에게 상처를 입혀
서는 안 될 것이오. 다시 말해 완벽한 승기를 잡았다 하더라도 옷깃을
베거나 칼날을 상대의 몸에 대는 정도에서 그쳐야 하오. 만약 그것을
어길 시에는 우리 남궁가를 모욕한 처사로 여기고 내 친히 그 일에 관
여하여 응징할 것이오. 먼저 서문가에서는 내 말에 이의가 없으시겠지
요?"

남궁회준이 못내 안심이 안 된다는 표정으로 많은 하객들 앞에서 공
증이라도 하듯 서문덕조의 대답을 요구했다.

"지당하신 말씀이지요. 그것이야말로 비무를 행함에 있어 가장 기본
이 되는 자세가 아니겠소?"

서문덕조가 당연한 걸 왜 묻느냐 표정으로 답했다.

“그럼 이번에는 자네가 답할 차례네.”

남궁회준이 등을 돌려 자운엽에게로 시선을 주었다.

“물론입니다.”

자운엽도 짤막하게 답했다.

“그럼 됐네. 이것으로 양측의 답을 들었으니 비무를 진행하겠소. 서문가에서는 누가 나올 것이오? 저 청년과 비슷한 연배의 사람이 나와야 공평하지 않을까 생각합니다만…….”

남궁회준이 서문가를 상대로 다짐을 받은 후 비무 상대를 물었다. 비무 상대를 먼저 정한 후 두 사람에게 좀 전과 같은 주의 사항을 주지시키고 비무를 시작하는 것이 옳은 순서이지만 서문가의 의도가 의심스러운 남궁회준이 먼저 서문가 전체를 상대로 다짐을 받은 후 뒤늦게 비무 상대를 물어본 것이다.

“물론이지요. 며칠 전 일도 조카 놈과 저 청년 사이에 벌어졌던 일이니 이번에도 조카 놈들 중에서 한 명을 내보내야지요.”

서문덕조가 여유있는 웃음을 지으며 자신 옆에 있는 한 청년을 가리켜다.

“이번 비무는 내 둘째 조카 녀석이 할 것이오. 크게 변변한 실력을 갖추고 있지 못하지만 동생의 패배에 속이 많이 상한 모양이오. 이 아이의 이름은 서문주치라 하고 서문가 가주이신 내 형님의 둘째 아들이지요.”

“서문주치?”

“처음 듣는 이름인걸?”

서문덕조의 소개가 끝나자 이곳저곳에서 작은 웅성거림들이 일어났다. 서문표란 이름은 최근 들어 워낙 악명을 높인 이름인지라 아는 사람이 꽤 있었지만 서문주치란 이름을 아는 사람은 거의 없었다. 그러니 무공 수준에 대해서는 더 더욱 알 길이 없었다. 서문세가 자체가 관부와 끊임없이 줄을 대고 그것을 바탕으로 한 음모와 술수로 오늘의 세력을 일구었기에 무공에 대한 그들 가문의 수준은 모두에게 생소한 것이다. 그래도 며칠씩이나 두문불출하다가 이런 뜻밖의 상황을 만들어 비무를 신청한 것이니 뭔가 단단히 믿는 구석이 있겠지 하는 생각과 함께 서문덕조가 가리킨 청년에게로 시선을 고정시켰다.

서문덕조의 소개가 있은 후 천천히 몸을 풀어 칼을 건네받고 있는 서문주치란 청년은 스물대여섯 정도의 나이로 눈매가 날카로워 보이는 것 외에는 그리 큰 특징이 없어 보였다. 적당한 키에 적당한 몸매, 그리고 평범한 흑색 무복을 입고 있었다. 또한 그가 들고 있는 칼 역시 어디서나 볼 수 있는 무늬가 새겨진 그런 칼이었다.

뭔가 잔뜩 기대감에 시선을 고정시키고 탐색을 벌이던 하객들은 처음 서문주치란 이름을 들었을 때와 비슷한 표정으로 시선을 거두었다.

"그럼 두 사람, 가운데로 나오게."

남궁회준이 양팔을 들어 자운엽과 서문주치를 불렀다.

"칼을 좀 빌려줘."

몸을 움직이려던 자운엽이 뭔가 생각난 듯 서교영에게 손을 내밀었다.

"칼? 네가 가진 건 어쩌고 내 칼을 달라는 거야?"

서교영이 눈을 동그랗게 뜨고 자운엽을 쳐다보았다.

"저런 놈을 상대로 처음부터 밑천을 다 보일 필요는 없지. 어서 빌려주기나 해."

자운엽이 재촉하자 서교영이 엉거주춤 칼을 내밀었지만 도저히 이해가 가지 않는다는 표정이었다.

"하여간 알 수 없는 인간이야, 넌."

서교영이 눈살을 찌푸리며 투덜거렸다.

"깨끗하게 쓰고 돌려줄 테니까 걱정 마."

서교영의 의아스런 눈을 뒤로하고 자운엽은 천천히 연무장 가운데로 나섰다.

"두 사람 모두 아까 내가 한 말 명심하고 정정당당히 비무에 임하길 바라네!"

남궁회준이 다시 한 번 다짐을 하고는 염려스런 눈빛으로 연무장 밖으로 물러났다.

'저것이 유리검인가?'

연무장 가운데에 서 서문주치와 대치하게 되자 자운엽은 서문주치가 아무렇게나 들고 있는 칼에 제일 먼저 눈길을 주었다. 무영신개에게서 들은 정보가 맞다면 저자의 칼은 유리검이 확실할 것이다. 그렇다면 뭔가 조금 다른 모습이어야 하건만 겉보기는 지극히 평범해 보였다. 물론 내공을 주입하고 칼을 휘두르는 그 순간 유리검의 위력이 발휘될 것이겠지만 외관상으로 오히려 그 특색을 감추려는 의도가 엿보일 만큼 평범 이하의 장식과 무늬가 그려져 있었다.

'칼 자체에는 조금도 신경을 쓰지 않게 한 후 갑자기 유리검의 기묘한 검초를 펼쳐 끝장을 내겠다 이 말이지? 그리고 보니 이놈도 꽤나 음흉한 놈이겠군.'

칼에 주던 눈길을 거두어들인 자운엽은 천천히 서문주치의 시선을 맞받아갔다.

"아까 들었겠지만 내 이름은 서문주치일세. 자네 이름은 자운엽이라

했나?”

서문주치가 옅은 미소를 머금고 질문했다.

“나에 대해 연구를 많이 하신 모양이오?”

자운엽도 비슷한 미소를 배어 물며 응대했다.

“좀 했지. 자네는 내 동생을 아주 완벽에 가깝게 짓밟아놓은 친구니까.”

서문주치의 얼굴에서 미소가 좀 더 짙어지며 비릿한 살기가 피어올랐다. 그것은 결코 비무를 하는 상대에게 내보일 수 있는 그런 미소가 아니었다. 어떤 수단을 강구하더라도 상대를 죽이고야 말겠다는 뜻이 고스란히 내포된 그런 소름 끼치는 미소였다.

“죽이려고 작정을 하셨군.”

자운엽이 서문주치에게만 들릴 정도의 작은 소리로 중얼거리자 서문주치 역시 자운엽과 비슷한 크기의 목소리로 답해왔다.

“이왕 죽을 거면 누구에게 어떻게 죽는지도 모르게 죽어서 관도 없이 시궁창에 처박히는 것보다 이런 자리에서 죽는 것이 훨씬 행복하지 않겠나? 네놈의 죽음을 발판으로 난 단번에 온 무림에 이름을 날리게 될 것이고…….”

“후후! 세상일이란 게 왕왕 자신의 뜻대로 안 될 때가 있는 것이지. 당신의 동생이 예정에 없이 비루먹은 강아지가 되어버린 것도 하나의 좋은 예가 되겠지.”

자운엽의 말이 끝나자 서문주치가 이를 앙다물며 칼자루를 잡았다.

“차앗!”

한소리 기합과 함께 서문주치가 먼저 칼을 빼 들어 공격을 했고 자운엽이 맞받아쳐 갔다.

까강—

날카로운 금속성이 울리며 단순한 일합이 나누어지고 두 사람은 다시 대치했다. 그런 단순한 대결 모습은 구경하는 사람들로 하여금 지극히 정상적인 비무를 벌이고 있다고 느끼게 만들었다.

"하앗—"

까강!

이번에는 자운엽이 서문주치가 했던 비슷한 모습으로 공격했고 서문주치 역시 변초 없이 직선으로 자운엽의 칼을 막았다.

"죽을 준비는 됐겠지?"

"전혀!"

"상관없어! 하앗—"

각각 한 번씩 형식적인 공수를 끝낸 후 서문주치가 비릿한 웃음을 흘리고는 어지럽게 칼을 흔들었다.

휘리리릭—

째쟁, 깡!

자운엽 역시 빠르게 칼을 휘두르며 서문주치의 칼을 막았다.

막상막하의 칼부림이 몇 번 더 이어지다가 잠시 멈추자 이곳저곳에서 작은 탄성들의 흘러나왔다.

"서문가에서 저런 정도의 칼을 익힌 청년이 있다니 다시 보아야겠는걸."

"그러게 말일세. 아주 변화 무쌍하고 현란한 칼일세."

"저 청년은 장력도 무서웠지만 칼에도 소질이 있구먼. 서문가 둘째 아들의 칼을 어렵지 않게 받아내는 걸 보니."

"그렇긴 하지만… 본격적인 싸움은 지금부터이니 더 두고 봐야겠지."

휘리리릭—

장내를 울리던 이런저런 웅성거림이 서문주치의 움직임에 의해 다시 적막에 감싸였다.

두어 발짝 옆으로 게걸음을 걷던 서문주치가 지금까지와는 전혀 다른 모습으로 칼을 한번 휘둘렀다. 그와 함께 칼날의 움직임이 순간적으로 아른거리는 듯한 느낌을 받았지만 아직까지는 그것이 유리검의 초식이란 것을 느끼는 사람은 아무도 없었다. 단지 서문주치가 유리검의 후인이라는 것을 알고 있는 자운엽만이 호흡을 가다듬으며 마음의 준비를 하였다.

'수평에서 수직으로 바뀌는 순간을 조심하라 했겠다?'

무영신개의 당부를 떠올린 자운엽은 눈을 크게 뜨고 서문주치의 칼날을 응시했다. 그러나 서문주치는 칼을 천천히 등 뒤로 옮기며 자운엽의 지속적인 관찰을 허용하지 않았다.

'제대로 하는군. 젠장!'

내심 투덜거린 자운엽이 칼을 고쳐 잡았다.

"하앗!"

등 뒤로 칼을 숨기던 서문주치가 어느 순간 빠른 보법과 함께 어지럽게 칼을 휘둘러 왔다.

휘리릭!

'유리검의 초식이다.'

자운엽의 예상대로 빛을 몇 번 반사시키던 칼날의 움직임이 흐릿하게 사라지기 시작했다.

째째째쟁—

눈을 가늘게 뜨고 필사적으로 칼을 쳐낸 자운엽은 순식간에 몇 걸음 뒤로 물러났다. 아른거리며 보이지 않는 검초 속에서 어떤 칼이 튀어 나올지 몰랐기에 최대한으로 사정권에서 멀어지기 위한 임기응변이었 다.

"이 자식이!"

갑자기 유리검의 초식을 펼쳐 승기를 잡으려 했던 서문주치는 이미 유리검의 공격을 예상하고 있던 자운엽의 시기 적절한 반응에 눈살을 찌푸렸다. 이처럼 갑작스런 유리검의 공격이라면 최소한 몇 군데 칼자 국은 남겼어야 하는 것인데 자운엽은 훌쩍 뒤로 물러나며 아예 공격권 을 벗어나 서문주치의 첫 번째 공격을 무위로 돌렸다. 하지만 그런 서 문주치의 어이없는 심정보다 더 망연한 반응을 보이는 사람들은 비무 를 지켜보는 하객들이었다.

"아니, 저것은……? "

"저 검법은?"

"저 칼은… 유리검이 아닌가?"

"그래, 유리검이다! 이십 년 전에 사라진 유리검 진철우의 검이다."

몇 군데서 간헐적으로 일어나던 파문이 순식간에 모든 사람들에게 전파되었다.

마병이라고 할 것까지는 없었지만 기억 속에 잊혀졌던 기병이 강산 이 두 번 바뀔 시간을 뛰어넘어 갑자기 눈앞에 번쩍하고 나타났으니 대부분의 사람들이 한두 마디씩의 감탄성을 내뱉으며 온 연무장 주변 이 술렁거리기 시작했다.

"유리검 진철우의 검법이 어찌 저 청년의 손에 나타난 것인가?"

"우—"

"그렇다면……? 서문가의 둘째 아들이 유리검의 진철우의 제자였단 말인가?”

“이거 정말 뜻밖이군. 어떻게 그런 사실이 이제껏 감쪽같이 숨겨질 수가 있었지?”

“그러게 말이야……. 하지만 뭐, 원래 그런 사람들이니…….”

“이거야 원!”

잠시 동안 온 연무장 주변을 시끄럽게 했던 술렁거림이 서서히 멈추어지자 아까보다는 훨씬 더 조용한 침묵이 찾아들었다. 이십여 년 만에 나타난 유리검이 어떤 모습으로 펼쳐질지, 또 그 상대가 된 저 청년은 과연 무사할 수 있을까 하는 긴장이 연무장을 단번에 침묵 속으로 빨아들인 것이다.

“아버님, 이렇게 되면 비무를 멈추어야 하지 않겠습니까?”

남궁회준도 뜻밖의 상황에 당황하며 부친에게 작은 소리로 물었다.

“이미 벌어진 비무를 무슨 명분으로 멈춘단 말인가? 당가의 사돈 청년보고 넌 상대가 안 되니 무릎 꿇고 빈 후 그만 내려오라고 소리라도 치겠단 말인가?”

남궁 노인이 당치도 않다는 듯 아들의 말을 가로막았다.

“하지만 저 유리검은 너무 위험한 무기인지라…….”

“엎질러진 물인 것이야. 이 많은 사람들 앞에서 단순한 비무를 청할 서문가의 인간들이 아니지. 결국 저런 꿍꿍이가 있는 것이군……. 어쨌든 비무는 계속될 수밖에 없네. 다만 처음 한 약속대로 살수를 펼치지 못하도록 최대한의 신경을 곤두세워야 할 것이야.”

남궁 노인도 적잖이 걱정되는 표정으로 남궁가주에게 당부를 하였다.

“제대로 보이지 않으니 살수를 쓰는지, 그렇지 않은지를 미리 제지하기가……."

남궁회준이 난감한 표정으로 초조해했다.

"어쨌든 최선을 다하게."

"알겠습니다, 아버님!"

남궁회준이 고개를 숙이고는 최대한 연무장 가까이로 다가갔다.

"그것이 유리검이란 것이오?"

모든 소란이 그치고 다시 조용한 대화가 가능해졌을 때 자운엽이 서문주치를 보고 질문을 던졌다.

"후후! 어디서 들어본 모양이구나. 그래! 이것이 네놈 심장을 갈라줄 내 애검이지."

"보기보단 잘 드는 모양이구려. 내 심장은 좀 질긴 편이라서 말이오."

"실컷 짖어라! 땅속에 파묻히면 그 짓도 불가능할 테니 말이다!"

말과 함께 서문주치가 내력을 끌어올리며 칼을 휘둘렀고 칼날이 햇빛에 반사되어 봄날 아지랑이처럼 아른거렸다.

쨍쨍, 째재쨍—

자운엽은 유리검과 부딪치는 칼의 감각과 유리검을 휘두르는 서문주치의 어깨와 팔목을 주시하며 아른거리는 유리검의 움직임을 놓치지 않으려 애썼다.

"꽤나 영리한 놈이군!"

아직까지 그럭저럭 자신의 칼을 막아내는 자운엽을 보며 서문주치가 비꼬듯 중얼거렸다.

"하지만 그 짓도 지금까지가 마지막이다!"

휘리릭—

서문주치의 손목이 어지럽게 움직였고, 손목을 보고 검로를 예측하기 어려울 정도가 됐을 때쯤 자운엽의 옷소매에 칼자국이 하나 생겼다.

"천천히 데리고 놀다가 죽여주겠다."

칼의 움직임을 멈춘 서문주치가 칼끝으로 자운엽의 잘려진 소매를 가리키며 입술을 비틀었다.

'그 노인네… 제대로 알고 정보를 준 것인가?'

자운엽은 무영신개의 말대로 서문주치의 아른거리는 칼날이 수평에서 수직으로 바뀔 때를 주의 깊게 살폈지만 이제껏 그런 변화는 단 한 번도 나타나지 않았다.

'대체 수평에서 수직으로 떨어지는 순간 무슨 일이 일어난다는 것인가? 그걸 알아야 나도 제대로 된 싸움을 한번 벌여볼 것인데…… . 좋아, 놈이 최대한 빨리 그 초식을 전개하도록 열을 좀 뻗치게 만들어야겠군.'

자운엽은 생각을 굳힌 후 피식 웃으며 서문주치를 바라보았다.

"당신 동생이 비루먹은 강아지가 되어 땅바닥에 처박히는 데도 불구하고 코끝도 보이지 않더니, 겨우 소매 하나 자르려고 그런 것이오? 정말 이상한 우애를 지키는 집안이오, 서문가는…… ."

"이런 개자식이?!"

자운엽의 격장지계에 말려든 듯 서문주치의 얼굴이 벌겋게 달아올랐다.

"살려달라고 빌어도 죽여줄 터인데, 아예 죽여달라 기를 쓰는구나."

나직이 으르렁거린 서문주치가 유리검을 어지럽게 흔들었고, 아지랑이가 되어 피어오르듯 아른거리는 검날이 점점 형체를 감추어갔다.

“하앗!”

아지랑이가 된 유리검이 미친 듯이 휘둘러졌다.

‘수직으로 바뀌고 있다!’

모든 안력을 유리검의 아른거리는 칼날에 집중시킨 자운엽은 어느 순간, 유리검의 검날이 급격히 아래로 떨어지는 것을 느낄 수 있었다.

‘이 순간 무슨 변화가 일어나는지 알아내야 한다. 그렇지 않으면 당한다!’

휘익—

수직으로 떨어지는 칼날에 온 신경을 집중하는 순간 서문주치의 팔이 갑자기 아래에서 위로 시선을 그으며 치고 올랐다. 그 찰나의 순간, 자운엽의 눈에 언뜻 지금까지와는 다른 이질적인 사물 하나가 눈에 들어왔다.

‘칼자루의 모양이 바뀌었다!’

아래에서 위로 갑작스레 쳐 올리는 서문주치의 팔을 보고 반사적으로 칼을 막아가던 자운엽의 뇌리 속에서 수많은 경종들이 울려왔다.

‘역검의 자세!’

자운엽은 번개처럼 한 가지 그림을 떠올렸다.

지금 서문주치는 역검의 자세로 칼을 잡고 있어 유리검의 칼날은 엄지손가락 쪽이 아닌 새끼손가락 쪽으로 뻗어 있는 것이다. 유리검의 어지러운 움직임이 갑자기 수직으로 궤적을 바꾸는 찰나에 칼자루를 백팔십 도 빙글 돌려 역검의 자세로 바꾼 서문주치는 강하게 아래에서 위로 자운엽의 목을 쳐 오는 듯했지만 실상은 역검의 자세로 바뀐 칼 끝이 무섭게 옆구리를 찔러오고 있는 것이다.

“하앗!”

자운엽은 위로 막아가던 칼을 급하게 꺾어 아래로 내려쳤다.

지금 현재 자신의 판단이 맞다면 역검의 자세로 찔러오는 서문주치의 칼을 막을 수 있겠지만 판단이 틀린 것이라면 베어오는 칼에 목이 날아갈 것이다.

쨍강!

무겁게 내려친 자운엽의 칼에 유리검이 튕겨져 나갔다. 그와 동시에 아른거리던 칼날이 눈에 들어왔다.

"이놈! 어떻게……?"

회심의 일격이 차단당한 서문주치가 믿을 수 없다는 표정으로 중얼거렸다.

"유리검의 위력은 이것이었군!"

칼을 쳐내며 급히 한 발 물러선 자운엽은 이마에 흐른 땀을 닦으며 화사하게 미소 지었다.

"이 자식, 도대체?"

서문주치가 여전히 믿을 수 없다는 표정으로 자운엽이 들고 있는 칼을 쳐다보았다. 처음에는 분명히 자신이 바란 대로 위를 막아왔다. 그랬다면 돌려 쥐고 찔러간 유리검의 끝에 옆구리가 찔려 지금쯤 염라대왕 앞에 불려가서 생전에 지은 죄를 실토하고 있을 것이다. 그렇게 되면 남궁가에서야 실수를 썼다고 난리를 치겠지만 그건 해석하기 나름이다. 분명히 정상적으로 공격했고 정상적으로 막은 자세에서 상처를 입었다면 그건 실수가 아니라 실수가 되는 것이다.

그런데 저놈의 칼이 어떻게 검로를 바꾸어 옆구리를 찔러가는 유리검을 쳐냈단 말인가? 혹시 저놈도 똑같이 역검으로 칼을 바꿔 잡은 것이 아닌가 하는 의심이 절로 들었지만 늘어뜨리고 있는 칼은 정상적으로 잡혀 있었다.

"속임수가 더 이상 통하지 않는다면 유리검도 별 볼일이 없겠지?"

자운엽은 다시 싸워보자는 듯 칼을 들어 올리며 서문주치를 바라보았다.

"어떻게 내 칼을 간파했는지 모르겠지만 유리검의 위력이 그것뿐이라고 생각했다면 큰 오산이다. 조금 전의 초식은 많은 검초 중 한 가지일 뿐이다."

"고강한 속임수가 아직 많이 남은 모양인데 하나하나 차례로 깨부수어 줄 시간이 없으니 그만 생략하겠어. 네놈만 기병으로 유리함을 만끽하라는 법은 없지."

휘릭―

자운엽은 이제껏 들고 있던 서교영의 칼을 칼집에 넣어 서교영에게로 던졌다. 날아오는 칼을 서교영이 놀란 눈으로 잡았고 구경꾼들도 자운엽의 이상한 행동에 웅성거림의 반응을 보였다.

"누구 칼이 더 주인 말을 잘 듣는지 어디 한번 시험해 볼까?"

파르르르―

가슴속에 손을 넣은 자운엽이 동그랗게 말린 수운검을 꺼내는 동시에 바닥으로 검신을 뿌렸다. 수운검이 비단 천처럼 부드럽게 펼쳐지며 팔랑거리자 검신에 부딪친 햇살들이 사방으로 비산했다.

"네놈이 휘두르는 유리검의 비밀이 어떤 것인지 파악하고 싶어 빌린 검을 썼지만 네놈 검법의 최고 장기는 역검으로 눈을 속이는 데 있는 것을 안 이상 이젠 그럴 필요가 없어졌어. 지금부턴 네놈이 내 칼을 한번 막아보아라."

휘익―

말이 끝남과 동시에 수운검이 파르르 날아오르며 수많은 나비의 날개를 만들어냈다.

"차아!"

일갈과 함께 자운엽의 손목이 움찔 움직이자 날아오른 날개들이 한꺼번에 폭사되듯 서문주치를 향해 쇄도해 들었다.

"어헉!"

서문주치가 비명을 지르며 유리검을 휘둘렀다. 눈을 현혹시키며 현란한 검초를 펼칠 때는 위험하기 그지없는 유리검이었지만 온몸을 향해 날아드는 수운검을 막아갈 때는 지극히 평범한 쇠꼬챙이에 불과했다.

파파파파팍—

수많은 물결을 그리며 그 각각의 물결이 나비의 날갯짓처럼 떨리는 연검을 막아내느라 서문주치의 신형은 연방 뒤로 밀려나기 시작했다.

"저, 저런!"

"저건 또 무슨 기병인가?"

근 이십 년 만에 모습을 드러낸 유리검과 유리검이 펼치는 괴이한 검법에 한동안 정신을 빼앗기고 있던 사람들이 이번에는 자운엽이 휘두르는 수운검의 현란한 움직임에 넋이 빠진 듯 입을 다물지 못했다.

"제법 하는군!"

혈접난무의 한 초식이 끝났을 때 서문주치의 상의 여러 곳에는 수운검의 칼자국이 새겨져 있었지만 용케도 요혈들의 공격은 막아내었다. 실제로 목숨을 걸고 싸우는 대결이었다면 요혈은 피했더라도 서문주치의 몸 여러 곳에 상처가 생기고 피가 흘러 싸움에 큰 영향을 주겠지만 상처가 나지 않고 옷깃만 갈라놓았기에 아직까지는 패배를 결정지을 수가 없었다.

"말려야 하지 않을까요?"

잠시 대치 상태가 되자 다시 남궁선유에게 다가온 남궁회준이 좀 전과 똑같은 내용의 질문을 던졌다. 아직까지는 요혈을 공격당하지 않았기에 고집을 피운다면 서문주치의 패배를 선언할 수 없지만 이번 한 수로 우열의 차가 두드러지게 나타났기 때문이다.

"이것 보시게, 가주! 유리검이 아무리 기병이라 하지만 저 청년의 검 역시 그에 못지않아 보이네. 그러니 더 이상 걱정은 하지 않아도 될 것 같네."

"그게 아니라 이대로 더 진행시키면 서문가의 아들이 아무래도 다칠 것 같아……."

"어허, 사람 참! 아까는 저놈이 위험해서 말리고 이번에는 또 이놈이 위험해서 말린다면 언제 제대로 된 싸움 한번 구경할 수 있겠나?"

부친의 말에 잠시 어이가 없어하던 남궁회준이 다시 말을 이었다.

"싸움 구경도 좋지만 저 이상한 칼을 못 막아 서문가의 자식이 잘못되기라도 한다면……."

"다 제놈 운이지."

"그럼 서문가의 사람들이 벌 떼처럼 달려들 텐데요?"

계속되는 남궁회준의 노파심에 남궁 노인이 슬쩍 언성을 높였다.

"그때야말로 가주, 자네가 나서서 뜯어말려야 할 때인 것이야!"

"……!"

말문이 막힌 남궁회준이 더 이상 아무 말도 못하고 망연한 표정이 되어 비무장으로 눈길을 돌렸다.

"나도 은근슬쩍 실수하는 척하며 네놈 가슴에 칼날을 쑤셔 박을 수도 있다. 이 칼 역시 까닥 잘못하면 제 맘대로 움직이는 경향이 있어 그런 실수 하나 만들어내기는 식은 죽 먹기거든."

자운엽이 보일 듯 말 듯한 미소를 지으며 나지막하게 중얼거리자 서문주치가 으드득 이를 갈았다.

강호의 수많은 문파를 대표하는 사람들이 모인 자리에서 유리검을 들고 화려한 등장을 꿈꾸었다. 그리고 그 제물을 위지가의 아들놈으로 선택했다가 이놈 때문에 산통이 깨어졌다. 그 대가로 이놈을 아예 죽여놓고 유리검의 재현을 알리려 했는데 상황은 정반대로 흘러가기 시작했다.

뿌드득—

다시 한 번 서문주치의 이 가는 소리가 허공에 난무했다.

'이름도 들어 보지 못한 애송이 놈에게 칼을 뽑자마자 꺾일 수는 없다. 절대로 그럴 수는 없다. 절대로……! 이젠 조심이고 뭐고 따질 것 없이 무조건 살수다!'

독하게 마음을 굳힌 서문주치가 불끈 칼을 쥔 손아귀에 힘을 불어넣었다.

우우웅—

유리검에 공력이 실리자 칼날이 다시 아른거리며 검날의 경계가 모호해졌다.

"하앗!"

휘익—

기합성과 칼바람 소리가 동시에 들리며 유리검이 춤을 추었다. 이제껏 허공 속에 숨어들며 검날의 자취를 추적하기 힘들게 하던 유리검이 이제는 쉴 새 없이 양광을 반사시키며 마치 빛의 폭발을 일으키는 듯했다.

휘리리리릭!

자운엽도 찌르듯이 쏘아드는 빛무리 사이로 수운검을 휘둘렀다.

짜자작!

눈을 찔러오는 유리검의 빛무리를 모두 차단한 수운검의 검신이 경쾌한 타격음을 토해내고는 신속히 주인의 곁으로 날아왔다.

"으으으……."

양 볼이 벌겋게 달아오른 서문주치가 모욕감에 어쩔 줄 몰라 하며 신음을 흘렸다.

사방으로 쏟아지는 빛무리 때문에 정확한 상황을 파악하지 못한 하객들은 잠시 후 서문주치의 양쪽 볼에 연검이 혓바닥을 날름거린 자국이 선명하게 나타나자 방금 전에 울린 그 타격음의 정체를 짐작했다.

"그만! 이것으로 비무를 중단하오."

남궁회준이 급히 뛰어들며 자운엽과 서문주치의 비무를 말렸다.

아직까지도 서문주치의 요혈을 덮은 옷은 온전히 보존되어 있었지만 일상생활에 있어서는 요혈보다 훨씬 중요하게 여겨지는 얼굴 양쪽에 각각 세 대씩의 따귀 자국이 남아 있었으니 그것으로 승패는 명백히 결정난 것이다. 그 정도의 따귀 자국이라면 목줄을 여섯 번은 더 자르고도 남았을 것이었다. 그렇기에 남궁회준 역시 굳이 승부의 결과를 선포하지 않고 비무장에 모인 사람들의 해산을 종용했다.

"비무는 끝이 났소. 처음의 걱정과는 달리 큰 불상사가 일어나지 않은 것을 다행으로 생각하며 모두들 다시 왔던 자리로 되돌아갑시다."

남궁회준이 거듭거듭 고함을 지르자 비무를 벌인 두 청년에게서 눈을 떼지 못하던 하객들이 웅성거리며 하나둘 별채를 빠져나갔다.

"이름은 자운엽이고 삼급표사라는군!"

"삼급표사라고?"

"그렇다는군. 금성표국인가 하는 곳의 표사로 현재 표행 중이라는
군."

"표사 일 하기 점점 힘들어지겠군……."

원래의 자리로 돌아온 사람들이 술잔을 들어 목을 축이며 온통 좀
전의 비무와 비무를 벌인 두 청년에 대한 얘기로 침을 튀겼다.

"그런데 아까 그 칼은 뭔가? 아무리 연검이라도 그렇게 자유자재로
하늘거리는 것은 본 적이 없는데 말일세."

"나도 모르겠네. 생전 처음 보는 기병이었어."

"이십 년 만에 나타난 유리검이 나오자마자 꺾여 버렸구먼. 그것
참!"

"어쨌든 눈이 번쩍 뜨이는 구경을 했어. 덕분에 술맛도 한층 더 나
니 실컷 마셔보세."

조금 늘어졌던 분위기가 비무 구경을 하느라 긴장되었다가, 다시 달
아오르자 술맛이 훨씬 좋은 듯 처음보다 더 많은 술잔들이 오가고 요
리실에서는 끊임없이 음식들이 날라져 왔다. 반면 숨겨두었던 둘째 아
들 서문주치마저 패하여 자존심 회복은커녕 재차 망신을 당한 서문가
는 비무가 끝나자마자 아들의 부상 치료를 핑계로 하객들 중 제일 먼
저 남궁가에서 작별 인사를 하고 떠나는 가문이 되었다.

그들이 남궁가를 떠나는 순간, 거의 모든 가문의 사람들이 남궁가
대문까지 따라나와 그들과의 이별을 진심으로 기뻐하는 표정을 지었

고, 심지어는 이별의 순간이 촌각이라도 지체될까 봐 서둘러 대문을 열
어주는 사람도 있었다.

그런 환대 속에서 오만상을 찌푸린 서문가의 사람들이 남궁가를 빠
져나가자 잔치 기간 동안 활짝 열려 있던 대문이 쾅 하고 닫혀 버렸다.
그리고 서문가의 사람들을 태운 마차가 완전히 사라졌을 때쯤 대문이
다시 열렸다.

'괜한 객기를 부리다가 옆구리에 바람구멍이 날 뻔했다.'

비무가 끝나고 숙소로 돌아온 자운엽은 옆구리를 어루만지며 유리
검과의 대결에서 맞이했던 아찔한 순간을 떠올려 보았다.

순간적으로 칼날의 경계가 모호해지며 눈을 현혹시키기도 하고, 빛
을 반사시켜 눈을 뜨기 힘들게 하는 유리검은 무척이나 위험한 병기였
다. 무영신개가 미리 일러준 유리검의 비밀을 몰랐다면 역검으로 바꾸
어 찔러드는 칼끝에 옆구리가 꿰뚫려 송장이 되었을 가망성이 높았다.
그것은 내력이나 현란한 검초와는 상관없는 색다른 위험이었다.

"정말 찰나의 순간이었다. 그 순간이 생과 사를 갈라놓았어."

자운엽은 자신도 모르게 이마에 흐르는 땀을 닦았다.

무영신개의 말대로 칼은 상대적일 수도 있는 것이다. 병기에 실린
힘으로 따지자면 척발시와 목염태의 것이 비교할 수 없을 정도로 무거
웠지만 유리검만큼 자신에게 위협을 주지는 않았다.

환사일결의 힘만 믿고 자만하여 서교영의 칼로 상대하였지만 유리
검과의 대결에서는 환사일결의 폭발적인 힘은 별 소용이 없었다. 유리
검과의 대결에서는 강한 힘보다는 오히려 찰나적인 순간의 포착이 승
패를 좌우했다.

거기까지 생각한 자운엽은 환사이결의 구결을 떠올려 보았다.

환사일결 화석심공이 순간적인 폭발력을 이용한 무서운 힘을 쏟아 내는 것이라면, 전이심공은 심장 박동을 줄이고 혈도를 봉해 한계를 뛰어넘을 준비가 된 상태에서 혈도를 거치는 중간 과정을 생략하고 곧바로 신체 말단으로 진기를 보내 혈도를 따라 순서대로 진기가 흐르는 찰나의 순간마저도 뛰어넘어 극쾌를 이루려는 심공이다.

'하루라도 빨리 환사이결 전이심공을 익혀야겠다.'

유리검과의 대결에서 전이심공의 필요를 절실히 느낀 자운엽은 지금부터 최대한 환사이결에 매달릴 결심을 했다.

"휴우—"

자운엽은 환사이결의 구결과 환사이결에 대한 설명을 떠올리다 고개를 흔들었다.

짧은 무공 지식이지만 혈도를 완벽하게 뚫기 위해 무인들은 얼마나 많은 시간과 노력을 기울이는가? 생사현관 타동이니, 세맥 타동이니 하는 것들은 모두가 혈도를 뚫기 위한 지극한 노력 속에서 이루어진다. 그런데 환사이결은 그런 사람들과는 정반대의 길을 택하고 있다. 오히려 혈도를 봉하고, 그 봉한 혈도를 무시하며 곧바로 신체 말단에 진기를 보내어 극쾌를 추구하고자 한다.

"푸훗! 하긴……."

생각에 잠겼던 자운엽은 자신도 모르게 피식 웃음을 터뜨렸다.

비급의 처음의 설명이 떠올랐기 때문이다.

규칙적이고 활기 찬 맥박과 고른 호흡은 건강한 인간의 척도이다. 하지만 그런 규칙적이고 고른 호흡이야말로 또한 인간 한계의 척도인 것이다. 그 규칙적이고 고른 호흡으로 인해 인간은 정해진 능력밖에 발휘할 수가 없는 것이다.

　자운엽은 환사삼결의 초반부에 쓰여진 구절을 떠올리며 다시 한 번 웃음을 흘렸다. 기존과는 완전히 역으로 생각하여 이루어진 환사삼결 중 그 일결을 자신의 것으로 만들었으면서도 쉽게 믿어지지 않는 것이다.

　"엄연히 내 몸속에 존재하는 힘이니 안 믿을 수도 없는 일, 한시라도 빨리 익히는 것이 하루라도 더 오래 목숨을 보존하는 일이다."

　자운엽은 머리 속에 환사일결의 구결을 떠올리며 호흡을 가다듬었다.

　뚝! 뚝… 뚝.

　심장의 고동이 줄어들었고 호흡이 멈추어졌다.

　그리고 어느 순간, 심장마저 멈추고 화석 물고기처럼 되어갔다.

　그 상태에서 환사이결을 운기했다.

　'너무 미약하다.'

　중간의 혈도를 무시하고 신체 말단으로 바로 진기를 전달하는 환사이결의 구결을 운기했지만, 아직까지도 그 기운은 너무 미약하여 거우 느껴질까 말까 할 뿐이었다.

　'여전히 이 정도에 머무는군.'

　정지됐던 맥박과 호흡을 정상으로 돌린 자운엽은 태음토납경의 기운을 운기했다.

　언제나 환사삼결을 공부한 후에는 태음토납경의 기운으로 혈도들을 보살펴 혹시 모를 위험에 대비했다.

　"다시 한 번 주화입마에 도달해야 성공할 수 있을 것인가? 그렇다면 사양하겠다. 지옥을 들락거리는 그때 기분이야말로 다시는 느끼고 싶지 않으니까 말이야."

자운엽은 진저리를 치며 가부좌를 풀었다.

환사란 사람 본인도 완벽히 제어하지 못하고 폐인이 된 무공을 급하게 익히려 하다가는 몇 배나 더 낭패를 보고 폐인이 될지도 모른다. 그것이야말로 개죽음보다 더 억울한 일일 것이다.

"조금 더 여유를 갖고 공부하기로 하자."

마음을 편하게 가진 자운엽은 유리검에 소매가 갈라진 옷을 바꿔 입고 밖으로 나갔다.

"후후!"

방문을 나선 자운엽은 저 앞에서 외로이 앉아 술잔을 기울이고 있는 한 청년을 보고 미소를 지었다. 잔치의 분위기가 무르익고 있는 안마당과 그 주변을 놔두고 굳이 숙소 근처에서 술잔을 기울이고 있는 청년의 모습은 제법 운치가 있어 보여, 혹여 짝이 그리운 여인네가 보았다면 한 번쯤 한숨을 내쉴 만한 모습이었다.

그런 청년의 모습을 잠시 지켜보던 자운엽은 모른 체하며 그 청년의 옆을 지나치다 조용히 한마디 던졌다.

"노인장께서 근골이 대단해 보이십니다. 어깨에는 무엇을 집어넣었기에 그런 강한 근육질의 남성상을 만들었는지요?"

그 말만 한마디 던진 자운엽이 고개도 돌리지 않고 계속해서 앞으로 걸어나가자 젊은 청년의 표정이 미세하게 구겨졌다.

─놈! 해질 녘 지난번 만났던 장소에서 보자.

전음을 보낸 무영신개는 여전히 고독을 즐기는 청년의 모습으로 바람난 여자 홀리기 딱 좋은 자세를 유지하고 있었다.

"싫습니다. 약속 장소에 도착하자마자 저번처럼 방울 두 쪽이 떨어지게 달리며 산 두어 개는 넘을 테니 사양하겠습니다. 볼일 있으시면 지금 절 따라오십시오."

—낮 말은 새가 듣고 밤 말은 쥐가 듣는다는 말도 모르느냐?

무영신개가 다시 전음을 날렸다.

"전 그런 말 한 적 없습니다."

멀어져 가는 자운엽이 저만치서 제법 큰 소리를 지르자 벌레 씹은 얼굴이 된 무영신개가 얼른 주위를 살폈다.

'끄응— 벼락 맞을 놈! 아예 '무영신개 여기 있소' 하고 고함을 질러라.'

속으로 욕을 퍼부은 무영신개는 잠시 후 바람난 여자 꼬시기 좋은 자세를 포기하고 자운엽이 사라진 방향으로 천천히 걸음을 옮겼다.

"또 무슨 일이십니까?"

아예 남궁세가 밖으로 나와 한참 이 골목 저 골목을 돌아 한적한 주루에 도착한 자운엽은 따라온 무영신개를 보고 뚱하게 질문했다.

"숨부터 좀 돌리자, 이놈아! 뻔한 길을 몇 바퀴나 빙빙 돌아온 것이냐? 고얀 놈!"

"혹시 쥐나 새가 따라오지 않을까 해서 그랬지요. 다행히 젊은 거지 한 명만 빼고는 아무도 안 따라오더군요."

자운엽이 빙글거리자 무영신개는 어이없는 표정을 지었다.

평생 남의 이목을 속이며 남이 알지 못하는 많은 정보들을 이용하여 자신의 의도대로 상황을 만들고, 또 많은 사람들을 자신의 의도대로 이끌고 다녔건만 이놈에게는 온 골목을 몇 바퀴나 뱅뱅 돌며 끌려온 것이다.

‘불여우 같은 놈!’

속으로 다시 한 번 욕을 퍼부은 무영신개는 물잔을 들어 단숨에 들이키며 부글거리는 속을 달랬다.

“네놈에 대한 몇 가지 정보들이 더 들어왔다. 갈수록 가관이구나.”

무영신개가 주위를 한 번 더 살핀 후 실눈을 하고 자운엽을 쳐다보았다.

“뭘 더 알아낼 게 있다고 그러십니까? 저번에 다 알아봤다면서요?”

자운엽의 목소리에서 은근한 짜증이 묻어 나왔다.

누군가 끊임없이 자신의 뒤를 캐고 다닌다면 남녀노소를 불문하고 한 사람도 기분 좋은 사람이 없을 것이다. 특히 그 사람이 반짝이는 눈으로 주변 사람들의 움직임을 하나하나 관찰하고, 그것을 토대로 해서 많은 것을 읽어내는 취미를 가진 사람이라면 더 더욱 그럴 것이다.

“저번에는 급한 대로 상관진걸 그놈에게서 네놈에 대한 정보를 빼냈기에 그것밖에 알지 못했지만 좀 더 알아보니 웃기지도 않는 놈이더구나, 네놈은.”

“상관 대협 쪽에 첩자를 심어두고 있다는 말이군요, 그 말은?”

자운엽 역시 실눈을 뜨며 무영신개를 째려보았다.

“당연한 일이 아니겠느냐? 상관진걸 그놈도 개방에 최소 열 명은 심어놓았다. 그중 일곱, 여덟 명 정도는 이미 파악하고 있는 놈들이고……. 그놈 역시 내가 심어놓은 아이들의 칠, 팔 할은 파악하고 있을 것이다.”

“거참, 되게 음흉스런 사람들이군요. 알면서도 모른 체, 모르면서도 아는 체하다니 말입니다.”

자운엽이 무영신개의 말을 끊으며 빈정거렸다.

"서로 속고, 속이고⋯ 그런 중에 적당히 협력하여 서로의 힘을 보이지 않게 이용하는 곳이 황실과 무림이다. 그러면서도 겉으로는 상호 불가침이니 하는 소리로 시치미를 떼는 것이지. 네놈이 상관진걸의 후임자가 된다면 아마도 열 배는 더 음흉한 놈이 될 것이다."

무영신개가 슬쩍 입술 끝을 들어 올리며 흥미가 당긴다는 표정을 지었다.

"거 무슨 당치도 않은 말씀이십니까? 제가 왜 그 사람 후임이 됩니까? 멀쩡한 자기 이름, 자기 얼굴 놔두고 평생 복면을 쓰거나 역용을 하고 쥐새끼처럼 숨어 사는 바보 짓을 하자고 세상에 태어난 건 아닙니다."

"쥐새끼⋯⋯? 이런 버릇없는 놈을 보았나?"

무영신개의 표정이 험악해지며 한 대 갈기기라도 할 듯 손이 올라갔다.

"노인장!"

올라간 무영신개의 손이 앞으로 전진하려는 찰나, 자운엽이 큰 소리를 질렀고 젊은 청년으로 분장한 무영신개가 움찔하며 손을 내렸다. 조용히 저쪽 구석에서 음식을 들던 사람들이 자운엽이 큰 소리로 부른 노인장이 누구인가 찾으려는 듯 고개를 두리번거렸다.

"노인장! 여기 물 한 잔 더 갖다 주시오!"

자운엽이 다시 한 번 고함을 지르자 주방에서 점소이가 달려나왔다.

"손님! 물 여기 있습니다. 그리고 이곳에 노인은 없는데⋯⋯."

"아! 그런가? 내가 잘못 보았네."

자운엽이 고개를 끄덕거리자 점소이가 물잔을 내려놓고 다시 주방으로 달려갔다.

"끄응!"

무영신개가 신음을 흘리며 점소이가 가져다 놓은 물잔을 와락 집어 들고 다시 벌컥벌컥 들이켰다.

"전 누가 절 건드리면 반드시 몇 배로 돌려줍니다. 그러니 폭력 행사는 단념하시고 아까 하던 말씀이나 계속하십시오. 뭘 더 알아내셨는지, 그리고 그게 지금 이 자리를 만든 이유와 무슨 상관이 있는지 말입니다."

"휴우— 요악스런 놈!"

무영신개가 한숨을 내쉬고는 목소리를 낮춰 얘기하기 시작했다.

"네놈이 자비소면과 고목마군, 적발노괴를 죽였느냐?"

무영신개가 어이없는 표정으로 물었다.

"저 혼자 한 건 아닙니다. 동료들과 같이 싸웠지요. 특히 노인장 방파의 제자가 제일 큰 역할을 했습니다."

자운엽이 슬쩍 눈을 들어 무영신개의 표정을 살폈다.

"무슨 소리냐?"

무영신개의 눈빛이 의혹으로 물들었다.

"도귀 엄한필이 설마 노인장 방파의 사람이 아니라고 잡아떼시는 건 아니겠지요?"

"네, 네놈이 그것까지 알고 있었더냐?"

설마 하고 의혹으로 물들었던 무영신개의 눈빛이 당혹감으로 바뀌었다.

"얼마나……? 그 아이에 대해서 얼마나 알고 있는 것이냐?"

무영신개가 굳은 표정으로 자운엽을 쏘아보았다.

"그걸 제가 말할 것 같습니까, 재미없게시리……."

자운엽이 슬쩍 답변을 회피하며 무영신개의 표정을 살폈다.

"음흉한 놈! 용케 그것까진 알고 있는 모양이다만, 더 이상은 아는 게 없을 것이다. 나 역시 최근에야 그 아이가 개방과 인연이 있다는 것을 방주님으로부터 들었으니까 말이다. 넌지시 넘겨짚고 뭔가 더 알아내려는 생각은 버리거라. 그건 네놈이 알 수도, 알아서도 안 되는 일이다."

무영신개가 자운엽의 속을 꿰뚫고 선수를 치자 자운엽이 입맛을 다셨다.

"차차 알게 되겠지요, 차차……."

"그렇다. 차차 알게 될 일이다, 그 일은……. 그런데 네놈이 이곳저곳 들쑤시며 위험한 장난을 치고 있으니 그것이 문제이다. 그 때문에 두 번 다시 보고 싶지 않은 네놈을 다시 찾은 것이다."

"위험한 장난이라니요?"

자운엽이 무영신개의 말을 되뇌며 눈을 치떴다.

"네놈이 금성표국을 무너뜨린 힘과 맞서서 그들의 코털을 몇 번이나 잡아당기며 천둥벌거숭이처럼 설치는 바람에 서서히 몸체를 드러내던 놈들이 다시 몸을 숨기고 있다. 남양의 천룡표국이 최대한 목을 움츠린 상태이고, 낙양의 사해표국을 집어삼키고 그곳에 뿌리를 내리려던 놈들은 네놈 때문에 아예 흔적없이 사라져 버렸다. 처음에는 어디 관부에서 개입이라도 한 줄 알았는데 그게 다 네놈 때문이란 걸 알고 나니 기가 차서 말이 안 나오더구나."

무영신개가 결국 헛바람을 내쉬었다.

"그럼 죽이겠다고 달려드는데 '어서 가져갑쇼' 하며 목을 내어주란 말입니까?"

"애초에 네 녀석들이 공차표행인지 뭔지를 하며 설치지 말았어야 할 일이야. 그럼 남양의 금성표국과 낙양의 사해표국에 그들이 자연스럽게 뿌리를 내리고 지금쯤 서서히 몸통을 드러내었을 것이다. 그랬다면 일이 훨씬 쉽게 풀려갈 수도 있었다. 그런데 네놈들 때문에 다시 꼬이고 있는 것이다."

말을 마친 무영신개의 눈빛이 어두워졌다. 그 눈빛은 미꾸라지 한 마리 때문에 대어를 낚기가 힘들게 되었다는 질책이 담겨져 있었다.

"쿡쿡! 자연스럽게 그들이 뿌리를 내렸을 것이라고 하셨습니까?"

한동안 무영신개의 눈빛을 마주 받던 자운엽이 쥐어짜는 듯한 웃음소리를 내며 말했다.

"한 가문이 박살나고, 그 자식들이 불면의 밤을 보내며 울부짖고, 시집가서 단란한 가정을 이루어야 할 처녀가 가문의 이름과 동생을 지키기 위해 목숨을 내던지며 안간힘을 쓰는 일이 노인장의 입장에서는 아주 부자연스런 일이었군요? 그건 몰랐습니다. 큭큭!"

"놈! 목소리가 너무 크다. 그리고 그렇게 극단적으로 해석하지 말아라."

무영신개가 낮지만 단호한 목소리로 고함을 쳤다.

"네놈은 짐작도 못할 만큼 그들의 정체는 크고 무섭다. 그리고 아주 오랜 세월 동안 치밀한 준비를 하였고 최근에 와서 서서히 그 정체를 드러내려고 하는 중이었다. 조금만 더 지켜보면 그들의 실체를 파악할 수 있고, 그땐 선수를 쳐서 몸통을 잘라 버릴 수 있을 것이다. 그런데……."

"그런데 미꾸라지 몇 마리가 흙탕물을 일으켜 이무기가 주춤하고 움직임을 멈추었군요?"

자운엽이 찌르듯 쏘아보며 무영신개의 말을 대신하자 무영신개는 입을 다물고 안광만 폭사시켰다.

"그래서 미꾸라지들은 이무기에게 잡아먹히기 전에 딴 물에 가서 놀아라 그 말씀입니까?"

무영신개의 안광에도 아랑곳 않고 자운엽은 최종 결론까지 대신 내뱉었다.

"공차표행을 그만두거라."

무영신개가 단도직입적으로 자신의 뜻을 전했다.

"결국 그 말씀이군요."

"그게 모두를 위하는 길이고, 너희들이 살 길이다."

"전 삼급표사이지 국주가 아닙니다. 그건 우리 국주님이 결정할 일이지요."

"말귀를 못 알아들을 놈도 아니면서 억지를 부리는구나. 네놈만 그렇게 결정한다면 공차표행은 내일 당장이라도 그만둘 수 있을 것이야."

"엄한필과 서교영에게는 손을 썼다는 말처럼 들리는군요?"

"아직은 아니다."

"후후! 말귀는 알아듣겠는데 서서히 오기가 발동합니다그려."

"그런 오기는 명만 단축시킬 뿐이다. 네놈은 물론이고 네가 모신다는 국주까지도……."

"그렇습니까? 그 말을 들으니까 이젠 의문이 한 가지 일어났습니다."

"말해라."

"우리들 명을 단축시켜 줄 존재가 누굽니까? 아까 내가 말한 이무기입니까? 아니면… 뭐, 돈 드는 거 아니니까 용으로 불러 드리지요. 그러니까… 다시 말해, 우리들 명을 단축시킬 존재가 이무기입니까, 아니면 이무기를 노리고 있던 용입니까? 지금 생각하니 우리 존재는 이무기보다 용의 눈에 더 거슬릴 것 같은데요?”

“정확한 판단이다.”

“그럼 앞으로 계속 낚시터에 얼쩡거리면 먼저 잡아먹을 수도 있다, 그 말이군요?”

“편한 대로 생각해라.”

“의문은 해소되었지만 오기는 발동하다 못해 이젠 아예 발광을 하는군요.”

“젊은 혈기는 때때로 바보 짓을 할 수가 있다. 냉정히 판단하고 행동해라.”

“글쎄요, 전 항상 냉정한 편입니다. 그래서…….”

“그래서?”

“그래서 미꾸라지 입장에서 냉정히 사태를 판단해 보았습니다.”

이제껏 숨 쉴 틈도 없이 불꽃 튀는 대화만을 이어오던 자운엽이 잠시 말을 멈추고 이빨을 드러내며 웃음을 지었다. 비웃는 것 같기도 하고 으르렁거리는 것 같기도 한 묘한 웃음이 천천히 온 얼굴로 퍼져 나갔다.

“이무기가 용을 치기 위해 헤엄쳐 나오는 바람에 이제껏 행복하게 살던 터전이 다 부서져 가죠. 그런데도 용은 더 좋은 위치를 차지하기 위해 보고만 있다는 것을 알았다면 미꾸라지 입장에서는 어떤 방법이 제일 좋을까요? 제 생각에는 용을 불러내어 더 이상 이무기가 못 오게 막든지, 아니면 이무기에게 용이 저 앞에서 기다리고 있다고 알려주든지, 그도 저도 아니라면 흙탕물이라도 잔뜩 일으켜야지요. 그게 냉정한 미꾸라지의 판단이 아닐까 하는데 말입니다."

"위험한 놈이로고!"

무영신개가 엄중한 표정으로 자운엽을 한참이나 응시했다.

"그래서 네놈이 얻는 게 무엇이냐? 네놈의 진정한 목적은 공차표행이 아니라 여자 하나를 찾는 것이라고 들었다. 이무기가 판을 치고 다닌다면 그 여자를 찾기는 더 어려울 것이야. 설사 찾았다 하더라도 이무기의 먹이가 되기 십상이다. 그리고 네가 모시는 국주란 여자에게도 이 일의 위험성과 생각할 시간을 주었으니 바보가 아닌 이상, 그리고 네놈이 설치지 않는 이상 올바른 판단을 할 것이다."

"빌어먹을! 벌써 선수를 치셨군요?"

"그만큼 중대한 일이다. 그리고 네놈은 상상도 못할 만큼 큰 힘이다. 이젠 잠시 물러설 때인 것이야. 그러니 경거망동하지 말고 돌아가거라. 이미 금성표국은 철옹성이 되었으니 파도가 지나가고 나면 옛날의 영화를 되찾을 수도 있을 것이다. 더 이상 긴 말은 하지 않겠다. 여우보다 더 영악스런 놈이니 어떻게 하는 것이 최상인지는 잘 알리라고 본다."

무영신개가 단호하게 말하고는 천천히 자리에서 일어나 주루를 빠져나갔다.

"뭐야, 이거? 한순간에 사람 밥줄을 똑 떼어놓고 팔자 좋게 사라진단 말인가? 그런 꼴은 절대 못 본다."

잠시 기막힌 표정으로 앉아 있던 자운엽이 양손을 입으로 가져갔다.

"이것 보십시오, 무영신개 어르신!"

주루가 떠나갈 정도로 크게 울리는 자운엽의 목소리에 주루 안은 물론이고 주루 밖의 사람들까지 모두 고개를 돌려 주변을 두리번거렸다.

'이런 벼락 맞을 놈!'

움찔 놀란 무영신개가 얼른 신형을 바로 세우고 애써 태연한 표정을 지으며 걸음을 옮겼지만 속으로는 오줌을 지릴 정도로 마음이 급해졌다.

쌔애액—

인적이 뜸한 곳에 도착한 무영신개는 주위를 한번 둘러본 후 눈썹이 휘날리도록 빠르게 경공을 펼쳤다.

◆ 제33장

회동(會同)

회동(會同)

　끼이익―

　육중한 철문이 열리는 소리가 들리며 오랫동안 사람의 흔적이 닿지 않은 지하에서나 느낄 수 있는 눅눅한 습기와 곰팡이 냄새가 물씬 풍겨 나왔다.

　팟―

　유등이 밝혀지자 예상했던 것처럼 지하로 이어지는 계단이 나타났고 몇몇의 인영들이 계단을 따라 조심스럽게 걸음을 옮겼다.

　좀 더 그렇게 계단을 내려가자 다시 큰 철문이 나타났다.

　철컥!

　자물쇠를 푼 한 사내가 문을 열자 뒤를 따르던 인영들이 소리없이 실내로 들어갔다.

　"안에 있는 유등을 모두 밝혀라."

굵은 목소리와 함께 석벽 곳곳에 있는 유등에 불이 밝혀지자 어둠의 장막이 한 겹씩 벗겨지며 실내의 모습이 눈에 들어왔다.

지하 통로를 내려올 때 맡았던 습한 곰팡이 냄새와는 달리 이곳 실내에는 제법 잘 꾸며진 주변 장식과 실내 중앙에 크고 둥근 탁자, 그리고 두꺼운 송판으로 깔려진 바닥은 아늑함마저 느끼게 했다.

"어서들 앉으시지요."

남궁가 최고 어른인 남궁선유가 자리를 권하자 실내로 들어선 사람들이 하나둘 자리에 앉았다.

달그락—

탁자에 둘러앉은 모든 사람들에게 술잔이 돌려지고 안내를 맡았던 사내 하나는 벽난로에 불을 붙였다. 작게 잡아도 사 장 정도는 지하로 내려온 벽난로에 장작을 붙일 수 있다는 걸 보니 굴뚝이나 환기 시설이 잘되어 있는 모양이었다.

탁탁—

벽난로에서 장작불이 타오르자 초겨울의 쌀쌀한 지하실 공기가 서서히 데워지기 시작했다.

남궁가의 잔치가 끝나고 저녁이 깊어갈 즈음 예정됐던 남궁가 회동이 지금 이 시간 비밀리에 이루어지고 있는 것이다.

"너희들은 그만 나가보거라. 그리고 이곳 근방에는 쥐새끼 한 마리 얼씬 못하게 해라."

회의 준비가 끝나자 남궁가주 남궁회준이 두 명의 무사에게 명을 내렸고 술잔을 나르던 사내와 불을 지피던 사내가 읍을 하고는 실내를 빠져나갔다.

"허허! 긴 잔치 행사에 피곤하실 텐데 쉬지도 못하고 다시 이런 자리를 마련해 주시다니… 그저 고맙고 송구할 따름입니다."

한 노인이 인사치레를 하자 남궁선유가 손사래를 쳤다.

"여러 명숙님들이야말로 먼 길을 오신 데다 이런 누추한 땅속에까지 들어왔으니 더 피곤하실 게지요. 그러니 서로 그런 격식은 생략하고 바로 본론으로 들어갑시다. 모르긴 해도 밤을 꼬박 새워야 되지 않을까 싶소만……."

"그렇지요. 촌각을 아껴야 할 때이지요. 무영신개께선 어서 진행을 하시지요."

한 백발노인이 말을 하고 나서 정작 무영신개가 어디 있는지 모르겠다는 듯 사방으로 고개를 두리번거렸다.

"흐흠!"

무영신개가 오후에 자운엽과 만났던 그 젊은이의 모습으로 자리에서 일어섰다.

"아니! 귀하가 무영신개란 말이오?"

"허어, 이것 참! 이번에는 새파란 젊은이로 변했구먼. 하긴 몇 년 전에는 여자로 변장해 나타나기도 했으니 놀랄 일도 아니지……."

완벽하게 변장을 한 무영신개의 모습을 대하고 이곳저곳에서 탄성들이 터져 나왔다. 별호답게 아무도 제대로 얼굴을 아는 사람이 없지만 이런 청년의 모습이라니?

"이것 참, 송구스럽습니다. 고약하기 짝이 없는 아이놈을 만나 뜻하지 않은 날벼락을 맞고 온 산을 몇 개나 넘어오다 보니 역용을 지울 여유가 없었습니다. 여기 신패가 있으니 의심은 말아주십시오."

무영신개가 허리춤에서 자신의 신패인 복잡한 문양이 새겨진 옥패를 꺼냈다. 그리고 내공을 주입하자 그 옥패에서 황금색의 타구봉 모양이 비치기 시작했다. 혹시 누가 신패를 빼앗았다 하더라도 무영신개 자신만이 아는 내공을 불어넣지 않으면 무영신개임이 증명되지 않도록 만들어진 물건이었다.

"허허, 확실하구먼. 그런데 본얼굴은 어떤 것인지 매번 궁금하지 않을 수가 없소."

누군가 새파란 젊은이로 변장한 무영신개를 보고 장난기가 동했는지 한마디 했다.

"글쎄요, 나도 못 본 지 몇 년 된지라 가물가물하군요. 이젠 그 얼굴도 많이 늙었을 테니 보기가 겁납니다. 그냥 이 얼굴이 훨씬 좋구려."

"와하하하!"

무영신개의 재치있는 말에 비밀리에 모인 사람들이 일순 웃음을 터뜨리며 잠시나마 긴장을 풀었다.

"흐흠!"

잠시 동안 긴장을 풀게 해주던 웃음이 멈추어지고 장내에 다시 팽팽한 긴장감이 감돌자 무영신개는 잠시 생각을 가다듬고 한소리 기침과 함께 설명을 시작했다.

"그동안 많은 시간과 많은 동료들의 희생 덕분으로 암암리에 중원으로 마수를 뻗치고 있는 검은 세력들의 음모와 그들의 규모를 팔 할 정도까지 파악했습니다."

"오오! 그렇소?"

"정말 무영신개답소! 이제껏 그 누구도 파악은커녕 그들을 조사하러 떠난 사람치고 살아 돌아온 사람이 없었소. 그만큼 무서운 힘을 가진 자들이었는데 팔 할이나 파악했으니 무림으로서는 큰 복이오."

"과찬의 말씀이십니다. 당연히 제가 해야 할 일이었고, 지금의 결과는 그들의 정체를 파악하기 위해 죽어간 수백 명의 동도들 덕분이지요."

무영신개가 잠시 묵념이라도 올리는 듯 말을 멈추었다.

"허어!"

다른 사람들도 그들의 정체를 파악하기 위해 수백 명이나 되는 희생자가 생겼다는 무영신개의 말에 한편으로는 놀라고, 다른 한편으로는 더없이 애석하다는 표정을 지었다.

"그리고 저 역시 며칠 전 이곳으로 달려오다 놈들의 포위망에 걸려들어 꼼짝없이 죽을 뻔했지요."

"무슨 그런 일이? 그 누구도 진면목을 모르는 무영신개를 포위망에 가두다니, 빈승은 도저히 믿을 수가 없소. 아미타불……."

무영신개의 말에 불신 가득한 음성과 함께 불호가 울려 퍼졌다.

"그만큼 놈들은 어마어마한 힘과 무서운 정보력을 가졌습니다. 그곳에서 어떤 사람들의 도움이 없었다면 소생은 지금쯤 그놈들에게 잡혀갔든지, 아니면 그곳에서 뼈를 묻었겠지요."

무영신개는 그날의 기억이 되살아난 듯 한차례 치를 떨었다.

"허허! 정말 믿기지 않는 일이로고……. 천하의 무영신개를 포위할 수 있는 조직이 있다니?"

"어쨌든 이렇게 살아 왔으니 천만다행이지요. 그럼 이제부터 그간 우리가 파악한 놈들에 대한 정보들을 하나하나 밝혀보지요. 먼저 그들의 뿌리는 이미 짐작하고 있는 바와 같이 서장의 밀교입니다."

"흐흠!"

밀교란 단어가 무영신개의 입에서 흘러나왔지만 실내의 사람들은 이미 그 정도는 알고 있는 듯 큰 반응을 보이지 않았다.

“그들은 오래전부터 중원으로의 침공을 시도한 적이 있었지만 번번이 실패했지요. 그리고 당대에 와서도 그들의 야욕은 결코 수그러들지 않았습니다. 그들 입장에서 보면 중원이야말로 가장 탐나는 세상일 테니까요.”

“허어… 탐욕스런 무리들. 무량수불…….”

이번에는 탁자 한쪽에서 나지막하게 도호가 울려 퍼졌다.

“당대에 있어서 그들의 중원 침공 시도는 사십 년 전으로 거슬러 올라갑니다. 그 사실 역시 각 파의 전대 장문인들께서 최소한 여기 계시는 몇 분들께는 알려주셨으리라 짐작합니다.”

무영신개는 자신의 추측을 확인하듯 좌중을 한 바퀴 둘러보자 몇몇 사람들이 보일 듯 말 듯 고개를 끄덕였다.

“그럼 그들이 당대에 이르러 중원 진출을 노리게 된 배경과 그들 흉수에 대해서 밝혀진 대로 설명을 드리겠습니다.”

무영신개가 본격적으로 설명에 들어가려 하자 모든 사람들이 한번씩 침을 삼켰다. 지금부터는 자신들도 알지 못하는 새로운 정보들이었다.

“사십여 년 전, 서장 밀교는 파누사란 자가 교권을 잡으며 일대 혁신이 일어나게 되었습니다. 파누사란 자는 그때 나이 사십 대 전반으로 무척이나 야망이 크고 심계가 깊은 자로 파악하고 있습니다. 교권을 잡자마자 그자는 상상도 못할 빠른 시간 안에 내부적인 모든 분열 체제를 정비하고 강력한 교권 집중을 이루게 되었지요. 그야말로 강력한 일 인 통치시대라고나 할까요. 그렇게 되자 자연 그의 관심은 역사적으로 아직 한 번도 성공하지 못한 중원 한복판에 밀교의 성지를 건설하겠다는 야망을 부풀렸고, 그의 가장 가까운 심복인 가마릅이란 자에게 그 일을 맡겼습니다.

"가마릅?"

"그럼 그자가?"

파누사란 이름은 익히 알고 있는 듯했으나 가마릅이란 이름이 나오
자 몇 마디 웅성거림이 흘러나왔다.

"그렇습니다. 중원으로 마수를 드리우고 있는 밀교의 흉수는 바로
가마릅이란 자이지요."

"가마릅이라……? 흉수의 이름이 이제야 밝혀졌구먼. 그럼 그자는
대체 어떤 자이오? 파누사란 자의 심복이었다니 결코 호락호락한 자가
아닐 것이라는 짐작이 드는구려."

"그렇습니다. 이제껏 불초가 조사한 정보를 토대로 분석해 보면 불
행히도 그자는 오히려 파누사보다 더 뛰어난 인물인 것 같다는 판단이
서는군요. 아마도 그자의 그런 능력을 두려워한 파누사가 서둘러 그에
게 중원 진출을 명하지 않았나 하는 생각이 듭니다. 성공하든 실패하
든 일단 자신의 자리는 넘보지 못할 것이니까 말이지요."

무영신개의 눈빛이 착잡하게 가라앉았다. 설명은 그렇게 간단하게
하였지만 실상 자신의 추측으로 가마릅이란 자의 능력은 상상을 훨씬
뛰어넘는 것 같았기 때문이다.

"허어! 그런 자가 어째 사십여 년 동안이나 모습을 드러내지 않고 지
금껏 웅크리고 있는 것이지요?"

누군가 선뜻 이해가 안 된다는 목소리로 지적했다.

"그건 중원에 버티고 있는 걸출한 인재 두 명 때문이라 짐작됩니
다."

"걸출한 인재 두 명?"

"인재 두 명이라니?"

다시 몇 사람이 무영신개를 쳐다보며 의구심 가득한 눈빛을 빛냈다.

"바로 사중협과 정마협이 그들입니다."

무영신개가 확신에 찬 어조로 말했다.

"사중협과 정마협……?"

"그게 무슨?"

"사중협이란 사람이 실존 인물이란 말이오? 난 정마협 그 괴짜가 백도무림을 조롱하기 위해 '사마에는 이렇게 인물이 많은데 당신들은 뭐요?' 하는 식으로 지어낸 인물인 줄 알았는데……."

무영신개의 입에서 또 한 사람의 별호가 흘러나오자 실내의 분위기가 대번 끓어올랐다.

"다른 사람도 아닌 무영신개의 말이니 안 믿을 수도 없는 일이지만 이거야 원……. 정말 사중협이란 사람이 실제로 존재하는 인물인 것이오?"

이곳저곳에서 반신반의하는 목소리들이 들려왔지만 무영신개의 표정은 조금도 변함이 없었다. 주변의 불신이 커져 갈수록 무영신개의 눈빛은 오히려 더욱 확신에 차 있었다.

"신룡처럼 모습을 드러내지 않고 있지만 존재하는 사람임에는 확실하외다. 그리고 사중협은 가마릅, 그 흉수가 가장 두려워하는 사람이기도 하지요. 그의 존재야말로 가마릅, 그 흉수의 중원 진출을 이제껏 가로막고 있는 가장 큰 이유이기도 합니다."

무영신개의 확신에 찬 어조에 모두들 어안이 벙벙한 표정으로 서로의 얼굴만 쳐다보았다.

이제껏 그들은 파누사란 이름은 몇 번 들어본 적이 있었고 때때로 그의 야망이 언젠가는 중원에 큰 회오리바람을 일으키리란 것을 예견한 사람도 있었다. 그리고 출처가 어디인지는 확인되지 않았지만 그의 마수가 이미 중원에 드리워져 있다는 경고가 이따금씩 흘러나오기도 했었다.

그러나 그것들은 언제나 충분한 증거가 결여된 경고였고, 그러다 보니 잠시 중원무림인들에게 경각심을 일깨워 주는 듯했지만 자파의 일로 공사다망한 무림인들은 그 일을 번번이 잊어버리곤 했다. 그러다 오 년 전쯤에서부터 서장 밀교의 세력이 암암리에 중원 곳곳에 뿌리를 내리고 있다는 신빙성있는 증거들이 여러 군데에서 포착되었다. 일이 그 정도 되자 각 파의 뜻있는 명숙들이 협조하여 무영신개를 필두로 은밀한 조사를 시작했다. 그런데 막상 뚜껑을 열어보니 전혀 뜻밖에도 사중협이란 사람이 주연으로 등장했다.

"좀 더 자세히 말씀해 보시지요. 신개께서 그렇게 확신에 찬 말씀을 하시는 걸 보니 뭔가 확실한 증거와 납득할 만한 결론을 얻으신 듯하구려."

남궁세가의 가주 남궁회준이 차분한 음성으로 무영신개에게 질문을 했다.

"불초 역시 사중협이란 존재에 대해서 반신반의하다가 최근에야 확신을 가지게 되었습니다. 그리고 그 사람에 대한 설명을 처음부터 상세히 하자면, 사십여 년 전 호남의 유성검문과 백룡보의 충돌 및 의문스런 동시 실종에 대해서부터 얘기를 해야 합니다. 그런데 그 문제에 있어서는 이곳에 계신 몇 분 장문인께 먼저 허락을 받아야 할 것 같소이다."

무영신개가 말을 끊고 누군가의 답을 기다리는 듯 뜸을 들였다.

"중원무림의 안위가 우선이지 지나간 치욕이 우선이겠소? 빈승은 허락하는 바이오. 아미타불……."

"저 역시 동감이오. 그것이 사부님의 뜻이기도 하셨지요."

그렇게 몇몇 목소리들이 울려 나오자 무영신개가 고개를 한번 숙이고는 다시 설명을 해 나갔다.

"감사하외다. 그렇다면 얘기가 훨씬 쉬워지고, 또 얘기의 핵심을 정확히 파악할 수가 있을 것이지요."

다른 사람들은 무영신개와 방금 동의를 표한 몇몇 명숙들 사이에 오간 대화가 무슨 뜻인지 모르겠다는 표정이었지만, 지금부터 그 설명이 이어질 듯했으므로 다른 의문을 표시하지 않고 무영신개의 입만 쳐다보았다.

"대부분의 사람들에게 이젠 기억도 가물가물한 얘기가 되었겠지만 사십여 년 전 호남의 유성검문과 동정호 변의 백룡보라는 한 수적 단체의 충돌은 한마디로 가마룹과 사중협의 대격돌이라 할 수가 있지요."

"가마룹과 사중협의 대격돌?"

"그게 무슨……?"

무영신개가 단도직입적으로 한 가지 결론을 끄집어내자 좀 전에 무영신개의 뜻 모를 얘기에 동의를 해주던 명숙들을 제외한 다른 사람들은 한마디씩 의문을 표했다.

"여기 계시는 분들은 조금 기억이 퇴색되긴 해도 한때 호남제일검문 중의 한곳인 유성검문과 동정호 변의 작은 세력인 백룡보가 근 한 달에 걸친 싸움을 벌였던 일을 기억하실 겁니다. 그리고 두 세력은 싸움이 끝난 후 얼마 되지 않아 무림에서 사라져 버려 많은 사람들의 의구심을 자아내게 했었지요."

무영신개가 기억을 되살릴 시간을 주는 듯 말을 멈추고 좌중을 둘러보았다.

"그랬지요. 오래되긴 했지만 잊을 수가 없는 괴사였지요."

"그러고 보니 이 몸도 기억이 나는구려. 백룡보란 작은 수적 단체와 유성검문이 한 달을 두고 싸우는 것이 그때는 도무지 이해가 되지 않았는데 이제야 그 숨겨진 사연을 알게 되겠구려."

중인들의 기억이 상기된 듯하자 무영신개가 다시 설명을 이어갔다.

"그때 중원에 잠입한 가마릅이 똬리를 튼 곳이 바로 백룡보였습니다."

"어허, 이런!"

"그랬구려. 어쩐지 그 작은 단체가 거대문파와 싸워 한 달을 넘게 버티더니……."

"그렇지요. 비록 작은 수적 단체로 위장하고 있었지만 그 속에 숨겨진 힘은 어마어마했다고 봐야지요. 믿기 힘드시겠지만 가마릅 그자는 그때 이미 지금의 정마협과 겨루어도 크게 밀리지 않을 무공을 지니고 있었다고 보여집니다."

무영신개가 폭탄선언을 하나 터뜨렸다.

"말도 안 되오! 거 무슨……."

잠시 침묵이 흐르다 불신 가득한 목소리가 터져 나왔다.

애써 부정하고 싶었지만 정마협은 명실상부한 현 무림 일인자이다. 자신을 일인자로 칭할 때마다 진정한 일인자는 사중협이라고 거품을 물고 사생결단을 할 듯 달려드는 바람에 때때로 이인자의 자리에 잠시 앉혀주기는 했지만 그는 분명 현 무림의 일인자로 모든 사람들의 뇌리에 낙인찍혀 있다. 그런데 지금의 그와 사십 년 전의 가마릅이 비슷한 수준이라면?

당연히 말도 안 되는 일이다. 아니, 말이 안 된다고 믿고 싶은 것이 솔직한 심정이다.

"물론 불초 역시 믿기지도, 믿고 싶지도 않지만 객관적인 정황들이 그렇습니다. 그리고 그 사실은 이 비사를 밝히는 것을 허락해 주신 명숙들께서 차후에 증명해 주실 겁니다. 그러니 계속 설명해 나가지요."

무영신개가 자신의 말에 대한 신빙성의 입증을 다른 명숙들에게 미루었지만 그들의 입장을 생각해서 그들에게 관심이 끌리지 않도록 말을 끊지 않고 빠르게 설명해 나갔다.

"어쨌든 유성검문과 백룡보의 싸움은 한 달을 넘게 끌었지요. 그 와중에 가마릅의 제자 중 하나가 실수를 하여 밀교의 무공을 드러냈고 유성검문의 누군가가 그걸 알아보았습니다. 유성검문주 단목중은 그 즉시 싸움을 중지시키고 문도를 모두 철수시켰지요. 그리고 친분이 두터웠던 몇 분 장문인들과 장로님들에게 그 사실을 알리고 회합을 가졌습니다. 그런데 그때 가마릅이 제자들과 함께 그곳을 급습했습니다."

"그, 그런 일이 있었다니……?"

"괴사로고!"

사십 년 만에 처음으로 밝혀지는 비사에 자신들도 모르게 탄식들이 흘렀다.

"그때 회동을 가졌던 장문인 및 몇몇 장로들의 신분은 세세히 공개하지 않겠습니다. 다만 그 정도 신분의 명숙들이 모였다는 것만 알고 계십시오. 그리고 급습을 받은 그분들은 잠시 후 가마릅의 손에 모두 제압되고 말았습니다."

다시 한 개의 폭탄이 무영신개의 입에서 터져 나오자 실내에는 아예 얼어붙은 듯한 정적이 감돌았다.

"중원 명숙들을 제압한 가마릅이 살인멸구를 시도할 찰나, 유성검문 주 아들의 독선생으로 있던 노인이 뛰어들어 가마릅과 일장을 나누었습니다. 그런데 놀랍게도 가마릅이 그 노인은 제압하지 못하고 반 푼쯤 밀리는 기색을 보이다가 서로 전력을 다한 일장을 나눈 후 두 사람 모두 심각한 내상을 입고 어디론가 사라졌다고 합니다."

무영신개의 설명이 다시 이어졌지만 실내의 분위기는 좀 더 그렇게 얼어붙어 있었다.

"그럼 그 독선생이 사중협이란 얘기구려."

"거의 확실시되고 있습니다."

"……."

"그 일이 있은 후 백룡보의 흔적은 사라졌고, 문주가 사망하고, 그 후손들이 실종된 유성검문 역시 사라져 버렸습니다."

무영신개의 목소리가 가라앉았다.

"그 후 사중협의 도움으로 구사일생으로 목숨을 건진 명숙들은 그들을 피해 은신하여 오랜 기간 동안 내상의 치료와 함께 후일을 도모한 것으로 알고 있습니다."

무영신개가 일차적인 설명을 끝내고 탁자 위의 찻잔을 입으로 가져가 싸늘히 식은 차로나마 목을 축였다.

"믿을 수도, 안 믿을 수도 없는 그런 엄청난 일이 어찌 오늘까지 덮여져 있었는지……."

한참 후에 다시 한 목소리가 울리며 조심스럽게 의문의 뜻을 내비쳤다.

"그건 모두 우매하기 짝이 없는 본인들의 책임이지요. 아미타불……. 그때 그렇게 갑작스레 실종되었던 분들은 그들의 집요한 추적을 피하며 내상을 치료하고 우리들에게 은밀하게 비사를 전해왔지만 우리는 그 모든 것을 밀봉시켜야 했지요. 그 어리석음이 더 큰 불씨를 잉태한 것 같아 심히 괴롭구려. 아미타불……."

자파의 장문인 및 장로 급 인사들이 밀교의 흉수 한 사람에게 패하고 몇십 년간이나 은신 생활을 한 비사를 밝히지 못하고 밀봉시켜야 했던 심정은 누구나 충분히 이해가 가고도 남았다. 그리고 자신들 또한 그런 상황이라면 똑같이 행동했을 것이므로 거기에 대해서는 아무도 다른 말을 하지 않았다. 단지 무거운 침묵만이 상황을 대신했다.

"그 이후 앞일을 걱정하신 명숙들의 협조와 은밀한 노력 끝에 지금 밝힐 순 없지만 몇 가지 안배가 이루어졌고, 그자들에 대한 추적이 있었지만 오리무중이었습니다. 그러다 몇 년 전부터 그들의 움직임이 두드러지게 포착되었고 지금 이 자리가 만들어진 것이지요."

"그렇구려. 허허! 그런 엄청난 비사가 숨겨져 있었다니 그저 놀라울 따름입니다. 그리고 그 일이 이미 사십여 년 전의 일이었다면 사십 년이 흐른 지금은 그들의 힘이 또 얼마나 커지고, 그들의 뿌리가 얼마나 깊이 내렸을지 짐작이 가는 일입니다. 실로 걱정이 태산 같구려."

"그렇습니다. 사십 년이면 긴 세월이지요. 그 기간 동안 그들이 놀고 있지만은 않았을 테니 그것이야말로 당면한 가장 큰 걱정이 아닐까 싶군요."

이곳저곳에서 이젠 현실을 걱정하는 목소리들이 흘러나왔다. 사십여 년 전에 그만한 힘을 가졌던 존재들이라면 지금쯤은 얼마만한 힘을 키웠을지 두려운 일이었기 때문이다.

"그때 사중협과 격돌로 큰 내상을 입은 가마룹은 약 이십 년 동안을 은거하며 내상의 치료와 함께 좀 더 완벽한 기회를 잡고자 이전보다 훨씬 더 깊은 곳에서 은밀히 힘을 키운 듯하외다. 그리고 재차 그들의 야욕을 실현시키려 했을 때 그들은 정마협 갈문혁에 의해 다시 한 번 그 뜻을 뒤로 미루어야 했지요.”

“정마협 갈문혁이 그들을 막았다니, 그게 무슨 말이오?”

“그것 또한 모를 소리구려.”

이번에는 백룡보나 유성검문의 비사를 알고 그 사실을 밝히는 것을 허락한 사람들마저도 의문 가득한 표정으로 무영신개의 입만 바라보았다.

“그들이 다시 중원 침공을 시도할 때쯤 정마협의 나이 사십 대 초반으로 이미 무림제일인자의 자리에 올랐을 때이지요. 그런데 어느 날인가부터 그는 절대로 자신은 일인자가 될 수 없고 중원의 제일인자는 광동십일마를 장력 한 방으로 태워 죽인 사중협이라 외치며 사중협의 존재를 온 무림에 부각시켰지요. 허허허……! 귀재 중의 귀재, 천재 중의 천재가 바로 정마협 갈문혁이지요. 손 한번 쓰지 않고 단 한 마디의 말로 그들의 침공을 이십 년 동안이나 가로막고 있으니까요. 허허허허……!”

이제껏 냉정함을 잃지 않고 차분히 설명을 이어오던 무영신개도 정마협에 대한 이야기가 나오자 도저히 감흥을 주체하지 못한 듯 너털웃음을 연속으로 터뜨렸다.

“그, 그렇다면 이제껏 자신은 제이인자이고 사중협이 제일인자라고 그토록 광분하며 외치고 다닌 것이 철저히 계산되고 의도된 행동이었단 말이군요?”

누군가 더듬거리기까지 하는 목소리로 자신의 의문을 털어놓았다.

"그렇지요. 그 귀재 중의 귀재인 정마협 역시 백룡보와 유성검문에 얽힌 비사를 알았고, 가마릅의 이차 침입 시도 또한 미리 알게 되자 사중협이 살아 있음을 만천하에 알려 그들에게 경각심을 일깨워 준 것이지요. 그리고 자신이 제일 존경하는 사람이 사중협임을 내세우며 그들이 침공하면 사중협과 똑같은 길을 걸을 것이라고 간접적으로 선포한 것이지요."

"쯧쯧! 그런 일이 일어나는 동안 우린 무얼 했단 말인가? 허허! 밥버러지가 따로 없구먼."

기막힌 사실 앞에 모두들 한마디씩 하며 허망한 웃음을 터뜨렸다.

"허허! 노부는 정마협 그 아이……. 아니, 그 사람 촐싹대기만 하는 철부지로 알았는데… 철부지는 바로 나 자신이었구려. 나이를 헛먹었어!"

보이지 않는 곳에서 세상을 지탱하고 있는 두 천재들의 이야기에 한동안 실내는 평정을 되찾지 못했다.

"가마릅은 내상을 치료하고 더 큰 힘을 축적하였지만 사중협과 천마성주 정마협을 한꺼번에 상대할 자신은 없었던 것이지요. 그래서 다시 뜻을 접고 이십 년을 더 기다리고 있는 것이지요."

"그렇다면 지금에 와서 그들의 움직임이 빈번히 감지되는 것은 삼차 침입을 준비하고 있다고 보는지요?"

"완전히 확신할 수는 없지만 그렇다는 쪽에 훨씬 더 비중을 두어야 할 것이외다."

무영신개가 자신이 조사한 결론을 말했다.

"그렇다면 이것이야말로 큰일이 아니오? 대란이 임박했다고 해도 어폐가 없는 것 같소만?"

"그렇다고 우리 또한 놀고만 있진 않았지요. 아까도 말씀드렸듯이 그때 유성검문에서 그들의 실체를 경험했던 전대 장문인들, 명숙들께서도 안배를 세워놓았고, 얼마 후면 그것이 결실을 맺기도 하지요."

"그, 그게 무엇인지……?"

"그건 무림맹주님만이 밝힐 수 있는 일입니다. 저 역시 그 정도밖에 아는 것이 없기도 하구요."

무영신개가 그 질문에 대해서는 더 이상 묻지 말라는 듯 말꼬리를 잘랐다.

"그럼 이제 그동안 파악하고 그들의 조직 및 현재까지 드러난 움직임에 대해서 설명을 드리겠습니다. 지금까지 파악된 그들 조직의 이름은 아까 말한 바와 같이 서천맹이라 합니다. 흉수 가마릅이 태상맹주로 있고, 맹주는 그의 첫째 제자가 맡고 있습니다. 그 아래로 청룡, 백호, 주작, 현무란 명칭인 네 개의 당으로 이루어져 있습니다. 청룡, 백호, 주작당주에는 가마릅의 둘째, 셋째, 넷째 제자가 각각 맡고 있는 걸로 밝혀졌습니다. 그리고 마지막 현무당주에는 현 서천맹 맹주의 아들이 맡고 있으며, 현재 모든 실무를 담당하는 것으로 보입니다. 네 명의 당주 중 유일하게 이 현무당주만이 이름이 밝혀졌는데, 그 이름은 야율사한이란 자입니다."

"야율사한?"

"야율씨라면 몇 년 전에 하남에 있었던 야율세가와 무슨 관련이 있는지요?"

누군가 갑자기 기억난다는 듯 질문했다.

"그렇습니다. 약 사오 년 전에 하남 땅에서 조그마한 가문을 이루었던 야율세가가 그들이라고 봅니다. 그때 야율세가의 자식이 감숙설가의 여식과 혼인을 한다는 말이 떠돌았는데 갑자기 혼인이 깨어졌고, 나중에 알려진 바로는 파혼의 이유가 야율가의 자식이 급사했기 때문이라는 말이 있었습니다. 그 후 야율세가는 터전을 버리고 다른 곳으로 떠나 지금은 세인의 뇌리에서 사라져 가는 상태지요."

"그럼 그때 급사했다는 야율가의 자식이 지금 서천맹의 현무당주인 야율사한이란 자이오?"

"그렇게 보입니다."

무영신개가 조금은 자신이 없는 듯한 목소리로 답했다.

"점점 오리무중이구먼. 급사했다는 야율가의 자식이 놈들의 네 개 기둥 중 한 개를 맡고 있다니… 그럼 그전에 하남 땅에 있었던 야율가에 대해서는 좀 아는 게 있는지요?"

"그때 사라진 이후로는 더 이상 흔적이 발견되지 않습니다. 아마도 야율세가란 가문으로 위장하여 뭔가를 꾸미다 여의치 않자 소리없이 사라진 것이 아닌가 싶습니다."

"허허! 그것참 용의주도한 놈들일세."

"용의주도하다 못해 소름 끼치도록 철저한 자들입니다. 조사를 하면서 그들의 철저함에 거듭, 거듭 치가 떨릴 정도였지요."

무영신개가 그동안의 희생을 회상하는 듯 잠시 착잡한 눈빛으로 말을 멈추었다.

"그럼 다른 당주들에 대해서는 아무것도 밝혀진 것이 없는지요?"

"이름은 밝혀지지 않았지만 여러 가지 단서들을 토대로 그들의 행적은 파악했습니다."

"어서 말씀해 주시지요."

무영신개가의 말이 멈추지도 않았는데 이곳저곳에서 재촉의 목소리들이 울려 퍼졌다.

"우선 둘째 제자인 청룡당주는 사정협의 존재가 부각되고 나서 맹을 떠나 사중협의 흔적를 쫓고 있다고 짐작됩니다."

"그것참 모를 일이오. 청룡당주라면 네 개 당주 중 수좌를 차지할 텐데… 그런 위치에 있는 자가 맹을 떠나 사람 하나를 쫓고 있다니?"

"그만큼 그들에겐 사중협의 존재 여부가 중요한 변수란 말이지요. 유성검문에서 그들 조직의 태상맹주인 가마릅에게 지독한 내상을 입히고, 그들 과업을 이십 년이나 되돌린 사람이 다시 나타났다면 그것이야 말로 제일 큰 장애물이지요. 그래서 정말 그의 존재가 나타난 것인지, 아니면 천하의 귀재 정마협이 그의 존재를 꾸민 것인지를 밝히고자 함이지요."

"그럴 수도 있겠구먼. 정마협 갈문혁이라면 충분히 그럴 능력이 있는 사람이지."

"그, 그렇지요!"

실내에 모인 사람들 누구도 이젠 정마협의 깊은 심계를 의심치 않는 듯 고개를 끄덕였다.

"그런데 천만다행으로 사중협이란 인물은 실재하고 있고, 그래서 청룡당주란 자는 아직도 맹으로 복귀하지 못한 듯합니다."

"그런 대단한 힘을 가진 조직의 청룡당주란 자가 이십여 년을 쫓아도 찾지 못한 사람이라면 정말 신룡 같은 사람인가 보오?"

"그렇지요. 정마협도 일 년은 족히 그를 찾아다녔지만 포기하고 돌아섰고, 그에 대한 존경심만 깊어간 듯합니다. 정마협의 말대로 그 노인이야말로 천고기재이자 무림제일인자임이 분명하다고 봅니다."

백도무림 명숙들이 모인 자리에서 무영신개는 사중협을 천하제일인자로 거리낌없이 말했고, 그 말을 들은 명숙들 역시 일말의 불쾌감이나 의심을 품지 않는 이상한 상황이 남궁세가의 한 지하 비밀 공간에서 계속 이어지고 있었다.

"그리고 그들 조직의 백호당주는 천마성에 잠입해 있는 것으로 짐작됩니다.

"처, 천마성에 그놈들이……?"

"감히 거기가 어디라고 그 몹쓸 놈들……."

누군가 천마성이 무슨 성지라도 되는 투로 얘기하다가 급히 말을 잘랐다. 천마성이란 곳이 마도인들의 집결지라고 겉으로는 경원시하고 있지만, 속 깊은 곳에서는 밀교의 힘을 가로막는 가장 큰 울타리 역할을 하고 있는 곳이 바로 천마성이고, 천마성주가 정마협인 것을 모두들 깊이 인식하고 있는 것이다.

"그럼 그놈은 천마성에 들어가 무슨 일을 꾸미고 있는 것인지요?"

"많은 목적이 있겠지요. 정마협의 감시, 천마성이 가진 힘의 파악……. 하지만 가장 무서운 일은 그들이 천마성의 균열을 조장하고 있다는 것입니다. 그래서 지금껏 굳건히 막고 있던 천마성의 둑이 터지기라도 한다면 그것이야말로 중원무림에 있어 가장 큰 위험이지요."

"무서운 일이로다. 정녕 무서운 일이야."

"그렇지요. 이제껏 천마성의 문이 굳게 닫혀 있어 무림에 평화가 지속되고 있는 것은 누구도 부인하지 못하는 일이건만……."

자리를 만들고 나서 가장 큰 술렁임이 일어나고 있었다. 그만큼 천마성의 붕괴란 상황은 엄청난 파란이 예상되기 때문이었다.

"그놈들이 천마성에 숨어든 것을 정마협은 모르고 있단 말인지요?"

“후후! 이 불초가 아는 사실을 정마협이 모를 리가 있겠습니까? 그건 말이 안 되지요.”

“그런데도 정마협이 왜 그렇게 수수방관하는 것인지……?”

“그 천고기재의 심계를 모두 헤아리긴 어렵지만, 아마도 완벽한 올가미를 준비하고 있지 않나 생각됩니다. 최대한 천마성의 피해를 줄이면서 놈들을 색출, 제거할 무서운 올가미를 만들고 있을 것이라 생각됩니다. 막대한 피해를 감수하고 그냥 쓸어버리는 것이야 쉽겠지요. 그러나 그놈들을 제거하는 것이 정마협의 최종 목적은 아니지요. 천마성은 그놈들을 제거하고도 변함없는 힘을 유지해야 하는 것이니까요. 아마 정마협의 의중도 그런 것이지 않나 짐작됩니다.”

“허허! 아무쪼록 그렇게 되어야 할 터인데… 아무쪼록…….”

백도무림 명숙들이 마도제일성의 무사를 비는 이상한 상황이 또 한 번 연출되었다.

“하하! 어쩌다가 백도무림 명숙들이 천마성의 안위를 걱정하는 상황이 되었는지 불초는 정말 이해가 안 갑니다그려!”

긴장된 분위기를 풀어보려는 듯 무영신개가 농담을 던지자 작은 웃음소리와 헛기침 소리들이 흘러나왔다.

“지금 그걸 따질 때가 아니지요. 허허!”

남궁 노인이 너털웃음을 터뜨리며 어색한 분위기를 반전시켰다.

“그렇지요. 지금은 그런 것을 따질 때가 아니지요. 최소한 여기 계신 분들만이라도 그런 것을 따져서는 안 되지요.”

분위기가 정리되자 무영신개의 목소리가 다시 차분하게 가라앉았다.

“그런데 조금 이상한 조짐 하나가 감지되었습니다.”

“이상한 조짐?”

“확실하지는 않지만 정마협이 제자를 하나 키우고 싶어한다는 것입니다.”

“정마협이 제자를?”

“뜻밖이구려. 정마협이란 사람, 천하제일인자의 자리에 올랐으면서도 무공이라면 질색을 하고 제자라면 더 질색을 하는 사람으로 알고 있는데…….”

“그거야 제자가 될 만한 재목을 못 만나 그런 것이지요. 고금을 통틀어 늙은 무인치고 제자 하나 가르치고 싶지 않은 사람이 어디 있겠습니까? 그건 결혼한 여자가 아이를 갖고 싶어하는 것만큼 강렬한 욕망이지요. 정마협 역시 마찬가지일 것입니다. 아니, 어쩌면 밀교 간세들에 둘러싸인 처지에서 더 절실했을지도 모르지요. 하지만 마교제일 무공인 수라환경은 아무나 익힐 수 없는 무공입니다. 완벽히 익혀내지 못할 재목에게 그걸 전수했다가는 밀교의 간세들뿐만 아니라 야망 큰 마도 무리들에게 쥐도 새도 모르게 사라질 일이지요. 그 때문에 여태 제자를 두지 않고 있다가 최근에 제자를 거둘 것이라 공공연히 외치고 다닌다고 합니다.”

“정마협이 제자를 키우겠다며 공공연히 떠든다? 그것참, 무슨 꿍꿍인지……. 그렇다면 그걸 다행으로 생각해야 하는 것이오? 아니면 그 반대로 생각해야 하는 것이오? 그가 제자를 키우고 제자란 아이가 정마협 같은 정심한 성품을 지니지 않았다면 언젠가 더 큰 위험 요소가 될지도 모르는 일이지 않소?”

“그건 정마협의 안목을 믿을 수밖에 없지요……. 그리고 또 하늘에 맡기는 수밖에 없는 일이지요…….”

　무영신개의 목소리에 간절한 기원이 담겨 있었다.

　"그렇지요. 그건 하늘에 맡기고, 정마협의 안목에 맡겨야지요. 그리고 그것은 지금 당장 우리가 신경 쓸 일도 아니지요."

　남궁선유도 고개를 끄덕였다.

　"그럼 청룡당주와 백호당주의 행적은 그 정도로 하고, 더 가까운 곳에서 활동하고 있는 주작, 현무당주에 대해서 아는 대로 설명하겠습니다. 주작당주는 앞에서도 밝혔듯이 가마룹의 넷째 제자입니다. 그는 지금 기련산맥 어느 곳에서 실질적인 힘을 배출하고 있는 것으로 추정됩니다."

　"실질적인 힘?"

　"그렇습니다. 주작당주란 자는 그곳에서 인재를 모으고 그들을 훈련시키고 있는 것으로 압니다."

　"그렇구려. 암계와 음모가 난무하더라도 결국은 사람이 싸우는 것이니 실질적인 힘이란 말이 맞는 표현이구려."

　"그럼 그들이 얼마만큼의 힘을 키웠는지 아는 바를 말씀해 주시지요."

　"결코 적지 않은 숫자가 배출된 것으로 알고 있습니다. 그곳에서 배출된 인원의 일부가 지금 감숙성에 세워지고 있는 비천용문의 세력으로 흡수되었습니다."

　"비천용문!"

　비천용문이란 말에 누군가 짤막한 고함을 질렀다. 현재 감숙성 끝단에서 감숙설가와 감숙추가가 힘을 합쳐 한 개의 문파를 만들고 있는 것이 뭔가 석연치 않은 느낌을 주었는데 결국 그놈들이 원흉인 것이다. 그렇게 버젓이 문파 하나를 세웠다면 이제 서서히 표면적인 활동을 시작했다는 것이고, 그것은 보다 현실적인 위험인 것이다.

"그곳이 결국 그놈들의 소굴이구먼……."

"어쩐지 합칠 이유가 없는 가문 두 개가 그렇게 쉽게 합친다 싶더니……."

"그럼 감숙추가와 감숙설가가 그놈들에게 포섭되었다는 말이구려?"

한참 동안의 술렁거림이 잦아지자 다시 질문이 이어졌다.

"감숙추가는 비정상적으로 급속하게 가세가 일어난 가문이라 아마도 그들의 세력이 처음부터 관여한 것이라는 생각이 듭니다. 그러나 감숙설가는 감숙추가와 사돈 관계가 되면서 이차적으로 포섭된 것이라 보여집니다."

"그렇게 얽히고설켜 한때 감숙설가와 야율세가 사이에 혼담이 오갔구먼. 정말 치밀한 놈들이로고……."

"그렇다면 감숙성은 이미 놈들의 영향권에 들어간 것이구려. 감숙제일가인 감숙설가와 그에 버금가는 세가인 감숙추가가 그들 세력과 합류했다면 더 이상 그들에게 걸림돌은 없을 것이니……."

"그렇다고 봐야겠지요."

무영신개가 짤막하게 답했다.

"어찌해 볼 새도 없이 그렇게 되어버렸구먼. 하긴 감숙은 너무 먼 곳이지. 그나마 감숙설가가 버티고 있어 바람막이가 됐는데… 놈들은 아예 감숙설가를 집어삼켰군. 쯧쯧!"

"그럼 그들이 저렇게 설치도록 보고만 있어야 한다는 말이오?"

"지금 현재로서는 방법이 없지요. 방금 전의 말대로 감숙은 너무 먼 곳입니다. 더더구나 비천용문은 감숙 끝단에 세워지고 있지요. 그들이 먼저 발호하기 전에는 이곳에서 대대적으로 손을 쓰기가 불가능하지요.”

“정말 치밀한 놈들이오. 감숙추가와 감숙설가를 집어삼키면서 자연스레 감숙을 차지하고 정파 백대고수 두 명을 내세워 대외적으로는 정통성까지 확보하려 했으니……”

탁자 주위에 둘러앉은 사람들의 노안에 근심이 가득했다. 그런 얼굴들을 바라보며 무영신개는 계속 설명을 이어가기가 난처한 입장이 되었다.

“휴—”

자신도 모르게 무영신개의 입에서 한숨이 새어 나왔다.

“무슨 일이시오, 신개?”

“이것이 다는 아닌 모양인데 어서 말씀해 보시지요.”

무영신개의 의중을 짐작한 누군가가 조심스런 목소리로 말했다.

“그런데 그에 못지않게 큰 문제는 이 하남 땅에 있습니다.”

잠시 더 머뭇거리던 무영신개가 결심한 듯 내뱉었다.

“무슨 말이오? 그럼 이 하남 땅에도 놈들의 세력이 들어섰단 말이오?”

비천용문이란 말이 나왔을 때보다 더 큰 목소리들이 실내에 울려 퍼졌다.

“그렇습니다. 아주 교묘한 방법으로 중원의 한복판이라 할 수 있는 하남 땅에까지 놈들의 마수가 뻗치고 있습니다.”

무영신개가 답을 하자 모든 사람들의 얼굴에 강한 불신이 번져 갔다.

감숙성이나 청해성은 워낙 변방이다 보니 그럴 수도 있겠지만 하남 땅은 말 그대로 중원의 복판이다. 그런데 놈들의 마수가 퍼졌다는 것은 믿을 수가 없는 것이다. 쟁쟁한 세가와 문파가 즐비한 이곳에 그들의 세력이 대규모로 숨어든다는 것은 결코 쉬운 일도 아니고, 있어서도 안 되는 일이다.

"자고로 등잔 밑이 어둡다는 말이 있지 않습니까? 놈들은 그것을 노린 것이지요."

무영신개가 잠시 생각을 정리하며 표정을 엄중히 했다. 그만큼 지금 하려는 설명의 내용이 중요한 것이란 심중이 고스란히 드러났다.

"그 일을 설명하자면 서천맹이란 곳의 현무당주를 맡고 있는 어린 놈의 소개를 먼저 해야겠군요. 아까 말씀드린 대로 그놈의 이름은 야율사한이고, 가마릅의 첫째 제자인 서천맹 맹주의 아들입니다. 그리고 그놈은 가마릅에게 직접 사사를 받은 가마릅의 마지막 제자이기도 하지요."

"허허, 그럼 아비와 아들이 모두 가마릅의 제자란 말이군요?"

"그렇지요. 가마릅의 입장에서 보면 야율사한이란 놈은 첫째 제자의 아들이지요. 그런데도 자신이 직접 사사를 한 걸 보면 그놈이 얼마나 뛰어난 놈인지 짐작이 가는 일이지요."

무영신개는 목이 마르는지 차를 한 잔 더 따라 한 모금 마셨다.

"그리고 그놈이 바로 하남 땅에 마수를 뻗치고 있는 놈입니다."

"믿을 수가 없소. 하남 땅이 어떤 곳인데……. 그리고 최근 하남 땅 어느 곳에도 의심 갈 만한 문파가 생긴 곳은 없지 않소?"

"그렇지요. 처음엔 불초도 그것만 생각하고 안심했는데 허를 찔렸지요."

"허를 찔리다니?"

"그걸 설명하려면 십 년 전에 하남에서 일어난 표국지쟁(鏢局之爭)

의 아픈 상처를 건드려야 하는데……. 험험!"

무영신개가 헛기침을 하자 몇몇 노인들도 안색이 변했다.

십 년 전에 하남 땅에서 일어났던 표국지쟁이란 그들에게 썩 자랑스럽지 못한 기억을 되살리게 했기 때문이다.

십 년 전, 구파일방을 비롯한 여러 방파는 중원의 거대표국에 자신들이 가진 물리적인 힘을 제공하고 그 반대급부로 표국으로부터는 재정적인 힘을 제공받았다. 그러다가 유독 하남에서는 그 정도가 심해져 자연히 표국 간의 마찰이 생겨나게 되었다. 급기야 그 여파가 각 문파에까지 미치게 되어 수백 년, 혹은 천 년 전통을 자랑하는 문파들이 그 전통을 헌신짝처럼 팽개치고 진흙탕 속에서 주먹질을 하는 상황 직전까지 간 적이 있었다. 결국 각 문파의 장로들과 무림맹주까지 개입하여 간신히 분쟁을 가라앉히고 하남 땅에서는 무림문파가 표국 일에 절대로 관여하지 못한다는 공동 서약서까지 쓰게 되었다. 그 기억을 떠올린 노인들이 무영신개의 말에 헛기침만 하고 있는 것이다.

"그런고로 하남 땅에서는 표국 일에 무림의 힘이 개입되지 않고 적자생존 내지는 자유 경쟁의 법칙이 지배했지요. 놈들은 그 점을 파고들었습니다."

"그렇다면 최근의 표국 상황이……?"

"그렇습니다. 놈들은 표국을 통해 하남 땅으로 스며들었습니다. 아주 치밀하고 교묘하게 움직여 표면적으로는 다른 표국들과 정상적인 경쟁을 하여 승리한 것으로 여겨져서 모두들 간과하고 있었는데 놈들의 세력이 그곳으로 파고들었던 것입니다."

쾅!

"이런 교활한 놈들을 보았나?!"

자신의 앞마당까지 흉수들이 버젓이 스며들었다는 사실이 견딜 수가 없었던지 누군가 탁자를 내려치며 고함을 질렀다.

"표국은 작게는 몇십 명의 표사들을 고용하는 곳도 있지만 많게는 수백 명의 표사들을 고용하여 각지로 돌아다니며 표행을 하지요. 또한 표국은 무림문파와 달리 평소에는 그 인원이 분산되어 있어 경각심을 줄 만큼 표시가 나지 않지요. 그러나 유사시 그들이 한데 모이게 된다면 아마도 몇 개 방파와 맞먹는 수준이 되지 않을까 생각합니다."

"……."

"어처구니없는 일이로고!"

"정말 웃음밖에 나오지 않은구려. 허허허……."

어이없는 웃음과 탄식에 터져 나온 후 실내의 공기가 급속하게 냉각되었다.

"이게 모두 야율사한이란 애송이 놈이 꾸민 일이란 말인지요?"

"큰 그림이야 그 윗선에서 그렸겠지만 표국을 통한 하남 땅의 진입은 그 아이놈의 계략인 것이 확실합니다."

무영신개가 고개를 가볍게 끄덕이며 확신에 찬 어조로 답했다.

"그놈의 나이가 몇 살이오?"

"대략 스물일곱, 아니면 여덟 정도로 알려져 있습니다."

"그 나이 때라면… 난 저놈 당가와 놀기 바빴던 때로군!"

남궁 노인의 허탈한 목소리가 흘러나왔다.

"그럼 그 네 개 당이 그놈들 세력의 전부인 것이오?"

"그 외에 개세당이란 한 개의 당을 더 만들었습니다. 그것은 아마도 중원에서 포섭한 세력들에게 나누어 줄 당근 차원에서 만든 것으로 보입니다. 그것을 미끼로 그들 세력의 충성과 견마지로를 노린 것이겠지

요. 그건 이미 밝혀진 세력들이나 특별한 것은 없습니다. 다만 태상맹
주와 맹주, 그리고 그들의 최측근이 은신해 있는 곳은 아직 밝히지 못
했습니다. 수적으로는 스무 명도 채 안 되겠지만 그들 힘의 노른자위
라 볼 수 있겠지요. 이상이 제가 파악한 그들 세력의 규모입니다.”

무영신개가 긴 한숨을 쉬며 찻잔을 들었고 다른 사람들도 복잡한 내
용들을 머리 속에 정리하는 듯 눈을 감고 생각에 잠겼다.

“그렇다면 이제 우리가 할 일이 남았구려. 신개께서 우선 생각한 바
를 말씀해 보시지요.”

한참 후에 조용한 목소리가 울려 퍼졌다.

“우선 그들의 세력을 파악하는 것이 급선무였고, 그것에만 전념하느
라 구체적인 대응책은 아직 세우지 못했습니다.”

“그렇겠구려. 그것을 알아낸 것만 해도 몰랐던 때와는 천양지차로
상황이 바뀌었소.”

“그렇지요, 그렇고말고요.”

“구체적인 계획은 여기 모인 분들과 차후에 다시 만나 함께해야겠지
요. 그리고… 아까 말씀드린 유성검문에 계셨던 전대 명숙들께서 세워
둔 안배에 대해서 조금만 더 언급해 드리겠습니다. 그분들은 놈들의
무서움을 직접 체험하셨기에 그들의 힘을 막는 데 큰 도움을 줄 안배
를 마련하셨고, 세 개의 녹옥불상에 그것을 담아두었습니다. 두 개는
이미 나타났고 한 개는 아직 나타나지 않았습니다.”

“세 개의 녹옥불상?”

“무슨 힘인지 궁금하구려.”

“그것은 아직 밝힐 단계가 아닙니다. 맹주님만이 봉인을 열 수 있기
도 하고요. 그러니 차후라도 그 신물들에 의한 안배를 맞이하게 되면

최대한의 도움을 주십사 하는 부탁을 드리고 싶습니다.”

무영신개가 깊숙한 눈빛으로 좌중을 둘러보았다.

“도와야지요. 무림의 안위가 경각에 달렸는데 하나가 되어야지요.”

그 말을 끝으로 남궁가주 남궁회준이 부친에게 귓속말을 속삭였다.

“허어— 벌써 그렇게 되었나?”

남궁선유가 천천히 노구를 일으켰다.

“벌써 날이 밝았다는구려. 너무 엄청난 얘기인지라 시간이 어찌 흐르는지도 몰랐습니다그려. 이 자리에서 들은 이야기로 인해 우리는 중원에 마수를 드리우고 있는 음습한 힘의 정체와 규모를 대부분 파악하게 되었습니다. 그러니 앞으로 어떻게 해야 할지도 방향이 잡히겠지요. 오늘은 이만 자리를 파하고 단계적으로 다음 대책을 세워봅시다. 정말 수고가 많으셨소, 신개! 신개야말로 무림의 보배이오.”

남궁선유가 무영신개에게 치하하자 무영신개가 손사래를 쳤다.

“나 혼자서 한 일도 아니지요. 각 파에서 인원들을 아낌없이 차출해 주시고 그들이 희생된 결과이지요.”

이제껏 밝힌 정보를 얻기 위해 죽어간 많은 인재들이 생각난 듯 무영신개의 표정에 아픔이 어렸다.

“그들에게는 차후 합당한 보상과 영예가 주어질 것이오. 그러니 너무 상심 마시고 일어납시다.”

“그렇게 하시지요.”

탁자 주위에서 한 사람, 두 사람 몸을 일으키고 남궁회준의 안내로 실내를 벗어났다.

남궁가의 회동은 그렇게 막을 내렸다.

제34장

외로운 누대

외로운 늑대

"형님! 오늘 이렇게 헤어지면 언제 다시 만날는지……?"

남궁세가 대문 앞에서 눈시울이 붉어진 종리재정이 자운엽을 쳐다보고 더듬거리며 말했다.

'이놈은 대체! 휴— 머저리 같은 놈……!'

종리재정의 그런 모습에 자운엽은 한숨을 내쉬며 잠시 할 말을 잃었다.

아무런 잡념도 담겨 있지 않은 어린아이 같은 눈빛!

종리재정의 눈빛을 대할 때마다 자운엽은 언제나 가슴 한복판에 무거운 돌덩이 하나가 얹혀지는 듯한 느낌에 버럭 역정부터 먼저 솟구쳤다. 지금도 가슴 밑바닥에서 솟아오르는 한 가닥 역정덩어리를 간신히 억누른 자운엽은 가라앉은 눈빛으로 종리재정을 응시했다.

'네놈이 나하고 의형제의 인연을 맺은 지가 얼마나 되었다고 매번 그런 눈빛으로 날 쳐다보는 것이냐? 네놈이 아무리 그런 눈빛으로 날 쳐다보아도 난 결코 네놈과 똑같은 눈빛으로 화답해 줄 수가 없다. 난 지금 그것이 더러운 것이다.'

잠시 더 종리재정의 눈을 쳐다보던 자운엽은 마침내 버럭 고함을 질렀다.

"대책없는 놈!"

자운엽의 고함 소리에 종리재정은 움찔 목을 움츠렸다.

"당가를 중원제일가로 만들어야 할 사명을 짊어진 놈이 그렇게 마음이 여려서야 무얼 하나 제대로 해내겠느냐? 이젠 중원세가인 사천당가의 식구가 된 이상 예전과는 비교할 수 없는 삶을 살아가게 될 것이다. 독해지거라! 그렇지 않으면 네놈은 사천당가의 식구가 될 자격이 없다. 아울러 나를 형님이라고 부를 자격도 없다!"

칼로 자르는 듯한 자운엽의 단호한 목소리에 종리재정은 얼른 눈물을 감추었다. 더 이상 눈물을 보였다가는 형님이라 부르지도 못하게 할 것 같은 기운이 자운엽의 몸에서 흘러나왔기 때문이다.

"다시 한 번 말하는데, 사천당가 최고의 극독보다 더 독한 놈이 되거라. 그래야만 네놈은 명대로 살 수 있을 것이다. 만약 네놈이 명대로 살지 못하고 죽는다면 난 네놈을 중심으로 사방 오백 보 안에 있는 모든 살아 있는 것들을 우선 베어버린 후 네놈의 복수를 시작할 것이다. 부디 그런 일이 발생하지 않도록 스스로 독해지거라."

말과 함께 자운엽의 몸에서 팽은설을 얼어붙게 했을 때와 비슷한 무시무시한 기운이 폭사되었고, 같이 있던 당문정과 당천의가 흠칫 놀라며 종리재정의 어깨를 붙잡았다. 휘청하는 종리재정을 겨우 안정시킨 당문정과 당천의는 무의식적으로 서로를 한 번 쳐다보고는 자운엽의 말을 음미했다.

'내 동생을 데려가서 제대로 대접하지 못하거나 제대로 보호해 주지 못해 사고를 당하게 한다면 제일 먼저 당가부터 박살을 내겠다.'

자운엽의 말은 그런 뜻이었다.

아직까지는 새끼 호랑이에 불과하지만 언젠가는 누구도 대적할 수 없는 대호가 되어 온 산이 울리도록 포효할 충분한 가능성을 보이는 자운엽을 보며 당천의의 표정이 엄중해졌다.

"저보다 형님이야말로 제발 조심하십시오. 만약 형님께서 잘못되신다면 전 대포를 만들어서라도 사방 오천 보 안에 있는 것은 풀 포기 하나 살려놓지 않겠습니다."

'이놈 보게?'

이별의 아쉬움에 계집애같이 눈물을 흘리던 종리재정이 언제 그랬냐는 듯 오히려 자운엽보다 더 으스스한 말을 내뱉는 것을 보고 당천의는 의미심장한 눈빛으로 종리재정을 쳐다보았다.

언제나 세상물정 모르는 조카사위의 눈빛에서 언뜻언뜻 사천당가가 바라는 싹수가 내보이는 것이다. 그런데 그 싹수란 것이 자운엽이란 청년이 무사해야만 제대로 자랄 수 있을 것 같았다.

특이한 내력을 지닌 두 젊은이들이다 보니 특이하게 얽히는 모양이란 생각을 한 당천의는 천천히 고개를 저었다.

"거참, 무시무시한 형제들 다 보겠구먼. 이놈, 당가야! 되도록이면 우리 집 주변에서 얼쩡거리지 말거라. 수백 년을 공들여 일으킨 우리 가문이 네놈 식구, 사돈 때문에 몰살당하는 꼴은 당하고 싶지 않다."

배웅을 나온 남궁선유가 당문정을 보고 고함을 질렀다.

"이놈아! 내 조만간에 이 하남 땅으로 이사 와서 네놈 집 옆에 터를

잡아야겠다. 그래서 네놈 집 대문에다 대고 대포 발사 연습을 하는 것
도 꽤나 재미있을 것 같구나.”

“아이쿠! 저놈이 드디어 노망이 들었구나. 세월에 장사없다더니 저
놈이 그 본보기일세!”

당문정의 말에 남궁선유도 고래고래 악을 썼다.

종리재정과 자운엽뿐만 아니라, 당문정과 남궁선유 역시 이별의 심
사를 이런 식으로 달래고 있는 것이다. 그것을 잘 알기에 두 노인의 아
들들도, 그리고 다른 식구들도 이번만큼은 두 노인을 뜯어말리지 않고
쳐다만 보고 있었다.

“이놈, 당가야! 말년에 와서 험한 꼴 볼 일이 생길지도 모르니 부디
몸조심하거라. 그리고 무슨 일이 일어나면 즉시 이 형님에게 기별을
띄우거라.”

한참을 악을 쓰며 싸우던 두 노인도 이별의 순간이 다가오자 어린애
못지않은 표정으로 서로의 얼굴을 바라보았다.

“이놈아, 네놈 앞마당에까지 놈들이 들어온 판국에 내 걱정을 하는
것이냐? 네놈이나 몸조심하고 형님 도움이 필요하거든 지체없이 부르
거라.”

그렇게 당가와 남궁가의 이별이 가까워지는 순간, 자운엽이 종리재
정을 보고 불쑥 한마디 했다.

“칼을 하나 더 만들어라!”

갑자기 던져진 자운엽의 말에 종리재정은 갈피를 잡지 못하고 자운
엽의 얼굴만 바라보았다.

“벽력의 힘을 뿜어내어도 견딜 수 있는 그런 칼을 하나 만들어다
오.”

자운엽이 조금 더 설명을 덧붙여 다시 말하자 종리재정은 자운엽의 말을 되새기며 눈을 끔벅거렸다.

"언제가 될지는 모르겠지만 그런 칼을 사용해야 할 때가 있을 것 같은 예감이 든다. 벽력의 힘을 쏟아내어도 멀쩡히 견딜 수 있는 칼을 만들어다오. 너라면 충분히 만들 수 있을 것이다."

자운엽의 말이 끝나자 종리재정의 입가에서 희열 가득 찬 미소가 퍼져 나갔다. 이 순간 자운엽은 형으로서 동생에게 아무런 망설임 없이 부탁을 했고, 종리재정 또한 이 순간 동생으로서 아무런 대꾸 없이 들어주어야 하는 것이다.

"알겠습니다, 형님! 만들어야지요. 만들고말고요……!"

이제껏 자운엽과의 이별에 목을 떨어뜨리며 미적거리던 종리재정은 표정이 돌변하여 왜 이렇게 군소리들이 많아 이별이 늦어지냐는 표정으로 당문정과 당천의를 쳐다보았다. 그런 종리재정의 눈빛에는 한달음에 당가로 달려가고픈 조급함이 철철 넘쳐 났다.

"하하! 이런 놈을 보았나?"

마침내 당천의가 너털웃음을 터뜨렸다.

"네놈은 이번 나들이 길에 큰 복을 얻어가는구나. 그러게 종종 형님 집을 찾아 문안인사를 여쭙고 할 일인 것이야."

남궁선유가 껄껄 웃으며 부럽다는 듯이 두 젊은이를 쳐다보았다.

"이별사는 짧을수록 좋은 법, 그만 마차에 올라라!"

당가 일행이 모두 마차에 오르고 당문정이 손짓을 하자 당가의 식구들을 태운 마차가 천천히 움직이기 시작했다.

"언젠가 자네와는 다시 만날 것 같은 예감이 드는군. 그때도 또다시 자네의 도움을 입을지도 모른다는 예감 또한 무시하지 못하겠는 걸……."

하북팽가의 가주 팽무홍(烹武弘)이 위지종현 등과 함께 자운엽을 찾아와 작별 인사를 했다.

그 옆에는 팽은설이 토라진 표정으로 자운엽의 눈길을 외면하며 서 있었다. 철딱서니없이 설치다 자운엽의 몸에서 터져 나오는 엄청난 살기에 놀란 후 처음으로 다시 대면하는 것이다.

"글쎄요……. 제 직업이 표사이니 구석구석 돌아다니다 보면 다시 만날 수도 있을 것 같습니다. 그때는 고객이 될지도 모르겠으니 잘 부탁드리겠습니다."

자운엽은 표사 본연의 자세를 잃지 않고 정중히 답했다.

"하하! 표사라……? 그럼 언제 저놈부터 원하는 곳에 운반해 주게."

팽무홍이 팽은설을 가리키자 딴전만 피우고 있던 팽은설이 화들짝 놀라며 얼굴이 발갛게 달아올랐다.

"어머머, 백부님! 제가 무슨 물건인가요, 운반을 하게?"

팽은설은 팔짝팔짝 뛰며 어쩔 줄 몰라 했지만 그로 인해 자운엽과 눈이 마주치게 되고, 어색함을 떨쳐 버리게 되어 내심 다행스러워하는 마음이 되었다.

"팽 소저! 그때는 정말 미안했소. 나도 모르게 과격해져서 팽 소저를 놀라게 했던 모양이오. 용서하시오."

자운엽은 아직까지 자신을 제대로 쳐다보지 않고 샐쭉해 있는 팽은설에게 사과의 말을 건넸다.

"흥! 자 공자께서 뭘 잘못하셨다고 저한테 사과까지 하는 건가요? 괜히 제가 분위기 파악 못하고 아리따운 아가씨와 노닐고 있는 자 공자 옆에 끼어들다 된서리를 맞은 것이죠. 오히려 사과해야 할 사람은 바로 제가 아닌가 싶네요. 그땐 정말 미안했어요. 사과드릴게요."

팽은설은 여전히 자운엽의 시선을 외면한 채 냉정하게 답했다.

'정말 못 말릴 아가씨로군.'

팽은설의 말투와 표정에는 그때의 일에 대한 사과나 그에 따른 대답이 중요한 것은 아니었다. 그녀의 표정에는 그런 것보다는 그날 자운엽과 함께 있던 북호에 대한 끊임없는 질투심이 더 강하게 어려 있었다. 그것을 느낀 자운엽은 내심 실소를 금할 수가 없었다. 언제 어떤 상황, 그리고 어떤 사건이 있을지라도 그 모든 것에 우선하여 표출되는 여자들의 질투심이란 정말 가공할 만한 힘의 원천이었다.

"그런 게 아니라고 하지 않소. 그러니 마음을 푸시오."

자운엽은 다시 한 번 팽은설에게 사과의 뜻을 표했고, 더 이상 팽은설도 날카로운 반응을 보이지 않고 입을 다물고 있었다.

"듣자 하니 금성표국의 표사로서 표행을 하고 있다던데, 하북으로 올 일이 있으면 우리 표물은 자네에게 맡김세. 우리 팽가와 위지가의 물건만 하더라도 작은 표국 몇 개는 달라붙어야 할 정도니 표물 떨어질 걱정은 없을 걸세."

팽무홍이 깊숙한 눈빛으로 자운엽을 쳐다보며 말했다.

잠시 자리를 비워 서문세가의 여우 서문표와 자운엽이 격돌하는 장면을 직접 목격하지는 못했지만, 그날 오후부터 온 남궁세가 안에 울려 퍼지는 그 얘기를 들을 때마다 자신의 질녀들과 딸이 뒤집어쓰게 될 뻔한 지독한 수모를 상상하면 온몸 가득 소름이 끼친다. 그러다가도 그 직전에 귀신도 곡할 만한 순발력으로 상황을 역전시킨 이 청년의 얘기를 듣게 되면 아무리 애를 써도 입술을 비집고 나오는 웃음을 참을 길이 없었다. 질녀들과 딸뿐 아니라 팽가 전체에 대한 모독이 될 뻔한 사건을 깨끗이 뒤집어 버린 자운엽에 대한 고마움은 팽가의 단골 표국을 바꾸는 한이 있더라도 꼭 보답을 하고 싶은 것이 지금 이 순간 팽무홍의 심정이었다.

"전 금성표국의 삼급표사일 뿐입니다. 표물을 맡기는 문제는 전적으로 금성표국의 이름 앞으로 하실 일이지요. 그리고 그 결정은 또 우리 국주님이 내릴 일이고요."

자운엽의 담담한 대답에 팽무홍이 빙그레 웃음을 머금었다.

"금성표국이란 이름을 지켜주기로 약속했다는 말은 당문 사람들로부터 들었네. 내가 보기엔 그 약속은 철저하게 지켜지고 있는 것 같구면. 이번 남궁가에 온 사람들 중 표물 운송깨나 시키는 사람들치고 금성표국이란 이름과 자네 이름을 모르는 사람이 없을 테니 말일세. 설사 그들의 기억에서는 금성표국이란 이름이 잊혀질지라도 우리 팽가와 위지가는 금성표국이란 이름을 절대로 잊지 않을 것을 약속하지."

빙그레 웃으며 말을 마친 팽무홍이 이번에는 송여주에게로 눈길을 돌렸다.

"하북 땅에 와서 표행할 일이 있으면 꼭 우리 가문에 한 번 들르시오, 송 표국주! 우리 가문에서 제일 귀한 표물은 귀 표국인 금성표국에 운송을 부탁하고 싶구려."

팽무홍의 미소가 더욱 짙어졌다.

"그렇게… 하겠습니다, 팽 가주님."

눈물을 글썽거리며 대답하는 송여주의 목이 메어왔다.

"자, 그럼 다시 만날 날을 기약하며 이만 헤어짐세. 자넬 만난 것이 이번 여행길에 있어서 더없이 큰 복이었네……. 표행 잘하시게, 삼급표사양반들……."

대견스런 표정과 함께 인자한 미소를 띤 팽무홍이 자운엽과 엄한필, 서교영를 번갈아 보며 인사를 하자 멍하니 지켜보던 엄한필과 서교영도 얼른 포권을 쥐며 마주 인사했다.

"풍모가 대단한 사람이에요."

팽가의 일행들이 멀어져 가는 모습을 한참이나 지켜보던 서교영이 엄한필 옆에서 혼잣소리인 듯 중얼거렸다.

"하북팽가의 가주 팽무홍은 젊었을 적부터 인품과 오성에서 칭찬이 자자한 사람이라 들었어. 하지만 한 자루 칼을 들고 검무를 출 때는 폭풍이 무색하다 하여 그 별호가 폭풍검이지."

엄한필 역시 자신들을 쳐다보며 한없이 인자한 미소를 짓던 팽무홍의 모습을 음미하는 듯 팽가 일행의 마차에서 눈을 떼지 않은 채 답했다.

"이번 표행길에 남궁가의 잔치에 참석한 건 정말 좋은 경험이었어요. 이렇게 다양하고 많은 사람들을 한꺼번에 만나고 보니 시야가 훨씬 넓어진 것 같아요."

서교영은 제법 깊숙한 눈빛을 하며 조신하게 말했다.

"조금 철이 드는 모양이군."

모처럼 조신하게 분위기를 잡고 있는 서교영을 보며 자운엽이 찬물을 끼얹자 서교영의 눈꼬리가 대번에 위로 치켜 올라갔다.

"망할 자식! 도대체 정이 안 가는 인간이야, 너란 인간은."

다시 본래 모습으로 돌아온 서교영은 여차하면 한판 칼춤이라도 추겠다는 듯 씩씩거렸다.

"아이구, 그만 해! 별걸 다 가지고 열을 올리고 있어!"

송여주가 웃음을 참으며 서교영을 말렸다.

"여주 언니는 항상 저 인간 편이지."

"후후! 정말 세 살 먹은 애 같은 말투다. 그렇게 설치면 조금 넓어졌던 시야가 다시 좁아진다."

송여주가 핀잔을 주자 서교영은 애써 분을 삭이며 한숨을 내쉬었다.

"자 공자! 얘기 좀 해요."

분위기가 조금 진정되자 송여주는 조용한 목소리로 자운엽을 부르며 나무 그늘 아래에 있는 탁자로 걸음을 옮겼다.

"너, 이제 혼 좀 날 거다. 언니가 그동안 벼르고 있었던 모양인데 오늘 된통 걸린 거야."

서교영이 저만치에서 고함을 질렀다.

'저 맹추에게는 얘기가 안 된 모양이군!'

엄한필의 표정에 비해 아무런 생각이 없어 보이는 서교영을 보며 자운엽은 내심 중얼거리며 송여주를 따랐다.

"어제저녁 상관 숙부님을 만났어요. 상관 숙부님께서는 그동안은 자신도 잘 몰랐으나 이젠 어느 정도 윤곽이 잡힌 흉수들에 대한 얘기를 해주셨어요."

자운엽은 자신의 짐작대로 송여주의 얘기가 시작되자 묵묵히 듣고만 있었다.

어제저녁 무영신개가 공차표행을 멈추게 하기 위해 송여주에게 뭔가 손을 썼다고 말했는데 그것이 상관진걸을 통해서였던 모양이다. 아마도 무영신개와 상관진걸은 서로의 정보를 교환했을 것 같았다. 그렇게 두 사람은 황실과 무림의 그림자 인간들로서 서로 적당히 견제하고 경쟁하며, 또 적절히 협력하고 있는 것이다. 그렇기에 무림과 황실은 서로 불가침이란 말이 눈 가리고 아웅 하는 말이라 한 것이리라.

"그동안 난 오로지 무너지는 금성표국과 아버지를 저렇게 만든 흉수들을 찾겠다는 생각만으로 흉수들이 누구인지, 얼마나 무서운 인간들인지는 생각해 보지 않았어요. 아니, 아무리 애를 쓴다 해도 알 수가 없었겠지요. 그런데 어제저녁 상관 숙부님으로부터 들은 얘기로는 그들은 내가 상상하는 것보다 몇백 배는 더 큰 힘을 지닌 무서운 존재들이란 것을 알았어요."

말을 하는 송여주의 눈빛에 좀처럼 보기 힘들었던 두려움이 가득했다.

"물론 자 공자는 그런 것들을 애초에 짐작했을지 모르겠어요. 충분히 그럴 만한 사람이니까요."

"솔직히 저도 그들의 힘이 정확히 얼마나 되는지는 짐작 못합니다. 하지만 어떤 위험이 따르더라도……."

"아니에요! 내가 몰랐으면 모르지만 이젠 상황을 알 수 있을 것 같아요. 그들은 온 무림과 전쟁을 벌이려는 사람들 같아요. 결코 표국 몇 개 집어삼킬 사람들이 아닌……."

잠시 송여주가 주변을 살폈다.

'상황 판단이 무척 빠르군.'

자운엽은 겁먹은 듯이 주위를 살피는 송여주를 보며 감탄했다.

상관진걸이 그것까지는 세세히 일러주지 않았을 것이건만 송여주는 정확히 사태를 파악하고 있는 것 같다. 정말 거대표국의 국주 자격이 충분히 있는 여자라는 생각과 함께 자운엽은 다시 송여주의 말에 귀를 기울였다.

"아까 팽 가주님의 말을 들으며 난 느꼈어요."

송여주의 눈에 다시 눈물이 일렁거렸다.

"금성표국의 이름을 지키고, 온 하남 땅에 그 이름을 드날리려 했던 애초의 내 계획은 생각보다 몇 배는 더 큰 성과를 거두었다는 걸 알았어요. 모두 자 공자 덕분이에요. 정말 고마워요."

마침내 송여주의 두 볼에 눈물이 흘러내렸다.

"이제 금성표국은 어떤 비바람이 불어도 쓰러지지 않을 거예요. 빚도 다 갚았고 사해표국에서 써준 황금 일만 냥의 차용증서도 있거든요."

송여주는 품속에서 사해표국주가 써준 차용증서를 꺼내 들었다.

"이거 안 갚아도 되는 거죠?"

송여주는 눈물 가득한 눈으로 웃음을 지었다.

"이럴 줄 알았으면 나도 차용증서를 써놓는 건데……. 그게 없으니 받을 방법이 없군요."

자운엽은 큰 실수를 했다는 표정을 지으며 입맛을 다셨다.

"이제부터는 고맙다는 말도, 은혜란 말도 하지 않겠어요. 여훈이한테도 그런 말은 하지 않거든요."

송여주의 양 볼에 흐르는 눈물이 더욱 굵어졌다.

"저들도 언젠가는 떠날 수밖에 없는 사람들입니다. 하지만 당분간은 국주님 곁에서 금성표국을 지켜줄 겁니다."

눈물 그렁한 송여주의 눈빛을 외면하며 자운엽은 엄한필과 서교영에게로 눈을 돌렸다.

"……."

"저들에게는 대신 작별 인사를 전해주십시오."

"무슨 말인가요, 자 공자?"

깜짝 놀라는 송여주를 보고 간단히 고개를 숙이며 인사를 차린 자운엽은 성큼 일어서며 등을 돌렸다.

"자 공자!"

공차표행은 그만두고 금성표국으로 돌아가자는 뜻을 전하고자 했는데 이렇게 훌쩍 떠나려는 자운엽을 보고 송여주는 비명을 지르듯 외쳤다.

"다시 볼 날이 있을 겁니다. 그때까지 몸 건강하십시오."

망연자실한 송여주를 뒤로한 채 등을 돌린 자운엽의 모습은 남궁가의 대문 쪽을 향해 바람처럼 표홀하게 멀어져 갔다.

*　　　*　　　*

"자운엽이라……. 그리고 금성표국의 삼급표사란 말이지?"

태사의에 앉은 젊은 사내의 여유로운 표정에 작은 이채가 어렸다.

"금성표국이라면 곽치오 부자가 유일하게 무너뜨리지 못했다는 남양 땅의 표국이 아닌가?"

"그렇습니다. 저번에 맹으로 복귀했던 곽기량이란 아이도 그 녀석에게 당한 것으로 보입니다."

석상처럼 시립(侍立)한 중년인이 더없이 공손한 태도로 태사의에 앉은 젊은 사내에게 답했다.

"그렇다면 금성표국에서 곽기량을 거꾸러뜨리고 북림삼귀를 쓰러뜨린 후, 낙양의 조직도 박살 내고, 탈백마검 염설비 장로까지 죽인 것이 오로지 이 한 놈의 소행이란 얘긴가?"

여유로운 목소리가 약간 높아졌다.

"한 놈만은 아닙니다. 하지만 그놈이 주도적으로 움직인 놈입니다."

중년인이 조심스럽게 답했다.

"그런데 그 녀석이 아직 살아 있다니, 그 이유가 뭔가?"

젊은 사내가 약간은 질책하는 듯한 목소리로 중년 사내를 쳐다보았다.

'으음!'

청년의 눈빛을 받은 중년 사내가 얼음물이라도 뒤집어 쓴 듯 흠칫 몸을 떨었다.

"처음엔 솔직히 망둥이 한 놈이 그렇게 설친다고는 생각지 못했습니다. 뭔가 배후가 있는 놈이라 생각하고 조금 여유를 둔 것이지요. 그러다 황실의 힘이 그 주변에 얼쩡거렸습니다. 그래서 그걸 파악하느라 이제껏 살려놓은 것입니다."

"그런데?"

"황실과 백도무림 어느 쪽도 연관이 없는 놈으로 밝혀졌습니다."

중년 사내가 확신한다는 목소리로 답했다.

"그럼 그놈의 정체는?"

"태음문이라는 일인계승 문파의 제자로 알려졌습니다."

"태음문······? 들어본 적이 없는 것 같은데······."

"지금 조사 중입니다."

젊은 사내가 질문을 멈추고 잠시 생각에 잠겼다.

"그놈이 염설비 장로를 죽일 만큼 그렇게 강한가?"

"말도 안 됩니다. 조사한 바에 의하면 그때 염설비 장로와 그놈 사이엔 예기치 못한 사고가 있었던 것으로 추정됩니다."

"사고라······? 염설비 장로가 사고를 당해 새파란 애송이에게 죽었단 말이지?”

사내의 입꼬리가 약간 말려 올라갔다.

“그런 사고가 한 번 더 일어났다가는 내 목도 온전치 못하겠군!”

“…….”

“염설비 장로가 무영신개를 제거하지 못함으로 해서 우리가 입게 될 피해가 얼마나 되나?”

냉철하게 눈빛을 빛낸 젊은 사내가 날카롭게 질문했다.

“백도에서 우리의 규모를 파악하는 기간이 반년은 앞당겨졌습니다.”

“반년이라…….”

사내의 고개가 뒤로 젖혀졌다.

“그렇게 나쁘진 않군.”

“그렇습니다. 그동안 끊임없는 놈들의 정탐으로 어느 정도의 정보가 흘러 들어간 것이 사실입니다. 다만 그것을 종합하고 한꺼번에 모인 자리에서 터뜨린 시기가 염설비의 실패만 아니었으면 반년은 더 늦춰질 수 있었습니다.”

중년 사내가 차분하게 설명했다.

“이제 곧 겨울이 닥친다. 그것이 큰 다행이야. 설사 몇 달 앞당겨 알았다 하더라도 즉각적인 대응은 불가능하다. 그것을 최대한 이용해라.”

“존명!”

중년 사내가 허리를 깊이 숙였다.

“그리고 아까 그놈은 어떻게 할 텐가?”

“죽여야지요. 감히 사자의 코털을 몇 개씩이나 뽑았으니까요.”

“사자인 줄도 모르고 한 행동 같은데…….”

청년의 얼굴에 다시 여유로운 웃음이 돌아왔다.

“그렇다 해도 코털이 뽑힌 자리가 쓰리고 아프기는 매한가지입니다.”

“그렇겠군. 자운엽이라… 왠지 낯설지가 않는 이름인데…….”

젊은 사내가 고개를 갸웃거렸다.

“손을 써놓으면 그놈의 더 이전 행적도 알아낼 수가 있습니다만…….”

“그럴 필요까지야 뭐 있겠나? 자네의 표적이 되었으니 곧 시체가 될 텐데. 시체의 과거까지 알고 싶은 마음은 없네. 그런데 어떻게 죽일 텐가? 설마 직접 나서지는 않겠지?”

젊은 사내의 표정이 뭔가를 꺼려하는 듯했다.

“미꾸라지 한 마리 잡자고 직접 움직일 필요는 없지요. 가뜩이나 조심해야 할 판국에…….”

중년 사내의 대답에서 젊은 사내는 자신의 의도가 전해졌다는 것을 느꼈는지 다시 표정이 편안해졌다.

“어떤 계책을 사용할지 암시라도 좀 해줄 수 없겠나?”

“글쎄요, 이건 맹의 개입 이전에 제 개인적인 차원에서 추진하는 일인지라…….”

중년 사내의 표정이 약간 신중해졌다.

“그래도 궁금하구만.”

“남의 칼로 죽이고 싶은 놈 목 따는 재미야말로 최고이지요.”

“차도살인지계(借刀殺人之計)로구만. 그럴 줄 알았네.”

젊은 사내가 고개를 끄덕이며 유쾌하게 웃자 중년 사내도 희미한 미소를 지으며 읍하고 물러났다.

*   *   *

휘익―

퍽!

단검 한 자루가 소나무 가지 사이로 날아들어 가운데 둥치에 꽂혔다.

피이잉―

날아온 여력으로 인해 소나무 둥치에 꽂힌 단검자루가 파르르 떨렸다.

다른 나무들은 낙엽마저 다 떨어져 앙상한 가지만 남았지만 사철 푸른 소나무 잎은 그대로 남아 있어 그곳을 은신처로 삼고 있던 사내는 갑작스런 사태에 깜짝 놀라며 반사적으로 단검이 날아온 방향으로 몸을 날렸다.

휘익―

몸을 날리면서도 사내는 좀 전의 상황에 머리끝이 쭈뼛 서는 듯한 아찔함을 느꼈다. 기척도 없이 날아들어 자신이 몸을 기댄 소나무 둥치에 퍽! 하고 꽂히고 나서야 자신은 깜짝 놀라 펄쩍 뛰어내린 것이다.

작은 돌멩이도 아닌 단검이 날아와 꽂히는 순간까지도 기척을 못 느꼈다는 것은 단검에 실린 내력이 가공하여 순식간에 날아든 것이기도 하고, 날아오는 순간에도 미세한 흔들림조차 일으키지 않아 주위를 환기시킬 만한 기류를 일으키지 않은 결과이다.

정확히 자신이 의지하고 있는 나무 둥치에 박혔기에 망정이지 반대

쪽에서 날아왔다면 아무리 빨리 반응했다 할지라도 몸 한구석은 큰 상
처를 입고 말았을 것이다.

"망할!"

저 멀리 사라지는 인영을 본 사내의 입술이 강하게 다물어지며 공력
을 최대한으로 끌어올려 경공을 펼쳤다.

휘익─

어둠이 깔리는 야산자락 안쪽으로 인영이 빠르게 사라져 가고 있었
다.

"잡고야 만다!"

사내는 칼을 쥔 손에 불끈 힘을 주며 야산자락으로 사라져 가는 인
영을 쫓았다.

"후우─"

야산자락에 도착한 사내는 신형을 멈추며 빠르게 막힌 숨을 한 모금
내뱉었다. 죽을힘을 다해 괴인영을 쫓아왔지만 괴인영의 모습은 바람
처럼 사라지고 없었다.

사내는 급히 오감의 능력을 최대한 극대화시키며 은신의 흔적을 탐
색했다.

"이런!"

괴인영을 추적하던 사내는 헛바람을 내쉬었다.

근처에 숨었을 것이라는 예상과는 전혀 반대로 괴인영은 흐릿한 잔
영만을 남긴 채 산꼭대기를 넘어서고 있었다. 야산자락에 들어선 후
자신이 예상한 거리 안에서는 보이지 않아 근처에 은신한 것으로 판단
하고 신형을 멈춰 주변을 살핀 것이거늘, 괴인영은 자신의 예상을 훨씬
뛰어넘는 거리만큼 멀어져 산꼭대기를 넘어 사라졌다. 설마 그런 상황

이 발생하리라 생각지 않았기에 은신의 가능성에만 역점을 둔 것인데 설마가 사람 잡을 상황이 발생한 것이다.

"빌어먹을!"

사내는 허탈하게 괴인영이 사라진 산꼭대기만을 쳐다보았다.

"짐작이 가는군."

잠시 그렇게 서 있던 사내가 고개를 끄덕거린 후 자신이 왔던 방향으로 급히 되돌아 몸을 날렸다.

"왜 그래요, 대장?"

북호와 함께 다른 두 명의 사내가 달려오며 동호와 마주쳤다.

"어떤 인간이 내가 은신하고 있던 소나무 둥치에 칼을 던져 깊숙이 꽂아놓고는 바람처럼 사라졌어."

"어떤 놈이 감히?"

"그런데 그자는?"

"놓쳤어!"

동호가 고개를 흔들자 서, 남, 북호가 눈을 동그랗게 떴다.

자신들의 장기가 은신, 추적인데 은신이 탄로나고 추적이 실패한 것이다.

"돌아가서 칼을 보면 누군지 알겠지. 짐작이 가기도 하고……."

동호가 몸을 날리자 다른 세 사람도 몸을 날려 동호를 따랐다.

"역시!"

소나무 위로 날아오른 네 사람은 소나무 둥치 깊숙이 꽂힌 황룡단검을 보고 신음성을 내뱉었다. 북호가 남궁세가까지 찾아가 자운엽에게 전해준 황룡단검이 아찔한 방법으로 동호에게 다시 돌아온 것이다.

"큭큭! 정말 예측 불가능한 인간이군!"

서호가 소리를 죽이며 어이없는 웃음을 토했다.

"뒤에 달린 쪽지나 읽어봅시다."

남호도 어이없는 표정으로 쪽지에 눈을 주었다.

"애초에 황룡단검인 줄 확인했으면 생고생은 안 했을 거 아녜요?"

"기척도 없이 날아와 등 뒤에서 퍽! 하고 칼로 짐작되는 물건이 꽂히는 소리에 기겁해서 반사적으로 몸을 날렸지. 어찌나 놀랐는지……."

동호가 그때의 상황을 떠올리며 심호흡을 했다.

"쿡쿡!"

단검에 달린 쪽지를 읽은 남호가 괴소를 흘렸다.

"뭔데 그래요?"

북호가 속눈썹을 들어올리며 남호를 바라보았다.

"궁금하면 직접 읽어봐."

남호가 쪽지를 북호에게 건넸다.

"깔깔깔!"

북호도 쪽지를 보고 배를 잡았다.

놓치고 난 후에야 이 글을 볼 줄 알았소. 상관 대협께 전하시오. 이젠 확실히 놓쳐 버렸다고.

"젠장!"

쪽지를 읽은 동호가 입맛을 다셨다.

짤막하게 쓰여진 글이었지만 더 이상 추적의 의지를 상실케 하는 내용이었다. 상관진걸은 자신이 감숙성에 가 있는 동안 자운엽의 명령을 따르라고 했으나 그 말은 자신들이 자운엽을 끌어들이든지 최소한 그를 잡아두라는 말이었다. 그러나 세상에는 도저히 길들일 수 없는 인간도 있는 법이다. 이젠 포기해야 할 때인 것이다.

"이젠 어쩔 것이오, 대장?"

서호는 아직도 웃음을 다 털어버리지 못한 표정으로 질문했다.

"감숙으로 가야지. 그곳에서 상관 대인을 찾아 도와야지. 은밀히 움직여야 할 일이기에 우리를 대동하지 못한다는 말씀이셨지만 이제 우리가 갈 곳은 그곳뿐이다. 그러나 한 사람은 여기 남아서 지속적인 연락을 담당한다. 그건 북호, 자네가 맡아라."

동호가 단언하듯 말했다.

"무슨 연락 말인가요?"

북호는 의문스런 표정으로 동호를 쳐다보았다.

"여기 있다 보면 연락할 길이 있을 것이야. 그동안 이 쪽지 임자도 찾아내어 동태도 살피고……. 상관 대인이 중시하는 인간이니 놓치더라도 최소한 노는 물 정도는 파악하고 있어야 할 일이다."

동호는 지극히 사무적으로 말했지만 서호와 남호의 입가에는 짓궂은 웃음이 물려 있었다.

"왜 그런 표정으로 웃는 건가요?"

북호의 눈꼬리가 치켜 올라가자 두 사내는 얼른 고개를 돌렸다.

◆ 제35장

차도살인지계(借刀殺人之計)

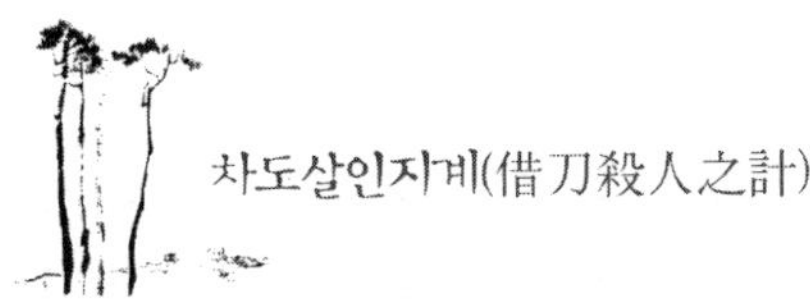

차도살인지계(借刀殺人之計)

"정말 홀가분하군!"

동호를 떼어버리고 사흘을 더 숲 속으로 달려온 자운엽은 넓적한 바위 위에 큰대 자로 드러누워 드넓은 창공에 시선을 고정시켰다.

초겨울로 접어든 산속의 밤은 어느새 살을 에일 듯한 추위를 몰고 왔지만 한없는 여유로움에 몸을 맡긴 자운엽은 추위도 잊은 채 자유를 만끽하고 있었다.

금방이라도 대지 위로 쏟아질 듯 밤하늘을 가득 메운 별들은 마치 검은 비단 천 위에 은모래를 뿌린 듯이 영롱한 빛깔을 발산했다.

휘이잉—

한줄기 바람과 함께 앙상한 나뭇가지 사이로 새어 나오는 낙엽 향이 꽃 향기보다 더 그윽하게 느껴졌다.

"정말 오랜만에 맡아보는 익숙한 냄새야."

자운엽은 최대한 깊이 숨을 들이마시며 겨울의 향기를 음미했다.

모든 것을 떨쳐 버리고 훌쩍 남궁가를 떠나올 때는 어쩐지 배알이 뒤틀리는 느낌도 받았지만 지금 이 순간의 한없는 자유로움이 그 모든 것을 보상해 주는 것 같았다. 무영신개로부터 공차표행을 중단하라는 말을 들은 순간은 이리 가라고 하면 꼭 저쪽으로 가보고 싶어지는 성격 때문에 현재 자신이 이용할 수 있는 모든 변수들을 이용하여 한바탕 질펀한 흙탕물을 일으켜 볼까 몇 시진 동안 생각에 잠기기도 했었다. 하지만 어느 순간 왠지 모를 허망함이 가슴을 가득 채웠고 연이어 지독한 무기력감이 뒤를 따랐다.

자신의 품속에 있었던 황룡단검!

그것이면 네 명의 호위와 그들이 거느리고 있는 힘들을 사용할 수가 있다. 상관진걸이 하던 만큼 그 힘의 전부는 이용하지 못하겠지만 최대한 잘 활용하고, 공차표행을 강행할 것을 고집하여 곰탱이와 천방지축까지 이용하면 제법 큰 소용돌이와 두꺼운 흙탕물을 일으킬 수도 있을 것 같았다. 하남 땅 은밀한 곳에서 서로를 노리고 있는 두 마리의 이무기를 그 흙탕물 속에서 부딪치게 하여 싸움을 일으키게 할 계책을 짜낼 때는 자신도 모르게 쿡쿡거리며 웃음이 터져 나오기도 했었다. 그러나 어느 순간 한없는 무기력증이 엄습해 왔다.

갑작스런 허망함과 함께 찾아온 무기력증의 정체는 아무리 흙탕물을 일으켜 보아야 자신은 결국 이무기 앞에서 헤엄치는 미꾸라지일 뿐이라는 칼날처럼 차가운 한줄기의 자각 때문이었다.

이번 남궁세가 잔치에 참석하여 가장 절실히 느낀 점이 있다면 넓은 세상 곳곳에는 엄청나게 큰 힘들이 득실거리고 있다는 것이다. 혈접검법을 완성하고 한동안 하늘 높은 줄 모르고 설쳤지만 한데 뭉쳐 세력

을 이루고 있는 커다란 힘들 앞에서 자신은 한 마리의 미꾸라지 정도
밖에 되지 않는다는 느낌이 전신을 뒤덮어왔다.

탈백마검 염설비!

무영신개를 구하고자 무턱대고 뛰어든 싸움터에서 마주치게 된 그
노인네의 칼은 무섭기 짝이 없었다. 그때는 무영신개도, 염설비도 전
혀 모르는 사람들이었지만 그 노인네에게서 느꼈던 무시무시한 검력을
생각하면 아직도 등줄기에 식은땀이 흐른다.

그런 어마어마한 힘들을 거느린 세력에 비해 자신의 힘은 너무 미약
하다는 인식이 한순간이라도 빨리 환사이결 전이심공을 익힐 것을 종
용했고, 모든 것을 던져 버리고 이곳으로 오게 만들었다.

'하루라도 빨리 환사이결 전이심공을 내 것으로 만들자.'

자운엽은 바위에 뉘였던 몸을 일으켜 가부좌를 틀고 앉았다.

시간 날 때마다 숙소에서 전이신공의 구결에 매달렸지만 수운곡에
서 미친 듯이 태음토납경에 빠져들던 때와 비교한다면 그 성취도가 십
분지 일도 되지 못했다.

모든 것을 잊어버리고 한 가지에만 집중하는 것과 모든 것에 충실하
며 남는 틈에 한 가지에 매달리는 것은 비교할 수 없는 차이다.

수운곡에서의 오 년!

때때로 식음도 잊어버리며 호흡과 칼에 전념했던 치열한 시간들!

그 치열했던 시간들이 한없는 그리움으로 다가왔다.

지금처럼 표행을 하며 틈틈이 태음토납경과 혈접검법을 익혔다면
지금만큼의 성취를 이루는 데는 이십 년도 더… 아니, 어쩌면 영원히
불가능했을지도 모를 것 같다.

이젠 다시 그 치열했던 순간들로 돌아가고 싶다.

"후웁—"

태음토납경 속 여덟 개의 호흡을 차례로 운기한 자운엽은 온몸이 날아갈 듯한 상쾌감을 느꼈다.

뚜둑, 뚝.

천천히 환사일결 화석신공의 구결을 운기하며 혈도들을 봉하고 심장 박동을 줄여 나갔다. 폭발할 듯이 압축된 기운이 온몸 구석구석에서 느껴졌지만 이젠 완벽히 자신의 것으로 제어할 수 있었다.

뚝.

심장 박동과 호흡이 모두 멈추고 한 마리 화석 물고기가 되었다. 그 상태에서 환사이결 전이심공의 구결대로 운기하여 봉해진 혈도를 거치지 않고 압축된 기운을 신체 말단으로 곧바로 보내는 기운의 전이(轉移)를 시도했다.

꿈틀.

미약한 한 가닥 기운이 화석신공으로 혈도가 폐쇄된 상태에서 즉각적으로 손끝에서 느껴졌다.

처음 전이신공을 운기했을 때보다 머리칼 한 올 정도만큼은 그 기운이 더 강해진 것 같지만 아직은 그 느낌이 너무나 미약했다.

뚜둑, 뚝.

심장 박동이 다시 정상으로 돌아오고 봉했던 혈도 곳곳으로 태음토납경의 청량한 기운이 스며들었다. 그와 함께 폭발 일보 직전으로 압축되었던 기운들이 아무런 무리 없이 혈맥 속에 가라앉았다.

태음토납경과 화석신공의 기운은 이제 그렇게 완벽하게 융화되어졌다.

"다시 한 번 더!"

환사일결을 운기함과 동시에 환사이결 전이심공을 빠르게 운기했다. 그리고는 태음토납경의 청량한 기운으로 혈을 보호하며 수련을 반복하여 갔다.

휘이잉─

밤이 깊어지며 휘몰아쳐 오는 차가운 바람 속에 작은 눈송이가 흩날리기 시작했다. 흩날리던 작은 눈송이가 제법 커지고 양도 많아지며 자운엽의 주변을 감싸기 시작했지만 화석이 된 자운엽의 몸은 미동도 않고 굳어만 갔다.

흩날리다 그치고, 다시 흩날리기를 반복한 눈발도 멎고 아침 햇살이 산등성이 너머로 얼굴을 내밀 때쯤 돌처럼 굳어 있던 자운엽의 몸이 조금씩 움직이기 시작했다.

"후우─"

긴 한숨을 토해낸 자운엽이 천천히 몸을 일으키자 온몸 위에 쌓여 있던 눈들이 후두둑! 떨어져 내렸다.

"벌써 첫눈이 내린 것인가?"

자운엽은 간밤에 내린 눈으로 제법 하얗게 된 주변을 둘러보며 밤새 굳었던 몸을 이리저리 움직였다. 삭풍이 몰아치는 추위 속에서 밤새도록 미동도 않고 앉아 있었지만 태음토납경의 부드러운 호흡으로 어루만진 세혈 구석구석은 어느 한곳도 막히거나 굳은 기분을 느낄 수 없었다. 온몸이 마치 연체동물의 몸처럼 부드러웠다.

"정말 오랜만에 느끼는 뿌듯함이다."

자운엽은 가슴 가득 충만한 기분을 느끼며 미소를 피워 올렸다.

"우웃!"

만족감이 흐르던 자운엽의 표정이 급격히 경색되었다.

미세하나마 발끝에서 전이심공의 기운이 느껴졌고 동시에 자운엽의 신형이 급히 회전했다.

픽!

화살 하나가 무서운 속도로 날아와 밤새도록 자운엽이 앉아 있던 바위틈에 박혔다.

강궁에서 날아온 무서운 공력이 실린 화살이었다.

피잉—

핑—

그것을 신호로 수십 개의 화살들이 다시 자운엽의 몸을 향해 파공성을 울리며 날아들었다.

휘리리릭!

수운검이 춤을 추며 화살들을 향해 뻗어 나갔다.

차차차차창—

수운검의 물결치는 검신에 막힌 화살들이 힘을 잃고 바닥에 떨어져 내렸다.

패앵—

강전 하나가 다시 무서운 속도로 자운엽의 심장을 향해 날아들었다.

파앗—

발뒤꿈치를 축으로 한 동작에 곧바로 회전력을 얻어 혈접난무를 펼치던 때와 마찬가지로 발뒤꿈치에 중심을 둔 자운엽의 신형이 급격히 회전했고, 심장을 향해 무서운 속도로 날아오던 강전이 아슬아슬하게 자운엽의 옷자락을 뚫고 다시 바위에 박혔다.

"이놈들은?"

너무나 갑작스런 사태에 상황을 판단할 겨를도 없이 다시 수십 개의 화살이 날아들었고, 자운엽은 미친 듯이 수운검을 휘둘러 화살들을 막아냈다.

파파파곽!

화살들이 모조리 바닥으로 떨어져 나가자 잠시 정적이 흐르며 더 이상 아무런 공격이 이어지지 않았다. 하지만 사방에서 많은 인기척이 자신을 향해 다가드는 것을 느낄 수 있었다.

자운엽은 최대한 신경을 곤두세우며 다가드는 인영들의 수를 헤아려 보았다.

열!

스물!

서른!

사십여 명이 넘는 인영들이 자신을 포위한 채 빠르게 다가들고 있었다.

'어떤 놈들일까?'

자운엽은 얼음장처럼 차가운 눈빛으로 빠르게 주위를 살폈다.

혹시 모를 동호의 추적이나 엄한필 등의 추적을 피하기 위해 몇 번을 우회하며 주변을 살폈다. 또한 무영신개에게서 배운 방법대로 거의 두 시진 이상을 최대한의 속력으로 줄곧 내달리기도 했다. 그렇게 사흘 동안 줄달음을 치며 달려왔건만 하룻밤 머문 사이 이렇게 많은 인영들이 자신을 추적하여 포위망을 좁힌단 말인가?

'그놈들일까?'

이제껏 극도로 조심하며 모습을 드러내지 않던 보이지 않는 힘들일 가능성이 제일 높았다.

그동안 적지 않은 타격을 주었음에도 불구하고 쉽사리 움직이지 않

던 놈들이 이런 완벽한 기회를 잡아 일시에 몰려온 것이라면 최악의
상황이 벌어진 것이다.

휘익—

휘익—

포위망을 좁히며 다가들던 인영들이 자운엽의 주변으로 날아 내렸
다.

검은 복면과 검은 무복 차림의 사내들 열 명 정도가 먼저 나타나 강
시처럼 자운엽의 주변을 둘러쌌다. 잠시 후, 나머지 인영들이 그들 뒤
에서 하나둘 모습을 드러내기 시작했다.

"네놈은?"

자운엽의 눈빛이 날카로워졌다.

"후후!"

남궁가에서 개망신을 당했던 서문표의 숙부라던 서문덕조가 비릿한
웃음을 흘리며 호흡을 골랐다. 그 옆으로 서문주치도 유리검을 손에
쥐고 흑의복면인들 뒤로 얼굴을 내밀었다.

"억지로 떼어놓고서라도 사냥을 시작하려 했는데 이렇게 고마울 데
가 있나?"

서문덕조가 느긋한 표정을 지으며 복면인들을 헤치고 앞으로 나섰
다.

"이렇게 일찍 복수의 기회가 찾아오다니 기쁜 마음을 이루 헤아릴
길이 없네. 그런데 무슨 일로 표사나리께서 여기까지 줄달음을 치며
도망치셨나? 표물 중에 탐나는 것이 있어 슬쩍하기라도 한 것인가?"

서문덕조는 자신들이 잡은 행운이 믿기지 않는다는 표정으로 자운
엽을 바라보았다.

정말이지 그로서는 이 상황이 믿기지 않는 것이다.

남궁가에서 서문가로 향하는 도중 누군가로부터 자신들에게 개망신을 준 금성표국 표사에 대한 소식을 들었고, 친절히 추적술까지 발휘해 이곳으로 인도해 준 것이다. 혹시라도 무슨 계략이 있지나 않을까 싶어 처음에는 잔뜩 의심의 눈초리로 눈빛을 빛냈지만 그런 낌새는 느끼지 못했다. 누군가 자신들만큼이나 저놈을 없애고 싶어하는 인물들이 자신들의 힘을 빌리고 싶어한다는 것을 간파할 수가 있었다. 그것이야말로 몽매에도 바라던 일인 것이다.

서문세가의 두 인재를 무참히 짓밟은 이놈과는 절대로 같은 하늘 아래에서 살 수가 없다. 그렇기에 어떤 수단을 써서라도 이놈을 다른 하늘 아래로 옮겨놓고 싶었는데 그 기회가 너무도 빨리 찾아온 것이다.

"글쎄요, 당신들이 찾아올 것 같아서 이곳에서 기다리고 있었지요. 예상대로 비루먹은 강아지처럼 헥헥거리며 쫓아오는군요."

"이런 찢어 죽일 놈!"

자운엽이 너무 태연하게 응수하자 서문덕조는 자신들이 자운엽의 유인에 걸려든 것이 아닌가 하는 생각에 멈칫 주위를 둘러보다가 쓴웃음을 지었다. 말도 안 되는 자운엽의 허세에 순간적으로 깜박 넘어갈 뻔한 것이다. 여우의 가문이라는 별명을 얻으며 수많은 가문들을 자신들의 술수에 넘어가게 하고 뒤에서 배를 잡고 웃었는데, 이놈에게는 오히려 자신들이 대책없이 넘어가게 되니 쓴웃음이 절로 나왔다.

"아무리 발버둥을 쳐도 오늘이 네놈 제삿날이다. 그러니 죽기 전에 실컷 떠들거라."

서문주치도 앞으로 나서며 이빨을 드러내었다.

"데리고 온 개들이 아무리 사납다 하더라도 사냥개 앞으로 나서는 짓은 바보 같은 행동이지. 하앗!"

말과 함께 자운엽의 연검이 허공으로 쏘아져 나갔고, 득의만면한 표정으로 자운엽 앞에 나섰던 서문덕조와 서문주치가 아차! 하며 칼을 들어 올렸지만 자운엽의 연검은 헛바닥을 널름거리며 이미 서문덕조의 허리를 할퀴고 지나갔다.

"크윽!"

기습 공격을 받아 허리가 길게 베어진 서문덕조가 비명을 지르자 서문주치가 유리검을 발작적으로 휘두르며 자운엽에게 쇄도해 들었다.

예상치 않은 행운이라 여기고 마음껏 여유를 부리며 그것을 음미하려 했는데 허를 찌르는 자운엽의 공격에 서문덕조는 대번에 불행의 나락으로 떨어져 내렸고, 서문주치 역시 상황이 다르지 않았다.

차차차창!

기습적으로 날아온 연검에 서문주치가 대경하여 유리검을 휘둘렀지만 유리검의 장점을 반 푼도 발휘하지 못하고 어지럽게 날아드는 연검을 막기에만 여념이 없었다.

파파파팍!

파르르 떨리며 수많은 나비의 날갯짓을 그려내던 연검 끝이 어느 순간 급격하게 휘말려 올라가며 서문주치의 목을 휘감아갔다.

"어헉!"

서문주치가 비명을 지르며 목을 감아오는 연검 끝을 향해 칼을 내뻗었다.

"타앗!"

자운엽이 한마디 기합성을 지르며 서문주치의 목을 감아가던 수운검으로 혈접쇄풍의 초식을 펼쳤다.

위이잉!

어지럽게 휘말아오던 연검 끝이 무서운 진동을 일으키며 서문주치의 어깨를 파고들었다.

"크억!"

허공에 구멍을 내던 힘이 실린 수운검의 끝이 서문주치의 어깨를 깊숙이 관통하자 어깨를 찔린 서문주치의 팔이 힘을 잃었다.

휘리릭!

칼끝을 서문주치의 어깨에 박은 채 자운엽은 신속히 손목을 흔들어 수운검의 검신으로 서문주치의 목을 빙글 한 바퀴 감아버렸다.

"어헉! 저, 저놈이?"

서문덕조는 너무나 갑작스런 상황에 상처를 돌볼 겨를도 없이 비명을 내질렀다.

밤을 다투어 달려와 잠시 호흡을 가다듬으며 사냥감을 포위한 후 득의에 찬 표정으로 고양이가 쥐를 놀리듯 사냥감을 놀리며 즐길 수 있을 줄 알았는데, 어찌해 볼 새도 없이 자신의 허리에는 긴 칼자국이 생기고 조카 서문주치는 오히려 사냥감에게 잡혀 버렸다.

'이 무슨 말도 안 되는 사태란 말인가!'

서문덕조는 도저히 이해가 되지 않는 듯 자운엽과 서문주치를 번갈아 바라보았다. 하지만 상황은 기막힌 역전극으로 뒤바뀌어 있었다.

"자, 이젠 천천히 흥정을 시작해 봅시다, 서문세가나리들. 오늘은 내가 의외로 큰 고기를 잡았으니 그쪽에서 좀 달릴 것 같소만?"

자운엽이 빙글거리며 미소를 피워 올리자 서문덕조의 얼굴이 노래졌다. 나중에는 어떻게 될지 모르겠지만 지금 이 순간은 자신들이 오히려 인질을 구해내려 불리함을 무릅쓰고 협상을 해야 할 처지인 것이다.

"이런 비겁한 놈!"

서문덕조가 이를 앙다물며 소리쳤다.

"그렇지요, 아주 비겁한 일이지요. 한 명을 잡으러 수십 명이나 되는 인원들이 잠도 못 자고 먼 길을 달려왔는데, 고맙게 생각하고 정정당당히 상대해 주지는 못할망정 오히려 인질을 잡고 수십 명을 위협하고 있으니 이 얼마나 후안무치한 일이오? 충분히 이해할 수 있소!"

자운엽이 입꼬리를 비틀며 빈정거리자 서문덕조의 입이 굳게 다물어졌다. 말로써는 더 더욱 상대가 안 되는 놈이란 생각이 든 것이다.

"어쩌시겠소? 협상이 싫다면 내가 잡은 고기는 일단 처치하고 독자 생존의 길을 모색할까 하는데……."

말과 함께 자운엽이 수운검에 진기를 주입하자 수운검이 팽팽히 일어서며 칼끝이 파고든 서문주치의 어깨와 칼날이 휘감은 목에서 피가 흘러나왔다.

"으으윽!"

서문주치가 고통에 찬 비명성을 흘렸다.

"잠깐! 잠깐 기다려라, 이놈아!"

서문덕조는 황급히 손을 저으며 자운엽의 행동을 저지했다.

"원하는 게 무어냐?"

서문덕조가 잇새로 내뱉었다.

"물론 이곳을 무사히 빠져나가는 것이지 별거 있겠소?"

"죽일 놈!"

"먼저 당신 조카부터 구하시오. 난 그 후에 죽여도 늦지 않소."

"크윽!"

자운엽이 다시 진기를 주입하자 서문주치가 억눌린 신음을 토해냈다.

"모두 물러서라!"

마침내 서문덕조가 같이 온 사람들에게 물러설 것을 종용했다.

"아니?"

명령을 내리고 주변을 정리하던 서문덕조는 의외의 사태에 깜짝 놀란 눈으로 주위를 둘러보았다.

자신의 명령에 서문가의 식솔들과 무사들은 신속히 자신의 옆으로 물러선 반면, 복면을 한 사내들은 한 발짝도 물러서지 않고 자운엽을 포위하고 있었다.

이제까지 이들은 추적을 도와주며 자신들의 명령을 철저히 따랐다. 그런데 지금 이 순간은 요지부동으로 자신의 명령을 무시하고 있는 것이다.

"물러서라고 했지 않느냐?!"

서문덕조가 고함을 지르며 흑의복면인들에게로 다가섰다.

창—

흑의복면인 하나가 칼을 빼며 서문덕조를 저지했다.

"당신들이 저놈을 잡아서 죽여주었다면 우리는 끝까지 당신 말을 고분고분 듣는 충실한 조력자로 행세했을 텐데… 상황이 바뀐 이상 당신의 명령은 무의미하오."

칼을 빼 든 복면인의 입에서 낮고 굵직한 음성이 흘러나오자 서문덕조의 표정이 당혹감으로 물들었다.

뼈에 사무치는 치욕을 심어준 애송이 놈을 어서 잡는다는 생각에 앞뒤 가릴 것 없이 이들의 제의를 받아들였지만, 어디까지나 이번 일의 주체는 서문가이고 이들은 조력자로서 그에 맞는 행동을 해왔다. 그러나 방금 복면 속에서 울려 나오는 굵직한 목소리는 결코 범상치 않은 기운을 내뿜었다. 그 목소리에는 누구의 명령을 받으며 살아온 사람이 아니라 오랫동안 누군가를 부리며 살아온 사람에게서 느껴지는 위엄과 단호함이 서려 있었다.

"후후, 대강 상황 판단이 되는군! 서문가 따위가 이렇게 즉각적으로 날 찾을 수 있었다는 것이 의문스러웠는데, 결국 당신들은 간판만 빌려준 꼴이군. 저들은 서문가의 칼에 내가 죽었다는 소문이 필요했던 것이지."

자운엽은 짐작이 간다는 듯 크게 고개를 끄덕였다.

"어린 놈이 상황 판단이 무척 빠르구나. 그럴수록 죽어야 할 이유가 더 확실해졌다는 것도 잘 알겠지?"

흑의복면인이 묵직하게 내뱉었다.

'심상치 않군!'

흑의복면인의 목소리에 실린 범상치 않은 기운에서 자운엽은 내심 위기감을 느꼈다. 이들은 자신들의 존재를 드러내지 않기 위해 서문가의 이름을 빌어 자신을 처치하러 왔지만 절대로 서문가 따위와는 비교할 수 없는 무서움을 지닌 자들이다.

'우선 이놈을 최대한 활용해야겠다.'

자운엽은 연검으로 목을 감고 있는 서문주치를 앞으로 끌어당겼다.

"이것 보시오, 서문 대협! 이들이 움직이면 난 할 수 없이 칼을 휘둘러야 하고, 이 상태에서 칼을 휘두르자면 대협 조카의 목이 먼저 잘릴 것 같은데 그래도 괜찮겠소?"

"무척이나 영리한 놈이로군!"

복면사내의 눈에 웃음기가 어렸다.

"이, 이보시오! 당신들이나 우리들이나 저 애송이 놈을 처단하자는 목적은 마찬가지가 아니오? 그러나 내 조카가 잡혀 있으니 일단 저 아이부터 구해낸 후 같이 싸우도록 합시다."

복면인들을 막아서며 말을 하던 서문덕조는 복면사내의 눈빛에 주춤 놀라며 말을 끝내지 못하고 입을 다물었다.

"우리가 왜 그렇게 귀찮은 짓을 해야 한다고 생각하나?"

사내의 목소리가 메마르게 울려 퍼졌다.

"그렇다면 당신들은 내 조카가 어떻게 되어도 상관이 없다는 말이오?"

서문덕조는 어이가 없다는 듯 목소리를 높였다.

"우리의 의도가 알려진 이상 우린 당신들도 같이 없애야 한다는 결론이 나오지. 물론 겉보기엔 서문가와 이놈이 싸우다 양쪽 모두 상처를 입고 공멸한 것으로 꾸며야겠지만 말이야."

말을 마친 사내의 눈에 번쩍 살기가 어렸다.

"어헉!"

사내의 말이 끝나자마자 복면인 중 한 명이 칼을 휘둘렀고 너무 갑작스런 상황에 무방비 상태로 서 있던 사내가 처절한 비명을 지르며 쓰러졌다.

"크으윽!"

"크윽!"

그것을 신호로 복면인 중 한 명은 혹시라도 자운엽이 도주할지도 모를 경우에 대비하여 자운엽의 등 뒤 진로를 가로막아 섰고, 나머지 복면인들은 무차별적으로 서문가의 식솔들을 베어넘겼다.

"이, 이런 죽일 놈들! 한꺼번에 공격하라!"

서문덕조가 고함을 지르며 칼을 빼 들자 서문가 식솔들과 서문가에서 급히 끌어 모아 같이 데려온 낭인들이 황급히 칼을 빼 들고 복면인들에 대항했다.

"크윽!"

"아악!"

다시 여러 마디의 비명성이 들리며 혼전이 벌어졌다.

"언제까지 그렇게 있을 참인가? 어서 그놈을 돌려보내든지, 목을 베든지 결정을 내리게. 뭐, 대신 목을 베어준다면 우리로서는 고마운 일이지!"

복면사내가 차가운 눈빛으로 자운엽과 서문주치를 쳐다보며 느긋하게 말했다. 등 뒤와 옆에서는 연방 칼이 부딪치는 소리와 비명 소리가 울려 퍼졌지만 사내는 실낱만큼의 동요도 보이지 않고 자운엽에게만 시선을 고정시키고 있었다.

그것은 자신이 데리고 온 부하들이 아무 어려움 없이 서문가 식솔들과 그들이 데리고 온 낭인무사들을 처리할 수 있을 것이라는 강한 확신에 의거한 행동이었다.

"아닌 밤 중에 홍두깨라더니, 새벽 댓바람부터 이게 무슨 경운지 모르겠군. 웬만하면 아침 요기라도 좀 하고 시작해도 늦지 않을 것 아니오?"

자운엽은 서문주치의 목을 감고 있던 연검을 풀며 투덜거렸다.

"적의 적은 친구라 했으니, 다시 적이 될 때까지는 친구가 되어야 할 것 같군."

"으윽!"

한 자 깊이나 되게 관통하고 있던 연검이 어깨를 빠져나오자 서문주치는 고통을 참느라 이를 악물었다.

"조금만 더 참으시오. 이젠 다 됐소!"

자운엽은 최대한 조심스럽게 칼을 빼내며 혼전이 벌어지고 있는 주변 상황을 빠르게 살폈다. 이미 반수 이상의 서문가와 그들이 데리고 온 사람들이 쓰러졌지만 흑의인은 단 한 명만이 바닥에 쓰러져 있었다.

'이대로 나간다면 길어야 일각이다.'

느릿하게 칼을 뽑는 듯하면서 자운엽은 급속하게 두뇌를 회전시켰다.

'우선 저놈들의 숫자부터 줄여 시간을 벌어야겠다.'

"타앗!"

조심스럽게 칼을 빼내는 척하던 자운엽은 서문주치의 어깨에서 수운검 끝이 다 빠지려는 찰나, 한 손으로 서문주치의 가슴을 강하게 치며 사내에게 서문주치를 날려 보냈다.

휘익—

사내가 날아오는 서문주치의 신형을 피하며 자운엽의 도주로를 차단하려 앞으로 달려나왔다.

파앗—

그러나 사내의 예상과는 정반대로 자운엽의 신형은 도주로를 지키고 있는 한 명의 사내 쪽이 아니라 혼전이 벌어지고 있는 쪽으로 뛰어들어 서문가의 인물들과 싸우고 있는 흑의복면인들에게 칼을 휘둘렀다.

파르르르!

연검이 물결치듯 흔들리며 흑의복면인 한 명의 가슴을 향해 쾌속하게 날아들었다.

휘리릭—

사내가 대경하며 연검을 막아오자 자운엽의 손목이 미세하게 떨렸고, 연검의 끝 부분이 급격히 휘어지며 사내의 목을 찔러왔다.

"크르륵!"

목에 꿰뚫린 사내 하나가 기괴한 소리를 내며 통나무 무너지듯 바닥으로 쓰러졌다.

"이런 여우 같은 놈!"

날아오는 서문주치의 몸에 잠시 시야가 가려진 사이, 자운엽이 당연히 뒤쪽으로 도주할 것이라 생각하고 그쪽으로 몸을 날리던 사내는 정반대의 상황에 어이없는 표정으로 중얼거렸다.

"아악!"

사내의 생각과 정반대로 움직인 자운엽은 혼전 속을 휘저으며 또 한 명의 흑의복면인의 가슴에 연검을 쑤셔 넣었다.

"이, 이놈!"

우두머리사내가 이빨을 갈았다.

허를 찔려 잠시 주춤하는 사이 부하 두 명이 죽어 나간 것이다.

"같이 쳐라!"

복면사내는 도주로를 막고 있던 부하 한 명에게도 공격에 가세할 것을 지시하며 자신도 혼전 속으로 몸을 날렸다.

"아악!"

자운엽의 연검에 또 한 명의 흑의복면인이 무너져 내렸다.

"크윽!"

대노한 우두머리사내가 앞에서 걸리적거리는 낭인무사 한 명을 베어내며 자운엽에게로 다가들었다.

파앙—

으르렁거리며 자신에게로 다가오는 사내를 본 자운엽은 다시 서문가의 무사 한 명을 우두머리사내에게 장력으로 날리며 혼전 속으로 파고들었다.

"이 교활한 놈!"

자운엽의 장력에 의해 날아오는 서문가의 식솔 하나를 벤 사내가 쓰고 있는 복면에 불이라도 붙을 듯 분노를 폭발시키며 혼전 속으로 뛰어들었다. 그러나 아직은 반 정도 남아 있는 인원 사이로 미꾸라지처럼 헤집고 다니는 자운엽을 잡기가 쉽지 않았다.

서문가의 사람들과 그들이 급히 고용한 사람들은 애초에는 자운엽을 잡으려 흑의인들과 같이 달려왔지만 지금 이 순간은 자운엽보다 흑의복면인들이 더 급한 적이 되어 그들의 칼을 막으며 싸우는 터라, 그들을 베어내고 있는 자운엽은 오히려 적이 아니라 동지의 입장이 되었다. 그렇기에 그들은 자운엽을 당장은 공격하지 못하였다. 그러나 자운엽은 그들이나 흑의인들이나 거리낄 것이 없었다. 다만 지금은 흑의복면인 쪽이 훨씬 강해 보이니 그들을 우선 베어낼 따름이었다. 그러다 필요한 상황이 발생하면 서문가의 사람들로 언제든지 이용하여 지금처럼 우두머리사내에게 장애물로 던지며 종횡무진 누비고 다녔다.

"크으윽!"

다시 한 명의 복면인이 허리가 갈라지며 바닥에 나뒹굴었다.

아차! 하는 사이, 자운엽의 칼에 부하 네 명을 잃은 우두머리사내는 걸리적거리는 것은 피아를 가리지 않고 모두 베어버리겠다는 듯 폭풍처럼 칼을 휘두르며 자운엽에게로 쏘아져 갔다.

“피해라!”

중년 사내의 칼에서 무시무시한 기운이 쏟아져 나오자 싸우던 사람들도 우선 중년 사내의 칼을 피하는 것이 급선무인지라 급급히 신형을 날려 좌우로 갈라졌다.

“이젠 해볼 만할 테니 열심히들 싸워보시오. 하하!”

교묘히 양측의 인원들을 방패 삼아 복면인들 숫자를 줄여가던 자운엽은 중년 사내의 칼바람으로 인해 길이 열리자 한줄기 웃음소리와 함께 신형을 날렸다.

휘익—

“너희들은 계속해서 이놈들을 모두 처치해라!”

자운엽의 신형이 섬전처럼 싸움터를 벗어났지만 중년 사내는 조금도 서두르지 않고 부하들에게 명령을 내리고는 자운엽이 사라진 방향을 느긋이 쳐다보았다.

“일차적인 차도살인지계는 실패했지만 결과는 마찬가지야.”

복면사내의 입술에 비릿한 미소가 흘렀다.

‘그동안 극도의 조심성으로 모습을 드러내지 않던 놈들이 혼자가 된 것을 알고 본격적인 사냥을 시작한 것인가?’

경공을 펼치며 자운엽은 복면인들의 정체를 짐작해 보았다.

자신이 네 명을 해치웠지만 그들의 무위로 봐서는 서문가의 사람들을 모두 베고 한두 명 정도는 뒤를 따를 가능성이 높았다. 그런 생각을 한 자운엽은 이곳에서 최대한 멀리 벗어나려 쾌속하게 몸을 날렸다.

‘이런!’

자신이 달려가고 있는 방향 저 앞에 한 명의 노인이 그림처럼 조용히 서 있는 것을 발견한 자운엽은 천천히 속도를 줄이며 야산 허리를 돌아 나오자 나타난 작은 공터에 걸음을 멈추었다.

'저건 또 웬 노물인가?'

자운엽은 가슴 한복판에 무거운 돌덩이가 얹혀지는 듯한 느낌을 받았다. 조금 전 서문세가의 인물들과 같이 나타난 중년인의 기도 또한 범상치 않았는데 앞을 가로막고 선 노인은 그보다 훨씬 더한 기도가 느껴졌다.

"용케도 살아 나왔구나. 하지만 방향을 잘못 잡았단다, 아이야. 정 반대쪽으로 갔으면 그래도 하루는 더 살 수 있을 것이거늘 하필 이곳으로 달려온단 말이더냐. 쯧쯧."

백발이 성성한 노인이 애석하다는 듯 혀를 찼다.

'뭐야, 이건? 표행길 초장에 만난 자비소면인가 뭔가 하는 노인과 분위기가 비슷한데… 형제라도 되는 것인가?'

자운엽은 한없이 인자한 미소를 지으며 자신이 죽이려는 상대를 어르던, 공차표행 초입에 만난 기병을 든 노인의 모습이 떠올랐다. 고목마군, 적발노괴란 늙은이들과 같이 나타나 시종일관 미소를 잃지 않는 표정이었지만 세 사람 중 가장 독랄한 수법을 펼쳤던 사람이 바로 그 노인이었다. 죽어가던 마지막 순간에도 주위에 있던 많은 사람들을 저승길의 동반자로 삼고자 자신의 기병에서 독침을 폭발시키던 모습을 생각하면 지금도 아찔한 심정인데, 앞을 가로막고 선 이 노인 역시 그때 그 악랄했던 노인과 비슷한 분위기를 풍기고 있다.

'이 노인은 또 얼마나 악독할 것인가. 젠장!'

자운엽은 한줄기 긴 한숨을 내뿜으며 호흡을 골랐다.

"애석하구나. 쯧쯧!"

노인은 다시 한 번 혀를 찼다.

"그렇게 애석하면 노인장께서 비켜주면 될 것 아니오?"

자운엽은 입술을 내밀며 퉁명스럽게 쏘아붙였다.

"그랬으면 얼마나 좋겠느냐만 나도 밥값은 해야 할 것 아니겠느냐? 그리고 먼저 간 친구의 원한도 갚아야 하고……."

"먼저 간 친구……? 누구 말이오? 혹시 자비소면인가 하는 노괴를 말하는 것이오?"

자운엽은 노인을 처음 보았을 때 느꼈던 의문을 확인하려 했다.

"자비소면? 그 애송이는 평소 나를 흠모해서 내 흉내를 내고 다녔지만 결코 내 친구가 될 자격이 없는 놈이란다. 내가 말한 친구는 탈백마검이란다. 그 별호를 잘 알고 있겠지, 아이야?"

노인의 눈빛에서 더없이 으스스한 기운이 뿜어 나오자 자운엽은 자신도 모르게 온몸에 소름이 오싹하는 느낌을 받았다.

'이 노인이 탈백마검 염설비의 친구란 말인가? 그렇다면……?'

자운엽은 뇌리에서 여러 개의 경종이 한꺼번에 울려대는 것을 느꼈다. 유유상종이란 말이 있듯이 사람들은 끼리끼리 모이는 법이다. 특히 백발이 성성한 나이가 될 때까지 친구로 지내는 사람들은 그 정도가 더 심하다. 그렇기에 저 노인이 탈백마검 염설비의 친구라는 사실은 그만큼 위험했다.

한평생 무인으로 살아온 이런 사람들은 겉으로는 절대로 표시 내지 않지만 내심으로는 자신이 존경할 만한 구석이 최소한 한 군데라도 있는 사람을 친구라 칭한다. 이 노인이나 염설비가 서로에게 경외심을 품은 대상은 십중팔구 서로의 무공 실력이었을 것이다.

'대체 어떻게 이런 괴물들이 계속해서 쏟아져 나오는 것인가. 살쾡이를 피해 호랑이를 만난 꼴이군!'

내심 중얼거린 자운엽은 재빨리 주변 상황을 살폈다.

아직 저 건너편 산 쪽의 싸움이 끝나지 않았는지 흑의복면인들의 모습은 보이지 않았다. 그러나 결국 서문가의 떨거지들은 몰살당할 것이고, 최소한 흑의복면인들의 우두머리는 얼마 후면 이곳으로 가세할 것이다.

'죽든 살든 속전속결이다!'

자운엽은 품속으로 손을 넣어 수운검을 꺼내 허공 중에 펼쳤다.

파르르르―

수운검의 검신이 나비의 날갯짓처럼 팔랑거렸다.

"아주 신통한 무기를 가졌구나. 자고로 그런 칼은 익히기가 쉽지 않아 잘 안 쓰는 것이거늘."

노인은 천천히 뒷짐을 풀며 자운엽이 들고 있는 수운검을 흥미롭게 쳐다보았다.

"어디 한번 공격해 보거라. 그 칼의 재주가 어떤 것인지 보고 싶구나."

노인도 가슴속에서 옥 피리를 하나 꺼내 들었다.

투명한 빛이 감도는 옥 피리는 한 자가 조금 넘는 길이였는데 보통의 피리와는 전혀 다른 위치에 여러 개의 구멍이 뚫려 있었다.

'음공의 고수다!'

자운엽은 피리의 생김새를 보고 노인이 음공의 고수임을 짐작할 수 있었다. 보통의 피리와는 전혀 다른 곳에 구멍이 뚫려 있는 피리이기에 그곳에서 새어 나오는 소리 역시 보통의 피리와는 전혀 다른 이상한 음률일 것이다. 그것은 필시 사람의 심맥을 가닥가닥 끊어버리는 음파일 가능성이 높았다.

음공이라면 자신은 아는 것이 없다. 언뜻언뜻 들은 얘기로는 음공에 당한 사람들은 칠공에서 피를 토하며 죽거나 살아도 심맥이 파열되어 주화입마에 빠져 미치광이가 된다고 했다. 그렇다면 더 더욱 속전속결로 저 노인이 음공을 펼치기 전에 끝장을 내야 한다.

파르르르!

생각과 함께 자운엽의 칼이 어지럽게 흔들리며 노인의 목을 향해 날아들었다.

끼리리릭—

노인도 달아드는 자운엽의 칼에 빠르게 신형을 움직이며 옥소를 흔들었고, 옥소와 연검이 부딪쳐 날카로운 충돌음이 뿜어져 나왔다.

'으음!'

자운엽은 가볍게 인상을 찡그리며 다시 수운검에 공력을 불어넣었다.

수운검과 옥소가 부딪치는 순간에 발출되는 충돌음마저도 고막을 후비고 신경을 긁어대는 듯한 타격을 주었다.

휘리리릭—

다시 한 번 수운검이 어지러운 움직임으로 노인의 요혈을 공격해 들어갔다. 혈접난무의 무수한 날갯짓이 노인의 온몸 구석구석을 동시에 공격하며 수천 가닥의 자상을 내려는 듯했다.

파파파팟—

노인이 흠칫 놀라는 표정을 지으며 빠르게 옥소를 흔들었고, 옥소에 수운검의 검신이 부딪치려는 찰나 수운검의 끝이 변화를 일으키며 혈접쇄풍의 초식으로 찔러 들어갔다.

"이런!"

노인의 어깨 어림 한쪽의 옷깃이 베어지며 선혈이 비쳤다.

"과연 한가닥 하는 놈이로다. 비록 사고이긴 했다만 염설비 그 친구와 싸울 만했구나!"

노인은 얼굴 가득 감탄의 빛을 피워 올렸다. 그러나 그것도 잠시, 노인의 눈동자 깊은 곳에 비치는 살기는 더욱 짙어졌다.

"내 비록 검법이 절기는 아니다만 웬만한 칼 정도는 우습게 여기거늘, 어린 놈이 그런 요사스런 칼을 제대로 휘두르다니 가상하다. 옥소마음(玉簫魔音)을 펼쳐 상대할 가치가 있구나."

노인은 빙글 옥소를 한 바퀴 돌리며 이곳저곳 구멍이 많이 뚫린 부분을 앞으로 나오게 고쳐 잡았다. 본격적인 음공을 펼칠 태세였다.

"펼치려면 빨리 펼치시오. 난 시간이 없으니. 하앗!"

자운엽은 다시 칼을 흔들며 노인의 목을 노리고 들었고 노인 역시 수운검의 매서움을 경시하지 못한 듯 옥소를 크게 휘둘렀다.

삐이익―

삐익―

옥소가 휘둘러지자 피리의 몸통 이곳저곳에 뚫린 구멍에서 기이한 음향이 울려 퍼졌다.

"우욱!"

자운엽은 고막을 파고드는 괴음에 속이 울렁거리는 충격을 받고는 급히 공력을 돋우었다. 그렇게 하자 겨우 음공의 충격에서는 벗어날 수 있었지만 펼친 혈접검법의 초식이 흐트러지며 위력이 현저히 감소되었다.

파파팟!

위력이 감소된 수운검의 공세를 가볍게 쳐낸 노인이 다시 한 번 옥소를 크게 휘둘렀다.

삐이익—

고막을 찢고 혼백마저 끊어버릴 듯한 괴음이 옥소에서 울려 퍼졌고 그 소리를 들은 자운엽의 얼굴이 붉게 달아올랐다.

"후웁!"

단전 깊은 곳에서 태음토납경의 내공을 최대한으로 끌어올리며 자운엽은 손목을 크게 움직여 혈접낙화의 초식으로 노인을 찔러 들어갔다.

파파파팍!

삐이익! 삐익—

연검에서 흘러나오는 칼바람 소리와 옥소에서 울려 퍼지는 기음이 야산 자락의 작은 공터를 가득 채웠다.

"크윽!"

자운엽은 한 모금의 피를 흘리며 비틀 뒤로 물러섰다.

공력을 최대한 끌어올려 노인이 펼친 음공에 대항하다가 혈접낙화의 초식을 펼치는 순간, 귓속을 파고들어 와 혈맥을 휘저은 음파에 내상을 입은 것이다.

"감탄스런 놈이로다. 내 팔 성 공력이 실린 옥소마음의 공격을 받으면서도 반격을 시도하다니… 허허, 역시 방심은 금물이야."

노인은 자신의 옆구리 한쪽 수운검의 끝이 할퀴고 지나간 자리에서 선혈이 솟구치는 것을 물끄러미 내려다보며 허탈한 웃음을 흘렸다.

"우웩!"

한 모금의 선혈을 더 쏟고 간신히 기혈을 다스린 자운엽은 소맷자락으로 입가에 묻은 피를 닦으며 다시 수운검을 앞으로 내밀었다.

"정말 가공할 피리 소리요. 하지만 노인장의 그 주절거리는 목소리보다는 덜 역겹구려. 음공은 피리로만 익힌 것이 아니라 입으로도 익힌 모양이오?"

자운엽은 노인의 비위를 긁으며 다시 손목을 움직였다. 서문가의 사람들과 싸우던 놈들이 도착하기 전에 어서 결판을 내고 안전한 곳으로 몸을 빼내야 한다는 생각에 마음이 급해진 것이다.

"이런 버르장머리없는 놈! 그렇게 재촉하지 않아도 이곳에서 뼈를 묻게 해줄 것이니 서두르지 말거라. 그리고 내가 음공을 펼치는 동안에는 아무도 접근하지 않으니 그렇게 두리번거릴 것도 없느니라."

노인은 자운엽의 의중을 파악한 듯 허리의 상처에서 흐르는 피를 지혈시키며 약간은 억눌린 듯한 소리를 질렀다. 노인 역시 허리의 상처에서 오는 고통이 만만치 않은 것이다.

"그랬군!"

흑의복면인들이 아직 나타나지 않은 것은 노인이 펼치는 음공의 공격 범위에 접근하지 않기 위함인 모양이다. 또한 그것은 노인의 무공을 확신하고 있다는 증거이기도 했다.

"그렇다면 굳이 서두를 필요까지는 없겠지만 냄새 나는 노인네와 한 시라도 빨리 떨어지고 싶은 심정은 변함이 없소."

"죽여주마, 이놈!"

노인은 약간은 평상심을 잃은 듯 표정을 일그러뜨렸다.

휘익—

휘익—

본격적인 공격에 앞서 노인은 잠시 어지럽게 피리를 흔들며 서서히 내력을 끌어올렸다. 필시 이제까지와는 다른 가공할 공격의 준비일 것이다.

"타앗!"

짧은 기합성과 함께 자운엽의 신형이 노인을 향해 쇄도해 갔다. 노인의 피리에 이제까지와는 다른 무서움이 담겨지고 있다는 것을 느낀 자운엽의 선제공격이었다.

"영악스런 놈!"

노인은 진기를 주입하던 피리를 제대로 흔들어보지 못하고 자운엽의 칼을 막았다.

삐이익—

'제기랄!'

노인의 선제공격은 차단했지만 칼을 막아오면서도 쉬지 않고 뿜어져 나오는 음파에 자운엽은 다시 기혈이 뒤틀리는 느낌을 받으며 인상을 찌푸렸다. 공격을 할 때든 수비를 할 때든 어김없이 들려오는 피리소리는 자운엽의 칼을 매번 무디게 만들었다. 그로 인해 결정적인 기회를 잡을 수가 없었다.

삐이익— 삐익!

자운엽의 공격이 무디어지는 것을 본 노인은 다시 옥소를 흔들며 공력을 주입시켰다.

'으윽!'

자운엽의 이마에서 굵은 혈관들이 붉거져 올랐다.

"애송이 놈, 마지막이다!"

노인의 팔이 크게 위로 치켜 올려졌다.

뚜둑! 뚝!

내력을 끌어올리며 노인의 팔이 위로 올려지는 순간, 자운엽은 그

자리에 돌부처처럼 우뚝 서서 환사일결 화석심공의 구결을 운기했다.

공격에서나 수비에서나 계속해서 귀를 파고드는 가공할 음파에 대응할 방법은 단 한 번에 모든 것을 폭발시켜 결판을 내는 도리밖에 없었다.

환사일결이 운기되자 즉시 혈도가 봉쇄되고, 심장 박동이 멈추며 폭발 직전의 상태로 준비되어 갔다.

휘이익!

끼이이익ㅡ

노인의 팔이 아래로 세차게 휘저어지며 쇠를 깎는 듯한 거북한 음파가 자운엽의 고막을 파고들었다.

"으윽!"

지독한 음파에 하마터면 자신의 의지와 상관없이 환사일결의 응축된 힘이 폭발할 뻔한 자운엽은 정신을 가다듬고 완벽한 화석이 되어갔다.

끼이이익ㅡ

"하앗!"

노인이 휘두르는 피리에서 바위라도 폭발시킬 듯한 음파가 쏟아져 나오는 순간, 자운엽의 신형이 포탄처럼 노인의 가슴을 향해 쏘아져 나갔다

"어헉!"

바위처럼 꼼짝도 않고 자신의 음공에 대항해 공력만 끌어올리는 듯하던 자운엽의 신형이 갑작스레 믿지 못할 속도로 쏘아져 오자, 노인은 본능적으로 피리를 앞으로 뻗으며 자운엽의 심장을 찔러갔다.

푸욱ㅡ

퍽—

두 줄기 파육음이 터져 나오며 두 사람의 신형이 동시에 바닥에 나뒹굴었다.

"크윽!"

포탄처럼 쏘아져 가던 힘을 주체하지 못하고 노인이 내뻗은 옥소에 찔려 갈비뼈 부근에 구멍이 난 자운엽은 고통에 찬 신음을 지르곤 몇 번이나 비틀거리며 쓰러졌다가 겨우 신형을 일으켰다.

"끄으윽!"

심장 깊숙이 길고 긴 연검이 관통하고 손잡이 부근까지 쑤셔 박힌 노인이 가쁜 숨을 몰아쉬며 신음을 흘렸다.

"어, 어떻게… 내 십이성 공력이 실린…… 옥소마음을 맞받아 그런… 움직임을……? 강시가 아닌 이상…… 혈맥이 들끓어… 움직임이 불가능하거늘…… 쿨럭!"

노인의 눈에 생명의 기운이 천천히 빠져나가며 어렵게 입술을 달싹거렸다.

"혈도를 봉하고 화석이 되었기에 가능했었소. 노인장의 말대로 정상적인 사람이었다면 도저히 불가능했을 것이오."

자운엽은 초점을 잃어가는 노인의 눈을 무심히 응시했다.

"염설비의… 사고가…… 이것이었구나……. 하지만 네놈도… 절대로 살아서는 이곳을……."

노인의 눈에서 생명이 빛이 급격히 사그라들었다.

"네놈… 무공 이름을… 알고……."

노인은 거의 들리지 않는 소리로 입술을 달싹거렸다.

"환사일결 화석심공이라 하오."

자운엽의 대답을 들었는지 못 들었는지 노인의 고개가 옆으로 꺾어졌다.

"쿨럭!"

노인의 눈을 감겨주고 덜덜 떨리는 손으로 노인의 심장에서 연검을 겨우 뽑아낸 자운엽은 비틀거리며 다시 그 자리에 주저앉았다.

겨우 지혈이 되었지만 갈비뼈가 드러날 정도로 깊은 상처에서 느껴지는 고통이 이성을 마비시킬 듯했다.

"한 치만 더 옆으로 박혔으면 노인과 동귀어진했을 것이다."

자운엽은 옷을 찢어 상처를 감싸고 언젠가 송여주가 연검집으로 쓰라고 만들어준 가죽 혁대로 상처 부위를 싸맸다. 수운검의 길이만큼 긴 가죽 혁대는 두 번을 감아 묶어도 충분할 만큼 길었다.

'비록 미미한 수준이긴 했지만 마지막 순간에 시전된 환사이결 전이심공이 목숨을 살렸다.'

자운엽은 감싸진 상처를 다시 쳐다보며 생각했다.

포탄처럼 쏘아져 나가던 몸을 향해 노인의 피리가 불쑥 내밀어졌고, 그대로 돌진했으면 그 피리 끝에 심장이 고스란히 관통당해 어쩌면 노인보다 심장에 더 큰 구멍이 뚫리며 촌각이라도 더 빨리 눈을 감았을 것이다.

노인의 옥 피리가 움직이는 순간 본능적으로 전이심공을 운기했고, 보통의 상태로는 불가능한 움직임이 일어나며 심장을 찌르는 옥소를 비껴낼 수 있었다.

"하지만 이것이 끝이 아니다!"

구사일생으로 목숨을 건졌지만 상태가 심각하고, 또 노인의 말대로라면 몇 겹으로 포위망이 쳐져 있을 것이다.

자운엽은 얼른 그 자리에서 가부좌를 틀고 태음토납경의 호흡으로
진기를 끌어올렸다.

두 번의 호흡을 반복했을 때 저 멀리서 두 명의 복면인이 빠르게 쏘
아져 오고 있었다.

휘익—

자운엽은 상처에서 느껴지는 지독한 통증을 억누르며 신형을 날렸
다.

"이런 말도 안 되는!"

서문가와의 싸움을 끝내고 달려온 우두머리사내이 노인의 시체를
보고 경악성을 내질렀다.

"너는 여기서 장로님의 시신을 수습해라!"

중년 사내는 한 번 더 노인의 주검에 눈길을 준 후 경공을 펼쳤다.

제36장

천라지망(天羅地網)

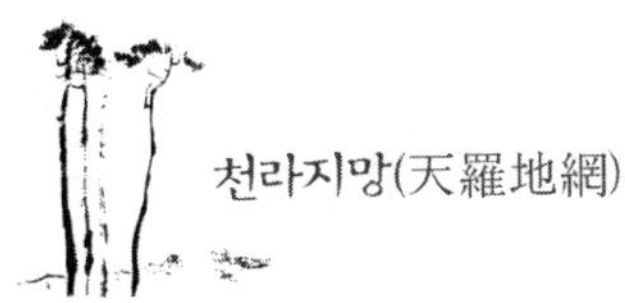

천라지망(天羅地網)

파앗!

수운검의 손잡이에서 이제는 익숙한 느낌이 전해지며 아름드리 나무 뒤에서 튀어나오던 인영의 목이 갈라졌다.

"끄으윽—"

쿵—

목을 감싸 쥔 사내가 괴음을 흘리고는 바닥에 나뒹굴었다.

벌써 몇 명을 이렇게 베었는지 모르겠다.

열두어 명까지는 숫자가 기억나지만 그 이후부터는 숫자도 잊었다.

'조금만 더 가면 숲도 울창해지고 어둠도 짙어진다.'

자운엽은 가쁜 숨을 헐떡거리며 계속해서 앞으로 쏘아져 나갔다.

음공을 쓰던 노인을 죽이고 겨우 숨 몇 번 돌릴 시간의 휴식밖에 가지지 못한 채 지금껏 필사의 도주를 했다.

천라지망!

절대로 이곳을 빠져나가지 못한다는 노인의 말대로 이곳까지 달려오며 수없는 매복과 맞닥뜨렸고, 그들과의 칼부림에서 이곳저곳에 상처를 입었다.

그나마 매복을 한 사람들 중에는 절대고수가 없는 것이 다행이었다. 그러나 언제까지나 그런 놈들만 만난다는 보장이 없다. 음공을 쓰던 노인이 막고 있던 반대 방향에도 그만한 고수가 막고 있었을 것이다. 지금쯤이면 그도 추격을 시작했는지 모른다. 다시 그런 고수를 만난다면 몇 합 겨루지 못하고 명이 끊길 것이다. 그런 고수가 아니더라도 혹 의복면인의 우두머리사내 정도도 지금 상태로는 사신이나 다름없다. 몇 번의 속임수와 줄기찬 경공으로 조금 거리를 벌려놓았지만 언제 불쑥 앞을 가로막을지 알 수가 없다.

갈비뼈의 상처에서 흐르는 피를 몇 번이나 지혈시켰으나 지혈시켰다가 다시 터져 나오는 피의 양은 점점 많아졌다.

"조금만 더!"

어둑해지기 시작하는 주변을 느끼며 자운엽은 이를 악물고 숲을 향해 몸을 날렸다.

'살기!'

이제껏 작은 야산을 휘돌아 달려와 막 숲이 울창한 산속으로 숨어들려는 찰나, 숲이 시작되는 곳에서 한줄기 강한 살기를 느낀 자운엽은 온 신경을 곤두세우며 그대로 속도를 유지하며 쏘아져 나갔다.

뒤에서 추격하고 있는 자들이 언제 또 달려들지 모르는 상태에서 촌각이라도 지체할 여유가 없었다.

'한 놈이 아니다!'

점점 가까워지며 살기 또한 짙어졌고, 그것이 한 명에게서만 뿜어져 나오는 것이 아니란 것을 알 수 있었다.

휘익―

살기가 느껴졌던 방향으로 곧장 치달으며 수운검을 휘둘렀다.

"으윽!"

휘익―

한마디 비명과 함께 옆쪽과 뒤쪽에서 두 개의 그림자가 동시에 튀어 올랐다.

파르르르―

앞쪽에 매복한 인영에게서 깊숙하게 칼이 파고드는 느낌을 얻은 자운 엽은 즉시 칼을 거두어 뒤쪽의 그림자를 향해 반사적으로 칼을 휘둘렀다.

"크윽!"

"으윽!"

불에 데인 듯한 느낌이 등줄기 한곳에 강하게 느껴졌다. 그 느낌을 제대로 자각할 여유도 없이 옆쪽의 그림자가 휘두른 칼이 시퍼렇게 월 광을 반사시키며 목을 향해 쾌속하게 날아들었다.

등 뒤에서 달려드는 사내의 목을 찌른 칼을 빼낸 자운엽은 상체를 그대로 바닥에 무너뜨리며 경사진 비탈을 몇 바퀴 뒹굴었다.

파파팍!

사내의 공격이 연속으로 땅바닥을 찔렀고 땅에 덮인 눈발이 허공으 로 치솟아올랐다.

"타앗!"

세 번의 공격을 무위로 돌린 사내의 칼이 사생결단이라도 내려는 듯 일도양단의 기세로 떨어져 내리는 순간, 바닥을 뒹굴면서도 수운검만

은 휘말리지 않게 길게 늘어뜨리고 있던 자운엽은 강하게 팔목을 치켜
올렸다.

휘익!

눈밭에 길게 늘어뜨려져 있던 수운검이 무섭게 출렁이며 눈발을 흩
뿌렸다.

파아앗—

요동 치는 물고기의 꼬리처럼 갑자기 눈밭에서 솟아오르는 연검의
궤적을 짐작도 하지 못했던 사내는 대경한 눈빛을 하며 수직으로 내리
찍던 칼을 앞으로 내밀었다.

서걱—

사내의 예상과는 전혀 다르게 뒤쪽에서 말아져 오는 연검 끝은 사내
의 등을 꿰뚫고 깊숙이 박혀들었다.

"끄으윽!"

바닥에 드러누워 있는 자운엽의 목덜미 바로 옆 땅바닥에 칼을 쑤셔
박은 사내는 더 이상의 움직임을 멈추고 천천히 앞으로 쓰러졌다.

털썩!

사내의 몸뚱이가 자신이 누운 자리 바로 옆으로 쓰러지면서 비릿한
피 냄새가 강하게 풍겨왔지만 자운엽은 손가락 하나 까닥할 힘도 없는
듯 가쁜 숨만 헐떡거리며 그대로 누워 있었다.

'어서 숲으로 들어가야 한다.'

몸은 만근석처럼 무거웠지만 이성은 어서 숲으로 들어갈 것을 종용
했다.

울창하게 우거진 숲 속이라면 자신이 훨씬 유리할 것 같았다. 겨울
이라 앙상한 가지만 남은 나무들이 더 많았지만 이제껏 숲에서 오 년

이란 세월을 살아온 자신이었기에 숲 속에서라면 자신이 있었다.

비틀!

잠시 미동도 않고 가쁜 숨만 헐떡거리던 자운엽은 천근만근 무거운 몸을 일으키려 안간힘을 썼다.

휘익—

옆에 있는 나무 둥치를 잡고 가까스로 몸을 일으킨 자운엽은 심호흡을 한번 하고는 사력을 다해 숲 속으로 몸을 날렸다.

*   *   *

"눈이 더 이상 오지 않은 것이 다행이다. 이젠 다시 햇살이 밝아져 얼마 후면 내린 눈이 모두 녹을 듯하니 오늘 떠나기로 하자. 예상치 못한 눈 때문에 이틀이나 늦어졌구나."

"덕분에 푹 쉬고 나니 몸이 날아갈 듯하네요, 백부님. 그렇지 않은가요, 오라버니?"

"설매는 아예 폭설이 쏟아졌으면 좋을 뻔했구나?"

위지종현은 이틀간의 휴식으로 여독을 싹 풀고 화색이 도는 팽은설을 보며 빙그레 웃음을 지었다.

"그런 건 아니지만 며칠 동안 덜컹거리는 마차에 앉아 지내는 것이 어디 보통 일인가요? 눈 덕분에 억지로라도 이렇게 쉬고 나니 정말 날아갈 듯해요."

팽은리도 기지개를 켜며 휴식의 여운을 길게 음미했다.

"자, 어서들 아래층으로 내려가서 식사를 마치고 여장을 꾸리도록 하자."

하북팽가의 가주 팽무홍이 앞장서 아래층으로 걸음을 옮기자 다른 사람들도 차례로 뒤를 따랐다.

"그 청년이 그럼 서문가의 사람들을 전멸시켰단 말인가?"

아침 식사 주문을 하고 음식이 나오는 동안 차를 마시며 담소를 나누던 팽무홍 일행들은 옆 자리에서 들려오는 소리에 모두 흠칫 신형을 굳히고는 청력을 돋우었다.

"그렇다면 남궁가에서 개망신을 당하고 먼저 떠났다고 알고 있었던 서문가 사람들이 실상은 길목을 지키고 있다가 혼자된 그 청년을 공격했지만 오히려 전멸을 당했단 말인가?"

다른 한 사내도 긴장한 표정으로 대화에 끼어들었다.

"그렇다네. 그 후 서문가의 사람들이 모조리 몰려들어 천리지망을 펼치며 그 청년을 사냥하고 있다는군."

너무나 뜻밖의 소식에 팽무홍과 위지종현 등은 잠시 동안 서로의 얼굴만 쳐다보며 할 말을 잃었다.

"배, 백부님……!"

팽은설이 제일 먼저 입을 열며 사색이 된 표정을 지었다.

"가만 있거라!"

뭔가 다시 말을 하려는 팽은설을 제지한 팽무홍은 계속해서 대화를 나누고 있는 두 사내들에게로 조용히 다가갔다.

"흐음!"

느닷없이 다가온 팽무홍을 보고 사내들이 경계의 눈빛을 발했지만 팽무홍이 몇 마디 말로 양해를 구하자 자리를 내어주었다.

"여러분들은 그 얘기를 언제 들었소?"

"아침 일찍 저잣거리에 나갔다가 듣게 되었소. 그쪽에 소문이 밝은 친구들이 있어서……."

"그럼 그 일이 언제 일어난 일인지는 아시는지요?"

팽무홍은 내심 급한 마음이 들었지만 사내들에게 위압감이나 이상한 생각이 들지 않도록 최대한 부드러운 표정과 말투로 질문했다.

"그러니까 처음 서문가 사람들이 청년을 암습하려다 역공을 받고 몰살당한 것이 삼 일 전이었다고 합니다. 그리고 그 다음날 천라지망이 펼쳐지고 서문가 사람들이 벌 떼처럼 몰려갔다고 들었소."

사내 하나가 최대한 상세히 설명을 했다.

"그럼 그 후 청년이 어찌 되었는지는 아는 것이 없소?"

"글쎄요, 그곳에서 여기까지 소문이 도착하려면 하루하고도 반나절이 더 걸리니, 지금 상황은 모르겠지만 최소한 이틀 전까지 죽었다는 소문은 듣지 못했소. 하지만 그 많은 사람들이 벌 떼처럼 달려갔으니 지금까지 살아 있다면 그것이 오히려 이상한 일이 아닐지……?"

사내들은 팽무홍의 눈치를 살피며 조심스럽게 자신의 의견을 말했다.

"그럼 그 청년이 어디까지 쫓겨갔는지 알 수 있겠소?"

"서문가 사람들이 이곳에서 서쪽으로 이틀 정도의 거리에 있는 무량산(舞梁山) 쪽으로 몰려갔다고 했으니 그곳으로 들어갔다고 생각되는군요."

"고맙소, 여기 이 자리의 계산은 내가 하겠소."

사내들이 무슨 말을 하기도 전에 팽무홍은 급히 자리를 박차고 이층으로 올라갔다. 그러자 아래층에서 식사를 기다리던 다른 사람들도 모두 팽무홍을 따라 이층으로 올라갔다.

"이곳까지 최단거리로 길을 잡아 말을 달린다면?"

팽무홍이 지도를 펼쳐 놓고 조금 전 사내들이 말한 무량산을 손끝으로 찍었다.

"아무리 빨리 달려도 하루 이상은 걸립니다."

아들 팽은호가 무거운 표정으로 답했다.

"하루라…… 어서 가서 말 열 마리만 구해오너라. 최대한 튼튼한 놈으로. 어서!"

팽무홍이 단호하게 외치자 팽은호가 무슨 말인가 한마디 하려다 찔끔 놀라며 몇 명의 무사를 대동하고 밖으로 나갔다.

"워, 워!"

얼마 후, 팽은호가 같이 동행한 무사들과 함께 열 마리의 말을 몰고 왔다.

"아버님! 아까 그 사람들의 말은 사실인 것 같습니다. 말을 구하면서 넌지시 그 얘기를 꺼내어보았더니 몇 군데서 거의 비슷한 내용의 소문이 돌고 있는 듯합니다."

"한시가 급하니 지금 바로 무량산으로 달려가겠다. 그러니 너희들은 우리가 돌아올 때까지 한 발짝도 나가지 말고 여기서 기다리거라."

팽무홍이 팽은설 등 팽가삼화에게 당부를 하고 말에 오르려 하자 팽은설이 입술을 굳게 다물며 앞으로 나섰다.

"백부님, 저도 따라가겠어요."

"은설아!"

팽은호가 엄중한 얼굴로 팽은설을 쳐다보았다.

"따라가게 해주세요. 서문가의 놈들에게 당할 뻔했던 그때의 치욕을 생각하면 지금도 아찔해요. 그 짐승 같은 놈들은 모두 몰살했다지만 다른 놈들이 자 공자를 토끼처럼 사냥하고 있는데 저만 이곳에서 편히 있을 순 없습니다. 안 데려가신다면 저 혼자라도 가겠어요."

팽은설이 단호하게 말을 끝내자 팽무홍은 잠시 난감한 표정을 짓더니 마음을 바꾼 듯 팽은리와 팽은지에게 고개를 돌렸다.

"그럼 은지와 은리는 여기 남거라. 그리고 너희들은 은지와 은리를 보호해라."

팽무홍은 수행하던 가내무사 몇 명에게도 남을 것을 지시하고 급히 말에 올랐다. 그와 함께 팽은호, 팽은설과 위지종현, 그리고 팽가무사들도 말에 올라 달려가기 시작했다.

"역시 예상했던 대로 팽 가주가 제일 적극적으로 나설 줄 알았어!"

팽무홍 일행이 말을 달린 지 채 한 시진도 되기 전에 그들이 달려가는 길목 어귀 언덕 위에서 한 노인이 뒷짐을 진 채 중얼거렸다.

휘익!

팽무홍 일행이 가까워지자 뒷짐을 진 노인은 신형을 날려 길을 막아섰다.

"뭔가, 저 노인은?"

달리는 말의 속도를 늦추며 팽무홍은 미간은 찌푸렸다.

결코 낮지 않은 언덕 위에서 자신들이 달려가는 길 앞으로 날아 내리는 노인의 신법은 극상의 수준이었다. 자신으로서도 노인의 경공은 절대로 따라할 수 없는 수준이었기에 팽무홍은 말을 멈추면서 언제든 공수의 자세를 취할 수 있도록 긴장을 늦추지 않았다.

탁!

그와 함께 동행한 사람들도 칼자루에 손을 대며 공격의 태세를 갖추었다.

"팽 가주, 나요!"

노인이 아는 체를 하며 가슴에서 옥패를 꺼내 들었다.

“아니, 무영신개어른?”

팽무홍이 천만뜻밖이라는 듯 고함을 지르며 말에서 뛰어내렸다.

남궁가 비밀 회동 장소에서는 젊은 청년으로 분장하고 있었지만 목소리와 옥패는 그때 본 무영신개가 틀림없었다.

“어쩐 일이시오, 신개어른?”

팽무홍은 얼른 말에서 내리며 무영신개에게로 다가갔다. 그와 함께 칼집에 손을 댔던 일행들도 긴장을 풀며 고개를 갸웃거렸다.

“지금 어디로 가는 길이시오? 아마도 자운엽이란 아이를 찾아 급히 달려가는 길이 아닌지요?”

“그걸 어떻게……?”

무영신개의 말에 팽무홍의 눈이 한층 더 커졌다.

아무리 무림의 정보를 한 손에 쥐고 있다고 하더라도 자신들이 조금 전에 급히 결정하고 움직이는 행동까지 어찌 이렇게 정확하게 간파한단 말인가?

“일단 저곳으로 자리를 옮기시지요.”

무영신개는 팽무홍을 이끌고 일행들과 조금 떨어진 곳으로 걸음을 옮겼다.

“이번 일은 이렇게 사사로이 움직일 일이 아니오.”

두 사람만 있게 된 곳에서 무영신개는 팽무홍에게 자신의 뜻을 전했다.

“무슨 말씀이신가요, 신개어른? 이 사람은 도무지 이해가 안 가오. 신개의 그 말씀도 그렇고 신개께서 우리의 행동을 정확히 예측하고 이곳에서 가로막은 것도 그러하고…….”

팽무홍의 말에 무영신개가 고개를 끄덕였다.

“내 그럼 요점만 추려 간단히 설명하겠소. 팽 가주는 언제 서문가와 자운엽 그 아이의 얘기를 들었소?”

“오늘 아침 우연히 객점에 온 손님들로부터 듣게 되었소만…….”

“그렇다면 이리로 달려오면서 혹시 소문이 너무 빠르게 번지고 있다고는 생각해 보지 않았소? 그리고 서문가의 대응 또한 기다리고 있었다는 듯이 신속하고 말이오.”

무영신개가 의문을 제기하자 팽무홍도 뭔가 흑막이 있겠구나 하는 표정으로 무영신개의 다음 설명을 기다렸다.

“처음 나도 그 아이와 서문세가의 얘기를 들었을 때는 서문세가의 인간들이 길목을 기다리다 결국 마각을 드러내는구나 하는 생각을 했었소. 그런데 잠시 더 곰곰이 생각해 보니 소문이 너무 빨리 퍼지고 있는 것이 이상했소. 서문세가의 인물들이 한 사람도 살아남지 않고 몰살되었다고 알려졌는데, 그 소문이 마치 누가 옆에서 지켜보고 퍼뜨린 것처럼 신속하고 정확하게 퍼져 나갔소. 일반적인 경우라면 그런 일은 비밀리에 행해지고, 아울러 소문도 한참 후에 비밀스럽게 퍼져 나가는 것이 정상인데 말이오. 그리고 남궁세가를 떠난 서문세가의 사람들이 몰살당했다는 소문이 퍼진 다음날 곧바로 서문세가의 모든 인원이 그곳으로 달려와 천라지망을 펼쳤다는 것은 아무래도 석연치 않은 구석이 많소. 거리상으로나 시간상으로나…….”

“듣고 보니 그렇군요. 우린 이것저것 따질 겨를 없이 그 청년을 도와주어야겠다는 생각만으로 달려오다 보니 거기까진 생각지 못했소.”

무영신개의 말을 듣고 난 팽무홍은 수긍이 간다는 표정으로 고개를 끄덕였다.

“그래서 나는 뭔가 짚이는 게 있어 최대한 많은 조직을 가동하여 내막을 캐게 한 후 곧장 이곳으로 달려왔소. 그랬더니…….”

잠시 말을 멈춘 무영신개가 다시 한 번 주변을 살폈다. 철저하리만큼 조심성이 많은 행동이었다.

"비록 서문세가의 인물들이 사건의 표면에 나섰지만 실제로 이번 일을 꾸미고 있는 인물들은 전혀 다른 세력들이오."

무영신개는 무거운 표정으로 결론을 말했다.

"서문세가가 아닌 다른 세력이라니, 그건 또 무슨 말인지요?"

팽무홍은 점점 더 모르겠다는 듯 두 눈만 껌벅거렸다.

"서문세가의 소행인 것처럼 꾸미며 그 아이를 공격하고 있는 세력들은 일전의 회동에서 말한 그 힘들인 것 같소!"

"그게 무슨 말이오?! 그런 이무기 같은 놈들이 굳이 모습을 드러내며 왜 그 청년을 공격한단 말이오?!"

팽무홍은 도저히 이해할 수 없다는 표정으로 자신도 모르게 언성을 높였다.

"목소리가 너무 크오, 팽 가주!"

무영신개는 다시 한 번 주변을 살핀 후 목소리를 낮추며 설명을 이어갔다.

"자세한 건 알 수 없지만 그 아이는 개인적인 일로 그들과 몇 차례 충돌하여 그들에게 큰 타격을 입혔소. 아마도 놈들은 그 때문에 그 아이에게 응징을 가하는 것이 아닐까 하오. 앞서 말했듯이 그들은 공공연하게 모습을 드러낼 수 없는 처지이기에 서문세가라는 가면을 쓰고 일을 벌이고 있는 것이 확실하오."

"그렇더라도 이렇게 배후가 드러나면서까지 그들이 움직였다는 것은 이해할 수가 없구려."

팽무홍은 여전히 의구심을 지우지 못했다.

"배후가 드러난 것은 그들의 일차 습격이 실패했기 때문이지요. 만약 실패하지 않고 완벽히 일을 처리하여 그 청년을 제거했다면 모든 것은 서문가의 복수로 알려졌을 것이고, 절대로 배후가 드러날 리 없었겠지요."

"그렇다면 말이 될 수도 있겠구려. 아마도 놈들이 판단한 것보다 그 청년이 뛰어난 모양이오?"

"그런 셈이지요. 아주 비상한 아이였으니까."

"그런데 신개께서는 어떻게, 그리고 무슨 일로 이곳에 나타난 것이오?"

팽무홍은 나머지 의문점을 질문했다.

"놈들이 의도적으로 이번 일을 서문가의 소행으로 소문을 퍼뜨리고 다닌다면 필시 팽 가주와 사천당가 사람들의 귀에도 들어갈 것이라 생각했소. 하나 사천당가는 정반대 방향으로 길을 잡았기에 훨씬 늦게 소식을 접할 것이고 소식을 접하더라도 그때는 늦을 것이오. 그러나 팽 가주가 가는 곳은 같은 방향이고, 팽 가주의 성정으로 보아 곧바로 그 아이를 도우러 달려갈 것이라 생각되었소. 그래서 팽 가주 일행의 길을 예측하고 곧장 달려온 것이오. 다행히도 눈으로 길이 막혀 이곳에서 마주치게 된 것이오."

무영신개는 안도의 표정을 지었지만 그 표정은 팽무홍의 남은 의문을 풀어주는 데 큰 도움이 되지 못했다.

"그런데……?"

"단도직입적으로 말해 팽 가주의 행보를 멈추시오. 그래야 하오."

마침내 무영신개가 자신이 이곳으로 달려온 최종 목적을 말했다.

"무슨 말이시오, 신개? 그 말은 우리가 그 청년에게 도움을 주어서는 안 된다는 뜻이오?"

팽무홍은 눈살을 찌푸리며 무영신개를 쳐다보았다.

"바로 그렇소. 이대로 며칠만 더 지난다면 우리는 중원 복판에 있는 놈들의 본거지를 알아낼 수가 있소. 만약 지금 이대로 팽 가주가 그 아이를 돕기 위해 달려든다면 놈들은 경각심을 가지고 그림자도 남기지 않고 사라질 것이오. 그렇다면 이제껏 우리의 노력이 모두 수포로 돌아가게 되오."

무영신개는 단호한 표정으로 자신의 의견을 피력했다.

"그 청년은 우리 가문의 명예를 지켜준 사람이오. 그런 청년이 사지에 굴러떨어졌다는 걸 알면서 내 어찌 모른 체할 수가 있단 말이오? 그렇게는 할 수가 없소!"

팽무홍 역시 무영신개의 눈을 똑바로 쳐다보며 단호하게 외쳤다.

"그 아이가 애석하기는 나 역시 마찬가지이오. 내 한 팔을 잘라주고서라도 구해내고 싶을 만큼 아까운 아이오. 하지만 지금의 상황은 너무 중차대하오. 올 겨울이 지나도록 그들의 본거지를 알아내지 못한다면 차후 중원은 피로 물들게 될 것이오. 우리는 미연에 그 일을 막아야 하오. 팽 가주 역시 그런 사태를 미연에 막아야 할 위치에 있는 사람이 아니오?"

"하지만……."

"저 청년들이 내년 봄에 모두 죽어도 좋소?"

무영신개의 눈길이 조금 떨어진 곳에서 목을 빼고 이쪽의 상황을 살피는 위지종현과 팽은설, 그리고 몇 명의 젊은 무사들에게로 향했다.

"사사로운 정리에 이끌려 대의를 저버리게 된다면 저와 같은 젊은이들이 수백, 수천 명도 더 죽게 될 것이오. 팽 가주께서는 그들의 원혼을 어찌 다 달랠 것이오? 그리고 이건 무림맹의 뜻이기도 하오."

무영신개의 눈빛이 찌르듯이 팽무홍의 망막을 향해 쏘아져 왔다.

"휴우— 내 어쩌다 이런 더러운 갈림길에 서게 되었단 말인가? 한 시진만… 한 시진만 빨리 소문을 접했어도……."

팽무홍은 눈을 질끈 감으며 탄식을 터뜨렸다.

"대의를 따라야 하오! 대를 위해 소를 희생하는 것은 어쩔 수 없는 일이오."

무영신개가 팽무홍의 결심에 종지부를 찍었다.

"무슨 말씀이신가요, 백부님?"

왔던 길로 되돌아가자는 팽무홍의 말에 팽은설은 눈을 동그랗게 뜨며 소리를 질렀다.

심상치 않은 노인네의 출현과 함께 한참 동안 고뇌하던 백부의 모습에서 뭔가 불길한 예감이 들었는데, 그것이 곧바로 현실로 나타나자 팽은설은 맥박마저 빨라지기 시작했다.

"너희들에게 자세한 것은 말할 수 없지만 지금 그 청년과 서문가의 싸움 이면에는 무림의 안위와 직결되는 음모가 숨겨져 있다. 그렇기에 무턱대고 우리가 이렇게 움직이는 것은 오히려 역효과를 내는 결과를 초래한다. 우리는 지금 즉시 철수해야 한다."

팽무홍의 말이 끝나자 위지종현은 난감한 표정을 지었고, 이젠 울상이 된 팽은설은 도저히 납득하지 못하겠다는 표정으로 꼼짝도 않고 서 있었다.

"아무리 무림의 안위가 중요하고 대의가 중요하다지만 전 은인을 저버릴 수 없어요. 그렇게까지 하면서 따른 대의가 무슨 정당성을 얻는단 말인가요. 전 갈 수 없어요."

잠깐 동안의 침묵이 흐른 후 팽은설이 고개를 흔들며 말했다.

"그렇게 단순하게 생각할 일이 아니다. 많은 다른 사람들의 생명이 걸린 문제인 것이야."

팽무홍의 눈빛이 엄중해졌다.

"무슨 말씀을 하셔도 소용없어요. 전 혼자라도 가겠어요."

팽은설이 울먹이며 대들었다.

"이 녀석이 무례하구나! 이건 백부로서 너에게 하는 말이 아니다! 하북팽가의 가주로서 모두에게 내리는 명령이다! 지금 즉시 철수한다! 명령에 불응하는 자는 가법에 따라 참수하겠다!"

팽무홍이 단호하게 외치자 팽가의 무사들이 눈물 범벅이 된 팽은설을 말에 태우고 고삐를 잡았다.

"돌아간다!"

팽무홍의 명령과 함께 열 필의 말이 방향을 돌려 왔던 길로 되돌아가기 시작했다.

"미안하네… 젊은 친구."

제일 뒤에서 말을 몰고 있는 팽무홍은 질끈 입술을 깨물며 나직이 중얼거렸다.

"사형! 정말 이럴 수가 있는 건가요?"

금성표국으로 향하는 길목 한쪽에서 서교영이 붉게 달아오른 얼굴을 하며 엄한필을 보고 악을 쓰고 있었다.

"목소리가 크다! 송 소저까지 알면 일이 더 복잡해지니 말조심을 해라!"

엄한필이 엄한 표정으로 서교영을 나무랐다.

"비록 고운 정 하나 들지 않고 미운 정만 잔뜩 들었지만 몇 달을 한

솥밥 먹은 동료예요. 그런 사람이 사지에 빠졌는데 이렇게 모른 체하고 있으란 말인가요?"

목소리는 조금 낮췄지만 서교영의 표정은 더 달아올랐다.

"지금 당장 달려가고픈 심정은 내가 더하다. 하지만 무영신개 장로님의 말씀대로라면 절대로 섣불리 움직일 수 없는 일이다."

엄한필은 긴 한숨을 토하며 서교영의 눈길을 외면했다.

"정말 비정하군요!"

서교영은 경멸스럽다는 표정을 지으며 내뱉었다.

"강호란 그런 것이다. 칼을 들고 싸움이 일어나는 이상 많은 피를 흘려야 한다. 지금 우리는 그 피의 양을 최소한으로 줄이려 하는 것이다."

"난 그런 복잡한 말 모르겠어요. 싸움이 얼마나 크게 일어날지, 얼마나 많은 피가 흐를지는 모르겠지만 우선은 동료의 목숨이 더 중요한 것 아닌가요?"

서교영의 눈가에 물기가 번졌다.

"사흘만 더 기다려라. 그 후엔 내가 제일 먼저 달려갈 것이다.

"그땐 이미 죽은……."

앙다문 엄한필의 입에서 주르르 핏물이 새어 나오는 것을 본 서교영은 더 이상 말을 잇지 못했다.

'갈수록 인원이 더 늘어가는 느낌이다.'

두 사람을 한꺼번에 베고 온몸에 피 칠을 한 자운엽은 눈을 씹어 먹으며 가쁜 숨을 토해냈다.

필사의 도주 나흘째!

얼마나 죽이고 얼마나 상처를 입었는지 이젠 까마득히 기억도 나지 않는다. 그나마 숲이 울창했고 눈이 내려 그늘에는 고스란히 그 눈이 남아 있었기에 물 걱정은 안 해도 된다는 것이 불행 중 다행이었다. 그것이 지금껏 자신을 살아남게 한 생명줄이었다.

복우산 깊은 곳에 있는 수운곡에서 생활한 오 년이란 기간은 산의 모습을 속속들이 알게 해주었고, 그 경험들로 인해 끊임없이 달려드는 놈들을 막아낼 수 있었다.

돌무더기 경사면을 거슬러 올라가다 갑자기 방향을 바꾸면 상대는 흠칫 놀라 경공을 멈추는 순간 와르르 무너지는 돌 더미에 중심을 잃었고, 어김없이 수운검의 제물이 되었다. 큰 나무 둥치 옆에서 갑자기 회전하며 그 탄력으로 적을 베기도 하고, 두터운 낙엽층 속에 은신하기도 하여 음공을 쓰는 노인과의 혈투에서 고갈되다시피 한 내력을 조금이나마 회복시킬 수 있었다. 그러나 그것도 그날 하루뿐, 갈수록 빈도가 높아지고 하나를 베면 둘이 더 늘어나는 숫자에 점점 기력이 빠지기 시작했다.

'과연 오늘 하루를 더 버틸 수 있을까?'

쉬익—

그 생각과 함께 본능적으로 칼을 날린 자운엽은 비탈을 구르며 다시 칼을 휘둘렀다.

"크윽!"

"아악—"

두 줄기 비명성을 뒤로하고 자운엽은 신속히 몸을 날렸다. 방금 들린 비명성을 근거로 놈들은 이곳을 향해 집중적으로 몰려들 것이다. 한시라도 빨리 벗어나는 것이 한순간이라도 생명을 더 유지시키는 길이었다.

씨잉—

한 개의 암기가 섬전처럼 날아들었다.

파팟!

수운검을 휘둘러 암기를 떨어뜨리자 무섭게 칼을 휘두르며 세 명의 인영들이 양 옆에서 튀어 올랐다.

파르르르—

수운검이 나비의 날개를 흩뿌리며 동시에 세 방향으로 공격해 나가자 공격을 해오던 인영들이 크게 칼을 휘두르며 수운검을 쳐냈다.

차차창!

칼이 부딪치는 순간 자운엽은 손목을 비틀며 수운검을 크게 흔들었다.

"크으윽!"

"크윽!"

두 명의 목과 심장을 각각 베었지만 나머지 한 명의 칼끝이 어깨를 긁고 지나갔다.

파악!

"크윽!"

어깨에 상처를 준 사내의 복부에 칼을 쑤셔 넣은 자운엽은 급히 어깨의 상처를 지혈했다. 뒤늦은 통증이 몰려오며 선혈은 이미 팔을 흥건히 적셨다.

진력이 고갈되고 있었다. 그 때문에 마지막 한 놈은 동시에 베지 못하고 어깨에 또 하나의 상처를 남겼다.

휘익—

지혈을 시킨 자운엽은 필사적으로 음영이 짙게 내린 골짜기로 몸을 날렸다. 숲이 깊을수록 살아날 확률이 높았다. 깊은 숲은 생명의 보금자리였다.

“제길!”

숲 속으로 몸을 날린 자운엽은 욕지거리를 내뱉었다.

많은 인영들이 미리 기다리고 있었다.

며칠 동안 자신의 움직임을 분석한 놈들은 유달리 숲이 깊은 이곳에 일단의 무리들을 대기시켜 놓은 것이다. 언젠가는 숨어들 가능성이 있는 숲 속에서 놈들은 이빨을 갈고 있었던 것이다.

이젠 되돌아 경사면을 타고 올라갈 기력도 없다. 여기서 최대한 신속히 저들을 베고 빠져나갈 도리밖에 없었다. 그래서 이 숲과 이어진 더 울창한 숲으로 숨어드는 것이 최선이다. 물론 그것이 가능하다면 말이다.

쉬익— 쉭!

순식간에 몸을 날린 인영들에 포위된 자운엽은 독 안에 든 쥐 꼴이 되었다.

파악!

선제공격의 이점을 사무치게 체험한 자운엽은 제일 앞의 사내에게 신속히 혈접쇄풍으로 찔러갔다.

“크윽!”

보통의 칼보다 두 배는 더 긴 수운검의 위험성을 알지 못하는 한 복면사내가 경악에 찬 눈을 부릅뜨며 수운검이 빠져나간 복부를 쳐다보다 스르르 무너졌다.

차창!

포위한 사내들이 일제히 칼을 휘둘렀고 다수의 칼을 상대해야 하는 자운엽의 팔이 풍차처럼 빠르게 움직였다.

“크윽!”

“으윽!”

"아악—"

휘어지고 감겨지며 목줄기를 물어뜯고 심장으로 파고드는 수운검에 몇 명의 사내들이 비명을 지르며 무너졌다.

그러나 어느 순간, 허리 한곳에 섬뜩한 느낌이 전해졌다.

'끝인가?'

허리를 벤 사내의 가슴에 칼을 쑤셔 넣은 자운엽은 반대쪽에서 달려드는 복면인을 보고 마지막을 인식했다. 비단 천처럼 낭창거리는 연검은 진기가 제대로 주입될 때에는 더없이 위험한 기병이었지만 진기가 고갈된 상태에서는 흐느적거리는 풀 줄기처럼 힘이 없었다. 마지막 진기를 짜내어 허리를 벤 복면인의 가슴을 뚫은 수운검으로 반대 편에서 달려드는 복면인을 찌를 기력조차 없었다.

"크윽!"

달려들던 복면인의 칼이 현란하게 움직이며 삶을 포기한 채 우뚝 서 있는 자운엽 대신 등 뒤에서 자운엽의 목을 베어오던 사내의 심장을 갈랐다.

지분 냄새!

삶을 포기하며 육신을 빠져나가던 의식이 급격히 되돌아오며 코끝으로 옅은 지분 냄새가 흘러들었다.

'서교영이다!'

삶에 대한 욕구란 잔인한 것이다!

아니, 삶이란 것 자체가 잔인한 것이리라!

모든 것을 포기하고 우뚝 선 그 순간은 너무나 편안했다.

비록 찰나의 순간이지만 모든 고통에서 해방되었고, 모든 욕망에서 풀려나 완벽한 편안함을 맛보았다. 그렇게 편안한 느낌이 있으리라고는 상상도 못하였다.

　그런데 서교영이 나타났다는 생각과 함께 생의 끈을 다시 붙잡는 순간, 잠시 육신을 떠났던 의식과 함께 지독한 고통과 피곤함이 같이 몰려왔다.

　털썩!

　다리에 힘이 빠지며 그 자리에 주저앉았다.

　서교영이 왔다면 엄한필도 왔을 것이다.

　반 시진만… 아니, 일각만이라도 운기할 시간을 벌어준다면 더 이상 원이 없을 것 같았다.

　그런데…

　언제 서교영의 몸에서 지분 냄새가 풍긴 적이 있었던가?

　그 천둥벌거숭이는 단 한 번도 그런 적이 없었다.

　그렇다면?

　북호!

　그녀인 것이다!

　마음이 조급해졌다.

　서교영과 엄한필의 칼이 북호나 다른 세 명의 칼보다 훨씬 더 든든했다. 설사 네 명이 다같이 몰려왔다 하더라도 서교영과 엄한필의 전력에 반도 미치지 못했다.

　그렇다면 길게 앉아 있을 여유가 없다.

　단 몇 명이라도 숫자를 줄여주어야 한다.

　'한 번만 더 힘을 발휘해다오!'

　앉은자리에서 환사일결을 운기했다.

　뚜둑—

　뚝!

거의 바닥난 진기가 원활히 이어지지 않았지만 남은 생명을 모조리 쏟아 붓듯 환사일결을 운기했다.

"하앗!"

가부좌를 틀고 앉은 몸을 튕기듯 일으키며 그대로 쏘아져 나갔다.

"크악!"

"크아악!"

"아아악—"

창대처럼 곧게 일어선 수운검이 무지막지하게 베고 찌르기를 반복하며 흑의인들을 공격했다.

날카롭기 짝이 없는 수운검에 심장이 꿰뚫리고 목이 베인 흑의인들의 몸이 연신 바닥을 뒹굴었다.

"크윽!"

"큭!"

마지막 남은 두 명의 목을 북호의 칼이 가르고 지나갔다.

"쿨럭!"

선혈을 쏟으며 자운엽의 신형이 바닥으로 무너졌다.

이젠 정말 손끝 하나 움직일 힘이 없다. 아니, 의식을 붙잡고 있을 만한 힘도 없는 것 같다.

잠이 쏟아져 왔다.

운기할 생각도 못한 채 가물거리는 의식 속에서 잠이 들지 않으려고 무진 애를 썼다.

"운엽아—"

꿈인지 생신지 분간이 안 되는 의식 속에서 환청이 들려왔다.

얼굴도 기억나지 않는 어머니의 목소리였다.

출렁!

북호가 복면을 벗으며 다가왔다.

"운엽, 자운엽! 네가 맞느냐?"

'이 목소리는?'

"수연… 수연 아가씨!"

자운엽의 목에서 외마디 비명이 터져 나왔다.

"크윽!"

반사적으로 몸을 일으키던 자운엽은 다시 한 모금의 선혈을 토하며
바닥으로 뒹굴었다.

"맞구나! 네가 정말 자운엽이구나!"

이건 꿈이다!

현실이 아닌 것이다!

죽음의 순간을 맞아서 환상의 세계니 하는 그런 곳으로 빠져든 것이다!

"오 년도 넘었구나."

설수연의 목소리가 꿈결 속에서 들려왔다.

휘익—

휘익—

두 명의 인영이 더 뛰어내렸다.

"어찌 되었느냐?"

설수연은 뛰어내린 두 명의 인영을 보고 낮은 목소리로 질문했다.

"반대쪽으로 유인했습니다만 곧 몰려올 것입니다!"

또 다른 여인의 목소리가 들려왔다.

"알았다. 잠시만 경계를 서거라."

설수연이 지시를 내리자 두 여인이 신속히 사라졌다.

"수연 아가씨! 정말 수연 아가씨가 맞는 것이오?"

자운엽은 지그시 혀를 깨물었다.

둔직한 아픔이 혀끝에서 전해졌다.

꿈이 아닌 것이다!

"정말 무섭게 자랐구나. 상상한 것 이상으로……."

쓰러진 자운엽의 옆 자리에 조심스럽게 무릎을 꿇고 앉은 설수연이 입을 열었다.

"도대체 여긴……?"

아직도 현실감을 완전히 인식하지 못한 자운엽이 망연히 중얼거렸다.

"설수범이란 이름과 자운엽이란 두 개의 이름이 들려오길 오 년을 하루같이 기다렸다. 그 이름 중 하나를 듣고 달려왔건만……."

설수연이 안타까운 음성으로 말을 멈추었다.

"하지만 지금은 그런 것이 중요한 게 아니다. 살아 나가는 것이 중요하다."

설수연은 황급히 품속을 뒤져 자운엽의 손에 환단 몇 개를 쥐어주었다.

"그것은 고갈된 내력을 돋우어줄 것이다. 지금 상황으로선 우리가 널 데려가는 것을 불가능하다. 너에게 도움을 줄 수 있는 방법은 저들을 유인하는 것뿐이다. 그 다음부터는 혼자서 살아 나가야 한다. 당분간은 아무도 널 돕지 못할 것이다. 나 역시 그런 명령을 받았다만……."

설수연의 눈가에서 작은 물방울 두 개가 별빛을 받아 반짝거렸다.

삐삐—

다급한 산새의 울음소리가 들리자 설수연이 흠칫 고개를 돌렸다. 같이 온 여인들이 보내는 신호인 모양이었다.

"제발… 제발 살아 나오너라."

젖은 목소리로 애원처럼 말한 설수연이 급히 몸을 일으켰다.

"수연 아가씨!"

자운엽의 목소리가 낮게 흘렀다.

"손 한번 잡아봐도 되겠소?"

수유의 순간이 억겁처럼 느껴졌다.

작고 보드라운 설수연의 손이 자운엽의 손바닥 안에서 가늘게 떨리고 있었다.

"후후! 수연 아가씨, 당신의 손길을 느낄 때 난 항상 이런 모습이군요. 만신창이가 되어 쓰러진……."

"이젠 가야 할 때이다. 이 근처에서 널 기다리고 싶지만 내 주변의 사정도 너무 위험하구나. 자칫하다가는 둘 다……."

설수연이 다급히 말했다.

"내 걱정은 말고 부디 무사하시오. 목이 잘리면 허리에 꿰어차고서라도 난 이곳을 빠져나갈 것이오. 그리고… 다시는 이런 꼴 보이지 않겠소."

보드랍고 작은 손이 스르르 자운엽의 손을 빠져나갔다.

텅 빈 손바닥에서 온 세상을 다 잃은 듯한 상실감이 느껴졌다.

"확실하진 않지만 오빠의 흔적을 찾았다. 언젠가는 필히 가문으로 돌아올 사람이다. 난 지금 곧바로 감숙으로 가겠다. 그곳에서… 너를 다시 볼 수 있다면……."

못내 발길이 떨어지지 않는 듯 설수연의 고개가 몇 번이나 돌려졌다.

"제발… 무사하거라……."

설수연의 목소리가 꿈결처럼 멀어져 갔다.

◆ 제37장

최강의 적

최강의 적

"자네의 계책도 실패할 때가 있는 모양이군."

젊은 사내가 앞에 서 있는 중년인을 향해 여전히 여유를 잃지 않은 목소리로 말했다. 그러나 그 표정 이면에는 전에 없던 날카로움이 배어 있었다. 그것을 느꼈는지 중년인의 표정도 돌처럼 굳어졌다.

"차도살인지계에 이은 천라지망도 실패를 했다니… 그놈이 그렇게 고수였던가?"

야율사한의 목소리에 불신과 질책의 기운이 반반씩 섞여 있었다. 중년 사내 함진균은 이제껏 그런 일에는 단 한 번도 실수가 없었다. 그런 그의 계책이 실패했다는 사실이 믿을 수 없었고, 또 어쨌든 실패를 했으니 질책을 당해야 할 일이다.

"조력자가 있었습니다."

한참을 말없이 굳게 입을 다물고 있던 함진균은 야율사한의 지속적인 불신의 눈빛에 마침내 입을 열었다. 그런 그의 행동은 뭔가 말하기 힘든 부분을 할 수 없이 언급하는 듯한 느낌을 주었다. 그리고 야율사한의 눈은 그 기색을 놓치지 않았다.

"말해 보게, 숨기고 있는 것이 무엇인지."

야율사한의 날카로운 질문에 함진균이 얼른 고개를 들었다.

"누구보다 자네를 잘 알지. 자넨 실패를 했다고 그런 표정을 지을 사람이 아니야. '그까짓 거!' 하고 허허 웃으며 오히려 상대를 칭찬해 줄 만한 여유를 가진 사람이지. 그런 자네의 표정이 그 정도로 굳어진다는 것은 그 일에 내가 불쾌해할 무슨 내막이 있다는 얘기지. 그렇지 않는가?"

야율사한은 찌르는 듯한 눈빛으로 중년 사내 함진균을 쏘아보았다.

"당주님……."

함진균이 당황한 표정으로 야율사한을 쳐다보다 눈길을 내렸다.

추측이 불가능할 정도의 능력과 심계를 가진 현무당주 야율사한 앞에서는 언제나 자신은 발가벗고 선 기분이다.

자신의 상전이자 맹의 네 개 기둥 중 하나인 현무당주 야율사한은 겨우 스물여덟 살의 청년이었다. 하지만 그의 몸에서 풍기는 기도와 사람을 복종시키는 힘은 어떤 사람에게서도 쉽사리 찾아볼 수 없는 노회함과 원숙함이 엿보였다. 그렇기에 조카뻘밖에 되지 않는 나이였지만 그를 모시는 데 추호의 거리낌도 없었다. 그것은 결코 그가 맹주의 아들이자 네 개 하늘 중 하나이기 때문만은 아니었다. 바로 지금 같은 깊은 통찰력과 언제나 단도직입적으로 핵심을 간파하여 자신을 압도하는 능력 때문이었다.

"으음."

함진균은 작은 신음성을 삼켰다.

애초에 머뭇거리는 모습을 보이지 말아야 했던 것이다.

이젠 사소한 숨김마저도 용납되지 않을 것이다.

"피차 시간 낭비는 하지 않기로 하세!"

야율사한이 묵직하게 말했다.

"한 시진이면 다른 경로를 통해서라도 자네가 함구하고 있는 내용들을 모두 알아낼 수 있네. 하지만 난 자네를 제쳐 두고 다른 경로를 통해 그런 것들을 알고 싶지가 않네."

야율사한의 말에 함진균의 표정에는 체념의 빛이 어렸다.

더 이상은 아무것도 감출 수가 없는 것이다. 그의 말대로 다른 경로를 통해 한 시진이 아니라 일각 안에 얼마든지 알아낼 것이다.

"말해 보게! 자네가 그렇게 힘들어하는 것이 무엇인지."

야율사한의 목소리가 쐐기를 박듯 울렸다.

"거의 다 잡은 상태에서 조력자 세 명으로 인해 놓치고 말았습니다."

"그건 이미 했던 얘길세."

"……."

"조력자 중 한 명을 생포했는데 뜻밖에도 계집이었습니다."

"계집?"

야율사한의 표정에 호기심이 어렸다.

"정인이라도 되는 모양이군. 부러운 일일세……."

"그 계집을 고문해서 정체를 캐내다 보니……."

"나하고 무슨 관계가 있던가?"

야율사한은 여유로운 표정 속에서도 결코 핵심을 놓치지 않았다.

"그 계집이 모시는 사람의 이름이 설수연이라 했습니다. 결국은 설수연이란 여자가 그놈을 도운 것이지요."

함진균이 그토록 힘들어했던 얘기를 모두 꺼내었다.

"설수연이라… 했던가, 방금?"

야율사한의 목소리가 천천히 차가워져 갔다. 그와 함께 그의 표정 또한 밀납처럼 굳어져 갔다.

"크—하하하하하!"

심해 속 같은 침묵의 순간이 한동안 이어진 후 야율사한의 입에서 갑작스런 광소가 터져 나왔다.

"설수연이라… 설마 그녀가 자네가 직접 잡아와 껍질을 벗기고 싶어했던 그 설수연이란 말은 아니겠지?"

"아직 확신은……."

"그렇겠지. 하지만 자네도 나하고 같은 생각인 것은 확실하지 않나?"

함진균의 대답이 없자 야율사한이 고개를 끄덕였다.

"그래, 이젠 감이 잡히는군. 그놈의 이름이 자운엽이라 했던가? 어쩐지 낯설지 않은 이름이라 했지……."

거기까지 말을 한 야율사한의 눈이 번쩍 섬광을 발하며 까맣게 잊었던 뭔가를 찾아낸 듯했다.

"처음부터 자운엽이란 이름이 어쩐지 생소하지 않다고 했지……."

반복해서 중얼거리는 야율사한의 말에 함진균이 얼른 고개를 들었다.

"몇 년 전 내 이름을 캐고 다니던 노인의 입에서 헛소리처럼 튀어나온 말이 자운엽이란 이름이었지. 고문에 정신이 나가 횡설수설하는 애

기라 내용은 알아듣기 힘들었지만 그 노인의 입에서 흘러나온 이름 석
자는 자운엽이었어. 맞아, 분명히 그 이름이었어……."

야율사한의 표정에는 왜 이제야 그 생각이 떠올랐나 하는 아쉬움의
빛이 역력했다.

"그렇다면 설수연이란 그 계집이 나를 차버리고 몸을 숨긴 이유는
그놈과 관련이 있다는 결론이군……. 푸하하하!"

야율사한의 웃음이 점점 더 커졌고 함진균의 표정에는 당혹감이 짙
어져 갔다.

자신이 모시는 이 젊은 당주의 반응이 자신의 예상과 한 치도 틀림
없이 맞아떨어지고 있는 것이다.

매사에 여유롭고 상상을 불허하는 배포를 가진 이 청년도 설수연이
란 이름에는 평소의 그답지 않은 반응을 보여왔었다. 지난 오 년 동안
무심히 지나가는 투로 얘기했지만 그녀의 소재를 확인하고 싶어하는
모습을 은연중에 몇 번이나 표출했었다. 그래서 혹시 모를 사태에 대
비하여 자신이 먼저 손을 쓰려 노력했는데 결국은 가장 우려한 방향으
로 일이 꼬이고 있는 것이다.

어제 생포한 신녀문(神女門)이란 곳의 계집이 자신의 손에 맨 처음
떨어졌더라면 모든 것을 덮을 수 있었겠지만 그렇지 못한 이상 자신이
함구하고 있어도 내일이면 야율사한의 귀에까지 보고가 될 것이다. 그
리고 자신이 우려한 것은 그 보고를 받은 야율사한의 반응이었다. 그
보고를 접하고도 제발 지금 같은 미소만을 짓지 않기를 바라며 직접
찾아온 것이다.

'최악이군!'

점점 입꼬리가 말려 올라가는 야율사한의 얼굴을 보며 함진균의 가

슴이 무거워져 왔다. 이 청년은 냉정을 잃어갈수록 저런 미소를 짓는
다. 그리고 분노가 끓어오를수록 그 미소 또한 짙어진다.

"한동안 궁금했었지. 나하고 결혼을 앞둔 여자가 무엇 때문에 갑자
기 종적을 감춰 버렸는지……. 그래서 때때로 마음에 둔 남자가 있어
그랬을 것이라는 추측도 해보았지……. 역시 그런 것인가?"

야율사한의 미소가 조금 더 짙어졌다.

"천한 계집의 이름은 이제 잊어버리십시오."

함진균이 서둘러 말을 잘랐다.

"아니, 오히려 반대일세. 설수연이란 이름에다 이제부터는 자운엽이
란 이름까지 같이 새겨볼까 하네."

"당주님!"

함진균의 목소리가 커졌다.

"걱정 말게. 나름대로 걸리는 게 있어서 그러는 것이니까. 그러니
까… 제일 처음 그놈의 이름을 들은 것은 내 이름을 캐고 다니던 노인
의 입에서였어. 정확한 기억은 아니지만 그때 그 노인의 말로는 자운
엽이란 꼬마가 시켜서 그랬다고 했던 것 같은데 말도 안 되는 소리여
서 무시하고 좀 더 고문을 가하자 주인집 노마님의 유언을 받고 그랬
다고 했지."

"그, 그런 일이……?"

함진균의 입이 벌어졌다.

자신도 그때 그 자리에 있었지만 그런 기억은 나지 않는다. 노인의
말이 횡설수설해서 진위를 파악하는 데 어려움을 겪었기에 그런 것까
지는 기억나지 않는데 이 청년은 그것을 정확히 기억하고 있는 것이다.

"그렇다면……?"

"횡설수설한 노인의 얘기 중 우리가 흘려 버렸던 부분이 오히려 사실이었던 것이지. 어떤 놈인지는 몰라도 그놈은 그때 내 이름을 캐어 내려 했고 지금 역시 그 연장선에서 있다고 봐야지."

"그건 너무……."

"비약이 심하다고 보는가? 하지만 최근 그놈의 행적이 그걸 증명해 주고 있지 않은가? 처음엔 우연히 몇 군데서 맞닥뜨린 놈이라 생각했지만 그놈은 의도적으로 우리를 조사하고 있는 놈이야. 틀림없어!"

야율사한의 얘기를 들은 함진균이 설마 하는 표정을 지으면서도 자신 역시 그런 확신이 점점 짙어져 오는 것을 느낄 수 있었다.

"그리고……."

잠시 생각에 잠긴 함진균의 귓속으로 야율사한의 목소리가 파고들었다.

"날 걷어차 버린 그 계집의 행동에는 어떤 식으로든 그놈이 연관되어 있다."

야율사한의 입꼬리가 다시 말려 올라갔다.

"그럼 이제 내가 직접 그놈을 만나봐야겠군. 왜 그렇게 내 이름을 캐고 다녔는지… 그리고 이번 기회에 그녀도 한번 만나봐야겠지……."

"안 됩니다, 당주님!"

너무 뜻밖의 사태에 함진균이 고함을 질렀다.

"죽을죄를 지었습니다!"

불식간에 고함을 지르다 강하게 쏘아져 오는 야율사한의 눈빛을 받은 함진균이 급히 고개를 숙이며 끓어앉았다.

"그만두게! 자네에게까지 그런 가식적인 예는 바리지 않네. 그러니 지금 상황이나 상세히 말해 보게."

야율사한의 목소리에 함진균이 다시 신형을 일으켰다.

"의외로 그놈의 능력이 뛰어났습니다. 특히 산속에서는 여우보다 더 교활하고 날랬습니다. 그래서 부득이 인원을 더 투입하고 시간을 끌게 된 것인데… 백도 무림의 무리들을 발견하게 되었습니다. 놈들도 눈치를 채고 우리의……."

"백도의 무리들……? 그놈은 백도 무림과는 상관이 없는 놈이라 하지 않았나?"

"그건 확실합니다. 그런데 그놈을 추격하는 시간이 예상외로 길어지며 백도에서도 그놈을 공격하는 힘이 서문가가 아니라는 것을 눈치 챈 것 같습니다. 그래서 모든 인원들을 표시나지 않게 다른 지점으로 분산시킨 후 은신시키고 있습니다."

"그럼 더욱 잘되었군. 호젓하게 둘이서만 조우를 할 수 있게 되었으니 말일세."

"당주님!"

함진균의 목소리가 다시 높아졌다.

"후후, 재미있지 않나? 뜻밖에도 강력한 연적을 만났는데 한번 상대를 해봐야지. 그렇지 못한다면 어찌 사내라 불릴 수 있겠나."

"그렇게 사사로이 움직일 시기가 아닙니다. 제발 자중해 주십시오."

"자네 말대로 이건 사사로운 일이지. 그러나 그것은 야율사한이란 한 개인의 자존심에 관계된 일이기도 하지. 그런 자존심이 뭉개지면 난 모든 것이 무의미해지는 사람일세. 어쩌면 사내에게 있어서 모든 일은 자존심을 세우기 위함이 아닌가? 무공을 익히는 것도, 부를 축적하는 것도, 이름을 날리는 것도……. 그걸 못 세운다고 하는 것은 나 자신을 포기하란 것이네. 그래도 말릴 것인가?"

"그, 그건……."

함진균의 대답이 이어지지 못했다.

"그녀의 행방은?"

야율사한의 목소리가 딱딱하게 울려 나왔다. 그것은 지금부터는 철저히 주종 관계로 돌아와 명령을 내리고 수행하는 상황만 바란다는 뜻이었다.

"서서히 모든 인원을 불러들이는 상황인지라 이미 추격권을 벗어났습니다."

함진균의 목소리도 수하로서의 무조건적인 복종만이 담긴 어조가 되었다.

"그럼 자운엽이란 놈은?"

"아직 행적이……. 그녀가 유인하는 틈을 타서 근처 어디에 은신하고 있을 것으로 보입니다. 그러나 지금쯤은 그놈도 빠져나가려 할 것입니다."

"그렇게 되었군. 그럼 그녀는 다음 기회에 만나보기로 하지. 모습을 드러낸 이상 그것은 시간문제이니까. 우선은 그놈만 만나봄세. 백도 무림에 잡혀가도 상관없을 최소한의 인원은 남겨서 행방을 파악해 놓게."

"존명!"

함진균이 꼭두각시 인형처럼 고개를 숙이고는 자리를 벗어났다.

"크윽!"

"으윽!"

어지럽게 흔들리는 칼날이 두 명의 목줄기를 동시에 베었고, 목줄이

잘린 두 복면인이 피를 뿜으며 나뭇단처럼 바닥을 뒹굴었다.

'이젠 저곳만 통과하면 벗어날 수 있다.'

자운엽은 입술을 질끈 깨물며 경공을 펼쳤다.

설수연으로부터 건네받은 환단으로 공력을 회복한 자운엽은 직선으로 포위망의 돌파를 시도했다. 단 한 시진만 운기할 여유를 가졌으면 더 이상 바랄 것이 없을 것 같았던 자운엽으로서는 며칠의 시간과 환단으로 오히려 포위하던 자들을 사냥하는 여유까지 부리며 포위망을 헤쳐 나갔다.

'포위망이 현저히 옅어졌다!'

경공을 펼치면서도 자운엽은 주변의 상황에 의구심을 품었다.

이제껏 쉴 새 없이 몰아쳐 오던 인원들이 어느 순간부터인가 줄어들었고 지금은 포위망이 거의 걷힌 듯한 느낌까지 받았다.

'함정이 있는 것은 아닐까?'

마지막 두 명의 습격이 있은 후, 아니, 습격이라기보다는 우연히 마주쳐 깜짝 놀라는 복면인 둘을 베고 난 후부터는 기척조차 느껴지지 않자 자운엽은 오히려 더 경각심을 느끼며 주위를 잔뜩 경계했다. 이제껏 자신을 공격하던 놈들의 집요함으로 미루어봐서는 이런 식의 허술한 그물망은 상상할 수도 없었다.

'모두 수연 아가씨 쪽으로 몰려간 때문인가?'

걱정스런 생각이 들던 자운엽은 이내 고개를 흔들었다.

그들의 추적 방식은 아주 조직적이었다. 정말 지옥의 그물망이었다. 주변 전체를 그물처럼 둘러싸서 자신이 있는 곳 한곳에 집중되거나, 한곳이 뚫린다고 해서 빠져나갈 수 있는 그런 그물이 아니었다. 설사 설수연을 자신으로 오인하고 쫓아간다 하더라도 전체를 둘러싼 그물은 여전히 견고한 포위망을 형성하는 식이었다.

'그렇다면?'

자운엽은 천천히 달려가던 속도를 줄였다.

무슨 이유인지는 몰라도 그물망이 걷힌 것이다.

자운엽은 앞에 보이는 바위 뒤로 몸을 숨기며 숨을 가다듬었다.

포위망이 풀렸다면 무작정 이렇게 달려나갈 필요 또한 없어진 것이다.

'수연 아가씨는 무사한 것일까?'

주변을 둘러볼 여유가 생기자 제일 먼저 그녀에 대한 걱정이 몰려왔다. 자신이 포위된 그 엄중한 그물 속으로 뚫고 들어온 것을 보면 그리 호락호락 당하지는 않을 것이다. 그리고 최소한 두 명의 동행이 있었으니 조금은 더 안심이 되었다.

'대체 무슨 이유로 놈들의 포위망이 걷힌 것일까?'

이제껏 숨 돌릴 틈도 없이 필사의 탈출만을 시도할 때는 오직 살아야겠다는 한 가지 생각뿐이었고, 본능적으로 날아오는 칼을 막고 조금이라도 더 허술한 포위망을 찾아 달려왔지만 포위망이 걷히고 보니 많은 의문이 한꺼번에 일어나기 시작했다.

"당분간 아무도 널 도와주지 못할 것이다. 나 역시 그런 명령을 받았다만……."

자신을 구한 후 설수연이 한 말이 귓전에 맴돌았다.

'무슨 뜻일까?'

큰 바위 뒤에서 잠시 생각에 잠기던 자운엽이 천천히 고개를 들었다.

"그렇군!"

자운엽의 눈빛이 순간적으로 바위라도 뚫을 듯 빛을 발했다.

"미꾸라지에서 미끼로 전락하고 말았군. 후후!"

자운엽은 허탈한 웃음을 토해냈다.

절체절명의 상황에서 자신을 구한 인영이 여자란 걸 알았을 때 제일 먼저 떠올린 사람이 서교영이었다. 그리고 그 생각이 허탈한 웃음을 떠올리게 했다.

"상관없는 일이지!"

자운엽은 잠시 가슴속에 자리 잡던 서운함을 떨쳐 버렸다.

그들이나 자신은 서로가 같은 목적에 의해서 잠시 뭉쳐 있었을 뿐, 언젠가는 이별을 고할 사람들이었다. 그리고 작별 인사도 하지 않고 먼저 그들을 떠난 사람도 자신이었다.

수운곡에서 내려온 후 이것저것 조사하다가 자신과 비슷한 행적을 보이고 있는 엄한필을 이제껏 자신도 이용한 것이었을 뿐, 영원히 생사를 같이해야 할 관계는 아니었다. 그렇게 생각하면 미련도 서운함도 없는 일이다.

그리고……

'나 역시 그런 명령을 받았다만' 이란 설수연의 말로 미루어보아 그녀는 어떤 문파나 집단에 속해 있었던 것이다. 그건 다행한 일이지만 명령을 어기면서 이곳으로 왔으니 앞으로는 그녀 역시 위험에 빠질 가능성이 높았다.

'감숙으로 간다고 했던가……?'

자운엽은 꿈결처럼 멀어져 가며 들려오던 설수연의 마지막 목소리를 떠올렸다. 기다리지도 못하고 곧장 떠날 정도로 위험을 느낄 상황이라면 무사히 감숙에 도착할지도 걱정이 되었다.

'도중에 만날 수 있을까?'

단지 감숙으로 간다는 것만 알 뿐 어느 경로로 가는지, 어떤 모습을 하고 갈지 전혀 알지 못하니 그건 장담할 수 없다. 우선 마을로 내려가 허기진 위장을 채우고 온몸 구석구석에 나 있는 상처부터 치료해야 할 것 같았다.

휘익―

이제껏 울창한 숲 쪽으로만 방향을 잡던 자운엽은 산 아래쪽을 향하여 조심스럽게 몸을 움직였다.

*   *   *

쩔렁―

묵직한 전낭(錢囊) 하나가 무릎 앞에 떨어지자 반 이상 감겨져 있던 중년인의 눈이 대번에 세 배는 더 커졌다. 보름은 열심히 산통을 흔들어야 벌 수 있는 금액이 한꺼번에 굴러 들어오는 순간을 맞은 중년인은 얼른 눈을 들어 전낭 주인의 전신을 훑었다.

점괘란 것은 어떤 사람들에게나 맞아떨어지는 보편적인 내용들을 상황에 맞게 잘 적용만 시키면 대부분은 고개를 끄덕이며 무릎을 친다. 그리고 경우에 따라서는 족집게라는 칭찬을 듣기도 한다.

그러므로 족집게의 명성을 유지하기 위해서는 지금 이 순간처럼 첫 대면에서 최대한 많은 것을 읽어내야 한다. 그것이 족집게의 가장 큰 비술(秘術)인 것이다.

처음 마주한 눈빛에서 이 사람이 무엇을 알고 싶어하는지, 무슨 걱정이 있는지, 아니면 무언가를 바라는 것이 있는지, 그리고 전체적으로 풍기는 기운에서 그 사람의 정체를 파악하는 것이다. 무슨 일을 하고 있을지, 어떤 환경에서 살아왔을지, 어떤 성격일지 등등…….

그런 것들을 최대한 빠른 순간에 최대한 많이 알아낸다면 그동안 축적된 기술(?)로 인하여 반 이상의 점괘는 머리 속에 떠오른다. 그런 다음 상대가 전혀 눈치 채지 못하게 유도심문을 하면서 중간중간에 상대가 듣고 싶어하는 말들을 한마디씩 툭툭 던지고는 상대의 반응을 살피면 점괘는 거의 완성되는 것이다.

쩔렁!

다시 한 개의 전낭이 더 떨어졌다.

뭔가 좋지 않은 일이 생길 것 같다!

세 배로 커졌던 중년인의 눈이 다시 가늘어지며 지금껏 복잡하게 구상했던 점괘를 순식간에 뇌리에서 지워 버렸다.

아주 드물게는 자신의 그런 점괘가 전혀 통하지 않는 사람들이 있다. 지금 자신 앞에 선 이 젊은이도 틀림없이 그런 부류의 인간인 것 같다.

"뭘 알고 싶소?"

저잣거리 족집게 점쟁이 호칠복(胡七福)은 최대한 퉁명스런 목소리로 질문했다. 행여 돈에 혹하는 모습을 보인다면 상대에게 신뢰감을 주지 못한다. 그건 오랜 족집게 생활에서 터득한 한 가지 기술이었다. 그러나 그 기술은 또 한 번 떨어지는 전낭에 의해 사장되고 말았다.

"사람 눈이 없는 곳에서 얘기하고 싶소."

사내는 나직하게 말하고는 주변을 살폈다.

"알고 싶은 것이 무엇이기에……?"

“현재!”

젊은 사내가 짤막하게 답했다.

‘역시 위험한 놈이야.’

호칠복은 자신의 짐작이 맞았음을 확인하며 보일 듯 말 듯 고개를 끄덕였다.

대개 온순한 사람들은 현재는 알고 싶어하지 않았다. 그들은 다가올 미래를 알고 싶어하고, 분홍빛 미래를 기다리며 현재를 윤택하게 하려 한다. 그러나 이 사내처럼 현재를 알고 싶어하는 사람들은?

제일 위험한 인간들이다.

주로 음모의 소용돌이 속에서 언제 목이 달아날지 모르는 사람들은 미래보다는 현재가 훨씬 알고 싶은 것이다.

쩔렁!

거절할까 말까 망설이는 순간 한 개의 전낭이 더 떨어졌고, 호칠복의 손은 자신도 모르게 세 개의 전낭을 끌어당겨 품속에 넣고는 사내를 따랐다.

“여기요!”

산속 관제묘 앞에서 걸음을 멈춘 사내가 턱짓으로 호칠복에게 관제묘 안으로 들어갈 것을 종용했다.

“현재를 알고 싶어하는 사람이 당신이 아니오?”

“내가 모시는 사람이오.”

사내는 여전히 짤막하게 답하고는 한 자루 칼처럼 호칠복에게 무언의 압력을 가하였다.

‘젠장!’

호칠복은 결코 이 관제묘 안으로 들어가고 싶지 않았지만 지금 와서 돈을 도로 돌려주고 오던 길을 돌아서 갈 수도 없었다. 설사 두 배의 돈을 돌려준다고 해도 이 사내는 지금처럼 한 자루 칼 같은 모습으로 자신이 저 안으로 들어가기를 종용할 것이다.

'죽기 아니면 까무러치기지.'

호칠복은 심호흡을 한번 하고 관제묘 안으로 들어갔다.

"아니?"

관제묘 안에 들어선 호칠복은 심호흡으로 허파 가득 채운 공기를 낮은 신음과 함께 토해냈다.

몸에 달라붙는 경장 차림에 긴 머리를 늘어뜨리고 관제묘 안에서 자신을 기다리던 사람은 젊디젊은 여인이었다. 마침 구멍난 지붕 사이로 스며든 빛살에 비쳐진 여인의 용모는 하루 종일 지나가는 사람만 쳐다보는 자신으로서도 최근 몇 년째 느껴보지 못한, 가슴을 두근거리게 하는 매력을 풍기는 여인이었다.

"당신이 호칠복인가요?"

호칠복은 귓전을 두드리는 여인의 목소리에 반쯤 나갔던 정신을 추스르고 얼른 여인의 표정을 살폈다. 삼 년 넘게 저잣거리 족집게 점쟁이로 통했지만 누구도 자신의 본명은 알지 못한다. 그런데 생전 처음 보는 젊은 여자에게서 자신의 본명이 불리리라고는 상상도 못한 것이다.

"내가 알기로 당신은 귀머거리가 아닌 걸로 아는데……. 아니, 누구보다 주변의 소문을 많이 알고 있는 사람이라고 아는데… 그렇지 않나요?"

자신의 물음에 대한 답이 없자 여인은 다시 한 번 질문을 던졌다.

"소저는 누구시오?"

마침내 호칠복이 입을 열었다.

"난 당신에게서 알고 싶은 것이 몇 가지 있는 사람이에요. 그리고 마음이 급하니 단도직입적으로 질문하겠어요. 지금……."

"이것 보시오, 나는 복사(卜士)일 뿐……."

호칠복이 여인의 말을 막았고 그 말을 다시 여인이 막았다.

"당신에 대해서는 이미 알고 왔어요. 그리고 당신이 아는 것 역시 며칠 후면 우리도 알아낼 수가 있어요. 그러나 우리에겐 그 며칠이란 여유가 없어서 당신에게 부탁하는 것이니 피차 시간 낭비는 말기로 해요."

여인의 목소리가 빠르게 흘러나왔다. 그 목소리는 말의 내용을 증명이라도 하듯 다급함이 묻어 있었다.

"돈은 더 드릴 수 있어요."

여인이 다시 한 번 재촉했다.

"돈은 충분하오. 하지만……."

"비밀은 지켜 드리겠어요. 그리고 우린 미행 따윈 허락하지 않아요."

딱 부러지며 빠르게 흘러나오는 여인의 말에 호칠복은 더 이상 답을 미룰 수가 없었다.

"알고 싶은 것이 무엇이오?"

포기한 호칠복이 여인에게 질문했다.

"요 며칠 동안 저 무량산에서 일어난 일을 알고 싶어요. 최대한 소상히!"

"으음!"

낮은 신음과 함께 호칠복의 직업적인 감각이 빠르게 작동했다.

이 여인은 지금 무량산에서 일어난 사건 자체보다는 그 산에서 사냥을 당했던 한 청년의 생사가 궁금한 것이다. 그리고 그 청년이 살아 있기를 간절히 바라는 것이다. 그렇다면 자신은 이 여인에게서 죽집게 소리를 들을 자신이 있었다.

"청년은 죽지 않은 걸로 알고 있소. 이유는 모르겠지만 사냥꾼들이 썰물처럼 빠져나가며 어디에서도 사냥이 성공했다는 말은 없었소."

"아아……!"

초조해하던 여인의 얼굴에 햇살 같은 안도감이 퍼져 나갔다.

"그 청년의 행방은 모르나요?"

"지옥의 그물보다 더한 포위망에서도 살아난 사람이 나 같은 놈에게 행방을 남기겠소?"

호칠복의 반문에 여인이 연신 고개를 끄덕였다.

"그래요, 그럴 거예요!"

"하지만 마지막으로 비명성이 들린 곳이 무량산 서북쪽이라 들었소. 아마 그쪽 방향으로 갔을 가망성이 높을 거요."

호칠복의 부연 설명에 여인이 금방이라도 그곳으로 달려갈 듯한 기색을 내비쳤다.

"고마워요, 이건 상금이에요."

여인이 품속에서 전낭 하나를 꺼내 호칠복에게 던졌고, 호칠복은 전낭의 무게보다 전낭에서 풍겨 나오는 여인의 체취에 현기증을 느꼈다.

"그만 가자!"

여인이 급히 걸음을 옮기며 외치자 여러 명의 사내들이 관제묘 사방에서 유령처럼 나타났다.

"휴우—"

모두 빠져나가고 텅 빈 관제묘에 혼자 남은 호칠복은 식은땀을 닦았다.

자칫 일이 잘못 풀렸거나, 젊은 처녀라고 얕보고 돈을 더 받아내려 수작을 부렸다면 어디 한 군데 부러졌을 것이 분명했다. 같이 있던 사내들이 아니더라도 그런 사내들을 부리는 여자라면 자신 같은 건 한주먹에 저승으로 보낼 수도 있었을 것이다.

어쨌든 그 여자가 알고 싶어하는 것을 정확히 집어내어 듣고 싶은 답을 곧바로 대답해 주는 뛰어난 기술로 상까지 받았으니 한 달은 놀고 먹어도 될 지경이었다.

"역시 난 족집게야."

호칠복은 여인의 품속으로부터 자신의 손으로 옮겨온 전낭을 코에 댄 채로 관제묘를 빠져나왔다.

'너무 늦어서 당신과 영원히 이별하면 어쩌나 가슴이 찢어지는 듯했는데 정말 다행이군요!'

가슴 가득 차 오른 안도감에 힘을 얻은 북호는 줄기차게 경공을 펼쳤다.

"대장! 제발 같이 좀 갑시다!"

뒤에서 달려오는 사내들이 다급성을 질렀다.

"어서 따라오지 못해, 이 약골들아!"

고개를 돌린 북호가 뒤에 오는 부하들을 보고 악을 썼다.

다른 세 명의 호위들과 외떨어져 남게 된 후 뒤늦게 자운엽의 소식을 접한 북호는 연락이 닿는 부하들을 모아 급히 달려왔다. 그러나 이미 모든 싸움이 끝난 후인지라 가슴만 태웠는데 자운엽이 살아 있다는 것을 확인했으니 몸이 깃털처럼 가벼워져 쉬지 않고 달려도 피곤을 느끼지 못하였다. 그런고로 뒤에서 따라오는 사내들만 죽을 지경이었다.

"반각 동안만 휴식을 취하겠다. 그런 다음 다시 최고의 속도로 달려간다."

경공을 멈춘 북호가 호흡을 가다듬으며 명령조로 외쳤다.

"휴~ 정말 어지간하시오, 대장! 무슨 영약이라도 드셨소?"

제일 나이 많이 들어 보이는 사내가 과장되게 헐떡거리며 다가왔다. 북호가 거느린 수하들 중 제일조의 조장을 맡고 있는 석인추(石寅錐)였다.

상관진걸에게 동서남북 네 명의 직속 수하들이 있듯 그들에게도 각각 네 명의 조장들이 있었고, 그 아래로 또 그들의 수하들이 있는 것이다. 북호에게 석인추는 상관진걸에게 있어 동호와 같은 수하였다. 비록 공적인 관계에서는 수하이지만 큰오빠 정도의 나이 차가 나는 사내였기에 북호가 유일하게 막 대하지 못하는 수하였다.

"무슨 사내들이 그리 허약한가?"

북호가 슬쩍 석인추가 아닌 다른 사내를 보며 눈을 흘겼다.

"우리가 허약한 게 아니라 대장이 지독한 것이오."

북호의 눈길을 받은 사내가 죽을상을 하며 답했다.

"시끄러, 멍청아! 그러니 아직 여자 손목 한 번 못 잡아봤지!"

북호의 목소리가 쨍하고 울려 퍼졌다.

"끄응!"

말대꾸하던 사내가 고개를 흔들며 입맛만 다셨다. 한마디 더했다가는 어떤 날벼락이 쏟아질지 몰랐기 때문이다.

"그런데 상관 대인의 제의를 헌신짝처럼 내던지고 도망간 놈을 왜 이리 급하게 찾아가는 것이오?"

석인추가 북호의 얼굴을 빤히 쳐다보며 물었다.

"그 사람은 우리에게 꼭 필요한 사람이에요. 기필코 끌어들여야 할 사람이고……."

북호가 궁색한 변명을 했다.

"아무리 그렇다고 그렇게 뿌리치고 간 놈을 악착같이 따라간다는 건 말이 안 되오. 혹시 대장이 그 사람 좋아하는 건 아니오?"

석인추가 의미심장한 눈빛으로 북호를 바라보았다.

아무리 자기 상관이고 무술 실력이 낫다고 하지만 자신에게만큼은 막내 여동생 같은 느낌을 주는 상관인 것이다.

"닥치지 못해요?! 난 지금 공무수행 중이에요! 상관 대인께서 나 혼자 여기 남겨두고 간 것을 보고도 몰라요?! 그만큼 중요한 일이란 말이에요!"

북호가 펄쩍뛰며 소리를 쳤지만 귓불이 발갛게 달아오르는 것까지는 어쩔 수가 없었다.

'흐음!'

자신의 짐작을 확신한 석인추의 표정에 염려스런 기색이 나타났다. 자신들 같은 일을 하는 사람들에게 사랑이란 것은 극약이나 마찬가지이다. 특히 남녀 간의 애정이란 것은 더 더욱 그렇다. 그동안 꼭 처치해야 할 적에게 애정을 느껴서 일을 그르친 경우가 몇 번이었던가. 돈이나 명예, 그리고 그보다 더한 유혹에도 끄떡없던 사람들이 유독 사랑이란 유혹 앞에서는 쉽게 허물어져 임무를 내팽개치고 오히려 이적 행위를 하고 마는 것은 정말 불가사의했다. 그런 현상들은 적, 아를 가리지 않고 나타났다. 자신의 대장인 북호 역시 그런 것이다.

그러나 다행히도 이 여자가 애정을 느낀 상대는 적이 아닌 것이다. 더 먼 미래에는 무슨 관계로 바뀔지 모르지만 현재는 분명히 적이 아니다. 오히려 동지가 될 소지가 더 많은 사람이다. 그런 사람에게 연정을 품었다는 것은 위험성이 반은 줄어드는 것이긴 하지만 그렇다고 해도 반은 남아 있으니 그게 문제이다.

'하긴!'

짧은 상념에 잠겼던 석인추가 측은한 표정으로 조용히 한숨을 내쉬었다. 다른 여자들 같았으면 아들 딸 낳고 정인의 품에 안겨 행복감을 만끽하고도 남을 나이건만 저 나이까지 밝음보다는 어둠 속에서, 얼굴을 드러내기보다는 복면으로 가린 채 더 많은 시간을 보낸 여인이니 기구한 운명이기도 한 것이다. 그런 삶에서 연정을 느낀 상대를 만났다면 평범한 여자들보다 훨씬 더 맹목적일 수밖에 없을 것이다.

'어쨌든 적이 아닌 게 천만다행이다.'

석인추는 그것으로 위안을 삼기로 했다.

"이젠 그만 가야 하지 않소, 대장?"

아직 반각이 되지 않은 듯한데 석인추가 먼저 일어서자 북호의 표정은 반색을 띠는 반면 나머지 사내들은 북호의 정반대의 표정이 되었다.

"가자!"

북호가 거침없이 경공을 펼쳤고 몇 명의 사내들이 신속히 그 뒤를 따랐다.

◆ 제38장

사부의 제자

사부와 제자

취리리릭—

섬뜩한 음향과 함께 한 사내의 목에 시퍼런 이빨을 드러낸 연검이 올가미가 씌워지듯 옥죄였다.

"으윽!"

억눌린 비명을 흘린 사내가 주춤주춤 칼이 잡아당기는 방향으로 걸음을 옮겼다.

"감시를 하려면 좀 더 그럴듯하게 해야지!"

퍽—

사내를 담벼락 구석으로 끌고 온 자운엽이 사내의 목에 씌워진 수운검을 풀어내는 것과 동시에 사내의 명치를 강하게 쳤고, 사내는 입을 딱 벌리며 눈을 뒤집었다.

동네에 하나밖에 없는 의원 집 주변에 은밀하게 숨겨진 감시자 세

명을 소리없이 처치한 자운엽은 그림자처럼 집 안으로 스며들었다.

"자네도 사람인가?"

자운엽의 몸을 살핀 의원이 어이없다는 얼굴로 넋두리했다.

"최대한 빨리 아물 수 있게 약을 써주시오."

"그렇게 하려면 아예 약 항아리 속에 자네 몸을 보름은 담가두어야 하네."

의원은 꾸짖는 듯한 눈빛으로 말했지만 이런 인간들에겐 그런 말이 마이동풍이란 것을 누구보다 잘 알고 있었다. 뭐, 신체발부(身體髮膚)… 어쩌고 하는 말을 외우고 다니길 바라진 않지만 자기 몸에 대해 최소한의 동정심쯤은 가지고 다니는 인간들이라야 제대로 된 치료를 할 수가 있는 것이거늘, 거의 걸레 조각처럼 된 몸을 끌고 와서 고쳐 달라면 고치고 싶은 마음보다는 아예 발기발기 찢어놓고 싶은 마음이 더 간절해지는 것이다.

그런데……?

상처를 유심히 살피던 의원의 눈에 당혹감이 스쳐 갔다.

겉보기와는 달리 이 젊은 놈의 몸에 난 상처 깊은 곳에는 뽀얗게 새 살이 돋아나며 아물고 있는 것이 아닌가.

"뭔가, 자네? 여기 오기 전에 신의라도 만난 것인가?"

"무슨 말씀인지……?"

자운엽은 바깥의 동정을 살피던 눈을 들어 의원을 쳐다보았다.

"자네도 느꼈는지 모르겠지만 자네 몸에 난 상처는 서서히 아물어가고 있네. 겉보기엔 끔찍하긴 해도 속은 걱정 안 할 정도일세. 무슨 영약을 복용했는지 좀 가르쳐 주겠나?"

의원은 자운엽에게서 새로운 약재에 대한 지식이라도 얻으려는 듯 눈빛을 빛냈다.

"이름 모를 알약 몇 알을 복용하긴 했지만……."

자신의 급한 심정에는 아랑곳없이 느릿느릿 상처를 살펴보면서 탐구심을 충족시키고 있는 의원을 보며 자운엽은 허파가 뒤집히는 느낌을 받았지만 지금으로선 아쉬운 쪽이 자신이니 꾹꾹 눌러 참을 수밖에 없었다.

"약으로 나타날 수 없는 현상이야."

의원은 여전히 탐구욕에서 헤어 나오지 못하고 있었다.

"우연히 익힌 호흡 때문인 것 같소. 그것을 반복하다 보면 상처가 몇 배는 빨리 아무는 것을 느꼈소."

자운엽은 어서 의원이 의문을 해소하고 치료 행위에 몰두하게끔 최대한 간단명료하게 설명을 했다.

"그렇다면 조금은 안심이 되네. 하지만 내가 아는 한 이런 경우는 처음일세."

의원은 또다시 탐구의 자세를 취했다.

'젠장!'

자운엽은 급하게 등을 돌렸다.

"어서 등의 상처를 좀 보아주시오."

다른 곳은 자신이 직접 처리를 할 수 있었지만 등 한쪽에 지독한 통증이 주는 상처는 속수무책이었다. 온몸에 난 상처 중 하필이면 등에 가장 큰 상처를 입었고, 고통을 느낄 여유를 갖게 되자 팔을 제대로 움직이지 못할 만큼 아파왔다. 위험을 무릅쓰고 의원을 찾은 것이 바로 지금 내보인 등의 상처 때문이었다.

"어디 보세."

그제야 의원은 자운엽의 상의를 들치고 등줄기 쪽의 상처를 찬찬히 살폈다.

"자넨 지독한 사람이구먼."

의원은 혀를 끌끌 찼다.

"보통 사람이 이 정도면 그 자리에서 꼼짝도 못할 정도이겠거늘. 이런 몸으로 걸어서 내 집까지 찾아오다니……."

"최대한 빨리 회복하도록… 아니, 그러지 말고 움직이는 데 고통을 느끼지 않게만 해주시오."

"무식한지고!"

의원이 느닷없이 고함을 질렀다.

"고통이란 최악의 상태에서 몸이 견디지 못해 지르는 비명인 것이야. 짐승이라도 그런 비명을 지르면 동정심을 가져야 할 것이거늘, 하물며 사람의 두껍을 쓰고 어찌 그리 잔인할 수가 있단 말인가. 에잉~"

"알았습니다. 앞으로 각별히 주의할 테니 어서 치료나 좀 해주시오!"

자운엽은 애원조로 치료를 청했고 의원은 내키지 않지만 인간이 불쌍해서 봐준다는 표정으로 치료를 하기 시작했다.

"한 시진을 잡아먹었군!"

짙은 어둠에 자신을 동화시키며 은밀히 의가를 빠져나온 자운엽은 야산 기슭으로 몸을 날렸다.

포위망에서 빠져나온 후, 아니, 포위망이 걷힌 후 이틀 동안 언제나 어둠을 틈타 마을로 내려왔고, 그 외의 시간은 야수처럼 인적이 없는 산속으로 몸을 숨겨 이동을 하였다.

허기를 채웠고 기절할 듯한 고통을 주던 등줄기의 상처도 꿰매었으니 이젠 감숙으로 방향을 잡아야 할 때이다. 운이 좋아 중도에서 그녀를 만날 수 있으면 좋겠지만 그렇지 못한다면 감숙설가가 있는 곳까지 혼자 가야 한다.

어쩌면 그곳까지 혼자 가는 것이 서로에게 안전할지도 모른다. 아니, 최소한 그녀에게는 그것이 더 안전할 것이다. 놈들은 대규모 포위망은 걷어갔지만 끝까지 자신을 포기하지 않고 인근의 주변에 감시자를 심어놓고 있었다. 그런 집요한 자들의 추적을 받는 상태라면 중도에 자신과 조우하지 않는 게 더 안전할 것이다.

"으윽!"

갑자기 등줄기에서 불에 데인 듯한 통증이 느껴졌다.

특별히 몸을 심하게 움직이지 않았건만 갑작스레 찾아드는 이 통증은?

등줄기를 파고들던 통증은 놀랍게도 심장에까지 전달되어 심장을 얼어붙게 만들었다.

"이건……?"

자운엽은 온몸이 경직되는 듯한 차가운 느낌을 받으며 그 자리에 얼어붙었다. 그러고 보니 처음 불에 데인 듯한 통증은 등에 입은 상처에서 오는 것이 아니었다. 그리고 그 느낌 역시 불에 데인 듯한 느낌이 아닌 얼음물이 갑자기 등줄기로 쏟아지는 듯한 느낌이었다.

정상의 몸 상태라면 분명히 그렇게 느껴질 감각이 등줄기의 상처에 익숙해진 감각의 영향으로 그런 착각을 일으키게 만든 것이다.

'한기(寒氣)!'

그것은 지독한 한기였다.

온몸이 굳어버리고 손끝 하나 까닥할 수 없는 지경으로 몰고 가는 지독한 한기였다. 그리고 그 한기의 정체는 결코 자신의 내부에서 시작된 것이 아니었다. 비록 몸 상태가 엉망진창이었지만 갑작스럽게 내부에서 이런 한기가 치밀어올 상태는 아니었다. 이제껏 접해본 적 없는 무서운 위기감이 전신을 뒤덮어왔다.

‘고수다!’

격탕되고 있는 내부에서 자연스럽게 울려 나오고 있는 한마디였다.

모습도 보이지 않는 거리에서 이런 지독한 위기감을 느끼게 할 수 있는 존재라면, 그리고 그 존재가 자신을 노리고 있는 것이라면 도망치거나 숨는 따위의 행위는 무의미한 것이다.

저벅—

한기가 몰려오는 방향으로 한 발짝 걸음을 옮겼다.

마치 폭포를 거스르는 것처럼 온몸에 압력이 느껴졌다.

죽음에 대한 공포마저 의식되는 몇 발짝의 걸음걸이가 지금껏 살아온 이십여 년보다 훨씬 더 길게 느껴졌다.

“생각보다 어린 친구로군!”

작은 바위 옆에 여유있게 앉아 있는 사내의 입에서 온화한 목소리가 흘러나왔다.

“그리고 조금은 의외일세. 지금쯤 발악을 하며 달아날 줄 알았는데…….”

사내의 입 끝이 희미한 여명 속에서 그 여명만큼 희미한 모습으로 위로 말려 올라가는 것 같았다.

‘후읍—’

길게 호흡을 내뱉으며 잔뜩 끌어올렸던 공력을 천천히 가라앉힌 자운엽은 묵묵히 사내를 쳐다보았다.

아무런 공세도 취하지 않고 가만히 앉아 있는 모습이었지만 온 주변을 얼려 버릴 듯한 기운을 내뿜던 사내도 자운엽처럼 길게 호흡을 내쉬었다. 그와 함께 폭포수의 압력처럼 느껴지던 무형의 기운이 천천히 사라져 갔다.

차르르—

자운엽은 연검을 꺼내 들었다.

이런 시간, 이런 곳에 나타난 자라면 결코 자신을 도우러 온 사람은 아닐 것이다. 그렇다면 죽든 살든 칼을 휘둘러야 할 것이다.

"후후!"

사내가 얕은 웃음소리를 흘렸다.

"서두르지 말게! 이 시간에 이런 곳이라면 아무도 오지 않을 걸세. 몇 마디 얘기 정도는 나눌 시간이 있지 않겠나?"

사내의 목소리에는 여전히 여유가 넘쳤다.

"요 며칠 동안 그런 여유를 갖지 못해서 말이오."

자운엽은 바닥에 늘어진 연검을 쳐다보며 말했다.

"그렇겠군! 천라지망 속에서 촌각의 여유도 없이 칼만 휘둘렀겠지. 이해하네."

사내가 천천히 고개를 끄덕였다.

"하지만 이젠 그런 포위망 따윈 없을 걸세. 우리 측 인원은 모두 철수시켰고, 백도의 첩자들은 한 명도 남김없이 처치했네."

사내가 장담한다는 듯한 표정으로 말했다.

"당신이 그 그물의 임자요?"

“뭐, 끝까지 따지고 올라가다 보면 그렇다고도 할 수 있겠지.”

“끝까지……?”

자운엽은 사내의 말을 천천히 음미했다. 도대체 어디까지가 그 끝이
란 말인가? 정체 모를 이들 힘의 끝은 어디란 말인가?

“그렇다면 싸울 이유는 충분하지 않소?”

“자네에겐 그렇겠지.”

“그럼 당신의 이유는?”

“난 좀 더 복잡한 이유가 있다네. 단순히 싸움 정도로는 만족할 수
없는…….”

여유있고 한가해 보였던 사내의 눈빛이 약간 달라져 보였다. 웃음
같기도 하고 분노 같기도 하고… 어찌 보면 약간의 열기가 어린 것 같
기도 했다.

“말해 보시오. 당신의 복잡한 이유가 무엇인지… 난 바쁘니까 말이
오.”

“후후, 자넨 더 이상 바쁠 이유가 없을 걸세. 바쁜 건 살아남은 자들
의 몫이지.”

사내의 목소리가 조용하게 울려 퍼졌다. 마치 사형 선고를 내리는
판관의 목소리처럼…….

“쿡쿡!”

사내의 말에 한참 동안 아무 반응이 없던 자운엽의 입에서 작은 웃
음소리가 새어 나왔다.

“그래도 바빠야겠다면?”

“내가 말하는 이유를 듣고 나면 바쁘지 않게 될 것이네…….”

“피곤하군.”

자운엽이 고개를 흔들었다.

"오래전 일일세."

자운엽의 반응과 무관하게 사내의 목소리가 메마르게 흘러나왔다.

"결혼을 하기로 한 여자가 있었다네……. 물론 동기야 불순했지만 조금은 기다려지더군. 그런데 결혼 날짜를 한 달여 남겨두고 그 여자가 사라져 버렸다네."

'이자는……?'

자운엽의 머리가 빠르게 회전하기 시작했다.

"후후! 어차피 동기 자체가 불순했기에 그때는 별 느낌이 없었지. 결혼 후에라도 그 여자는 버려질 처지였으니까 말일세. 그런데 세월이 지나갈수록 나도 모르게 그때 일이 생각나더군……. 어쨌거나 정통으로 한 방 차인 거니까 말이야. 그렇게 문득문득 생각이 날 때마다 왜 그녀가 그때 사라져 버렸는지 궁금해지더군. 당연히 정을 준 사내가 있을 것이라 생각했지. 원래 계모들이란 그런 걸 고려해 주지 않지 않나? 그러니 야반 도주를 했다고 생각했지."

이제껏 무심코 앞만 보고 있던 사내가 천천히 고개를 돌렸다.

"그런데 며칠 전부터는 그 대목에서 의문이 생기더군. 왠지 아나?"

"내가 어찌 알겠소."

자운엽은 애써 감정을 숨기며 무덤덤하게 답했다.

"그렇게 사라졌던 그녀가 오 년 만에 모습을 드러냈지. 그리고 죽음을 무릅쓰고 어떤 청년 하나를 구해냈다네. 그렇다면 당연히 오 년 전에 정을 준 남자가 그 청년이라는 결론이 나오지 않겠나?"

사내가 동의를 구하듯 자운엽을 쳐다보았다.

"당신 입장에서 보면 충분히……."

설수연이 모습을 드러낸 걸 이자가 알고 있다는 사실에 가슴이 쿵 내려앉았지만 자운엽은 끝까지 태연을 가장했다.

"그렇지! 단순히 그렇다면 머리가 덜 복잡할 텐데 문제는 그녀가 구해낸 청년에게 있다는 말이지."

"계속하시오!"

"아무리 그녀가 철딱서니가 없기로서니 그때 나이 겨우 열네 살인 코흘리개를 좋아했겠느냔 말일세. 더군다나 그 코흘리개는 비천한 하인의 신분이었는데 말이야. 그때부터 머리가 많이 아팠다네. 오래전에 기억을 되살리고, 그때의 서류도 뒤적였지. 다행히 코흘리개의 이름이 기억 속에 남아 있더군. 어떤 노인이 죽어가며 횡설수설한 내용인지라 크게 신경 쓰지는 않았지만 아직 지워지진 않은 모양이야. 그 코흘리개로서는 불행한 일이지만 나로서는 다행한 일이지. 어쨌거나 여러 사실들을 토대로 난 한 가지 결론을 내렸다네."

사내가 확신 어린 어조로 말했다.

"도저히 인정하기 힘들지만 그때 그 코흘리개가 내 정체를 의심하고 그걸 상전 아씨에게 알려주었다는 결론이 나오더군."

사내가 자운엽의 눈을 똑바로 쳐다보았다.

"너무 황당한 가정이 아니오? 당신들은 결코 허술한 사람 같지가 않은데 겨우 열네 살 코흘리개가 그걸 어찌 안단 말이오?"

"그렇지! 그것만 가지고는 아무리 상상력이 풍부해도 그렇게 연관시킬 수가 없겠지. 그러나 요 몇 달 사이 그 코흘리개의 행보를 살펴보면 그게 어느 정도 가능해지지. 오 년 만에 나타난 그 코흘리개가 내 이름과 우리 조직의 비밀을 캐기 위해 혈안이 되어 있더군. 그렇게 보면 분명 그 코흘리개는 그때 벌써 내 이름을 의심했다고 봐야겠지. 후후!"

사내가 공허한 웃음을 흘렸다.

"도대체 어떻게 알았나, 그 결혼에 흑막이 있다는 것을? 어린 하인 놈의 입장에서는 절대로, 아니, 그 누구도 알 수 없는 일이었는데 말일세."

"쿡쿡! 정말 영리한 사람이오, 당신은……. 감히 내 열네 살 때의 생각을 알아내다니. 한 일곱 살 적 생각이라면 또 모를까."

자운엽의 말에 야율사한의 표정이 처음으로 굳어졌다.

"그 집 감나무 꼭대기에서 아래를 내려다보면 자연히 그게 보이는 것을 어쩌겠소. 안주인의 의도까지도……."

"안주인의 의도?"

야율사한은 그 말뜻은 짐작이 가지 않는지 의문을 표했다.

"전처의 딸을 인질로 삼을 것 같더군. 그게 마침 당신들의 목적과도 일치됐던 모양이고……. 하지만 그 여자는 너무 서둘렀어. 허점이 많았소."

자운엽이 조소를 피워 물었다.

"그게 아니라… 자네가 너무 뛰어났기 때문인 것 같군……. 하하하! 이젠 마음이 후련하다네. 정말 날아갈 것 같은 기분이야."

야율사한이 어린애처럼 밝은 표정을 지었다.

"사실 말일세, 조금 전 여기에 도착하는 순간까지 난 매우 자존심이 상했다네. '내가 겨우 코흘리개 하인 놈에게 밀려 결혼 날짜까지 잡은 여자에게 채였단 말인가?' 하는 어쩔 수 없는 패배감이 들더군. 그러다 보니 질투심이 생기고… 또 겨우 그런 하인 놈과 연적 관계란 말인가 하는 더러운 기분까지 들었지. 후후!"

야율사한의 웃음소리가 경쾌하게 울려 퍼졌다.

“그러나 이젠 아니야. 자넨 충분히 그럴 자격이 있군. 아니, 넘쳐나 보이는군. 하하! 정식으로 인정하지. 자넨 오히려 나보다 뛰어나군. 그 나이에 그런 걸 읽어냈다니…….”

야율사한이 자운엽의 모습을 찬찬히 훑어보았다.

“자넨 정말 무서운 사람일세. 그리고 이젠 설수연이란 여자에 대한 그리움이 생기는군. 그녀도 자네를 인정할 만한 눈을 가졌단 얘기니까 말일세. 그동안은 하인 놈과 눈맞은 추잡한 여자란 생각이 아주 조금 은 들기도 했거든…….”

야율사한이 모든 마음의 짐을 한꺼번에 벗었다는 표정으로 자운엽 을 쳐다보았다.

“자넨 정말 탄복할 만한 친구일세. 적이 아니면 너무 좋았을 것 을…….”

야율사한의 눈에 아쉬움이 가득했다.

“어떤가? 우리에게로 오게. 그럼 그녀는 자네 차지가 되게 해주겠 네. 아니, 맹의 모든 여자들을 차지할 수도 있다네.”

야율사한의 목소리에 진심이 어려 있었다.

“글쎄요…….”

자운엽이 잠시 땅바닥을 쳐다보며 생각에 잠기는 듯했다.

“황씨 할아버지를 당신이 죽였소?”

“황씨 할아버지……? 오라, 자네 이름을 내뱉었던 노인 말인가?”

“그렇소.”

“어쩔 수 없었네.”

“그렇게 됐군요. 복수해 준다고 마음속에 약속했는데…….”

“그건 사소한 일일세.”

“그렇겠지요……. 그럼 한 가지 더 질문하겠소. 지금쯤이면 추산미의 소생들이 당신의 아랫사람이 되어 있겠지요?”

“추산미의 소생이라……? 그건 잘 모르겠네만 감숙추가와 설가는 이젠 우리 편일세.”

“그렇군요. 그놈들도 작살을 내야 하는데…….”

“그것도 사소한 일일세.”

“그렇다고 봐야겠지요. 당신이 이름도 모르고 있으니 그들은 당신 조직에서 하찮은 역할을 맞고 있겠군요.”

“그렇겠지. 그럼 어떤가? 내 제의에 응하겠나?”

야율사한이 다시 한 번 자운엽의 의향을 물었다.

“후후!”

“왜 웃나?”

“결국 당신의 부하가 되란 말 아니오?”

“싫다는 말인가?”

“싫다기보다는… 난 목뼈 관절이 부실해서 자꾸 숙이면 병신이 되고 말 것이오. 기껏 병신 되고자 죽을 고생을 하며 칼을 익히지는 않았소!”

“…….”

“푸후! 푸하하하……!”

야율사한이 목이 터져라 웃음을 지었다.

“그래, 그래! 자네가 승낙했다면 실망했을 것이야. 정말 마음에 드네.”

“나 역시.”

이젠 그녀가 그리워진다는 야율사한의 말속에서 설수연이 이자들에게 잡히지 않았음을 짐작한 자운엽은 느긋한 표정으로 대답했다.

"그렇다면 싸워야겠지?"

야율사한이 천천히 바위에서 일어섰다.

"안타까운 일일세. 자네와 같은 편이 되지 못한 이상 난 자네를 죽일 수밖에 없네.. 살려두었다간 뒷일을 감당할 수 없겠다는 판단이 서거든. 그렇지 않더라도 이미 자네 때문에 입은 손해는 이루 말할 수가 없을 정도라네."

"유감이오. 당신을 끌어내야만 내가 찾는 여자를 만날 수 있을 것 같기에 그랬소."

"부담 갖지 말게. 자네의 목숨이 그 손해를 대신할 테니."

"그럴 생각까진 없소만."

"두고 볼 일이지."

야율사한이 공력을 끌어올렸다.

차르르르—

자운엽도 수운검에 공력을 불어넣었다.

파앗—

연검의 칼끝이 예측 못한 궤적을 그리며 야율사한의 목으로 날아들었다.

피잉—

최대한 복잡한 움직임으로 날아오는 연검을 보고도 눈 하나 깜짝 않고 서 있던 야율사한은 연검 끝이 목전에 도달한 순간 가볍게 손가락을 튕겼고, 손가락 끝에 튕겨진 수운검이 휘리릭 말려지며 바람에 날린 천 조각처럼 휘날려 갔다.

"차아!"

휘말려 오는 연검에 다시 공력을 불어넣어 팽팽히 일어서게 한 자운엽은 어지럽게 손목을 흔들어 무수한 나비의 날갯짓을 만들며 야율사한의 전신을 공격해 들어갔다.

취리리릭—

어디가 검신이고 어디가 검극인지 분간이 안 될 정도로 어지럽게 떨리는 혈접난무의 날갯짓이 완전히 떠오른 햇살을 받아 무수하게 반사광을 흩뿌렸다.

"하얏!"

전신을 향해 꿈결 속의 환영처럼 쇄도해 드는 은빛 날갯짓을 보며 감탄의 표정을 짓던 야율사한이 한줄기 기합성과 함께 양팔을 활짝 펴서 크게 흔들었다.

치치치칭—

쇠끼리 부딪치는 금속성과 함께 불꽃이 허공으로 튀어 올랐다.

손목에 헐렁하게 차고 있던 묵빛 팔찌를 손아귀에 움켜쥔 야율사한이 그 묵환으로 둥글게 강기의 벽을 만들자 수백, 수천 개의 날갯짓이 단 한 개도 그 강기의 벽을 통과하지 못하고 튕겨 나왔다.

"정말 대단하군! 아니, 차라리 아름답다고 하는 표현이 더 어울리겠어. 귀신도 빠져나가지 못할 천리지망을 며칠이나 헤집고 다닌 것은 절대로 우연이 아니야!"

야율사한은 정말 놀랍다는 눈빛으로 찬사를 토해냈다.

"고양이 쥐 칭찬하는 격이군!"

입가에 가느다란 선혈을 배어 문 자운엽이 빈정거렸다.

처음부터 사력을 다한 공격이었지만 단순하게 한 번씩 휘두른 두 개의 묵환이 만들어낸 강기벽에 모조리 차단당했다. 그리고 오히려 온몸이 저려오는 듯한 통증이 팔을 통해 가슴 깊은 곳까지 스며들었다. 며칠간의 사투 끝에 정상적인 몸이 아니었지만 그런 이유가 아니더라도 자신보다는 한 수 위의 내력과 실력을 가진 사내였다. 단 한 번의 격돌이었지만 자운엽은 그것을 처절히 느낄 수 있었다.

"망할!"

입 안 가득 고인 핏물을 욕지거리와 함께 내뱉었다.

"너무 자책하진 말게. 현철로 된 내 묵환에 미세하게나마 자국을 새긴 사람은 자네가 처음일세. 청룡언월도도 아닌, 면포처럼 가벼운 그런 칼로 묵환에 흠집을 냈다는 사실을 믿을 수가 없으니까 말일세."

"솔직히 한 개 정도는 자를 수 있을 거라 생각했지!"

자운엽은 최대한 시간을 끌며 뒤틀리는 혈을 다스리고자 했다. 야율사한 역시 충분히 그걸 알고 있는 듯했지만 상관없다는 듯 선제공격을 하지 않고 기다리고 있었다. 그만큼 자신이 있다는 얘기였고 실제로도 그러했다.

"근본의 차이겠지. 내가 알기론 자넨 열서너 살 때까지는 무공을 배우지 않았다고 들었네. 하지만 난 어머니 뱃속에 있을 때부터 온갖 영약으로 강한 무인이 되기 위한 준비를 갖추었다네. 그건 여간해서 뛰어넘긴 힘든 차이일세."

야율사한이 다시 한 번 미세한 금이 새겨진 묵환을 내려다보았다.

"자네를 죽여야 할 이유가 점점 더 확실해지는군. 단 오 년의 수련으로 이 정도라면 다시 오 년이 지난 후라면 난 자네를 감당할 수 없겠네."

"나름대로 죽을 고생을 했으니까."

자운엽은 진탕되는 내력을 다스린 후 천천히 끌어올리며 말했다.

"무공을 배우면서 그런 고생 안 하는 사람이 어디 있겠나? 하지만 자네의 내력은 뭔가 달라. 아주 현묘로운 데가 있어… 하마터면 큰 실수를 할 뻔했군."

"무슨 말이오?"

"아까는 자넬 살려주고 내 사람으로 쓰려고 했으니 말이야. 그야말로 늑대 새끼를 키우는 격이 될 뻔했지 않은가?"

그와 함께 야율사한의 눈빛에 이제까지의 여유가 사라지고 서서히 살기가 어리기 시작했다.

"이젠 준비가 되었겠지?"

암암리에 내력을 돋운 자운엽을 보고 야율사한이 두 개의 묵환을 들어 올렸다.

"그런대로!"

자운엽도 수운검을 다잡으며 공격 자세를 잡았다.

"죽여야 할 이유가 확실하니 이젠 지독한 살수만을 쓰겠네."

슈욱—

말이 끝남과 동시에 야율사한이 묵환을 쥔 주먹을 쭈욱 앞으로 뻗었고 묵환에서 분신이 생겨난 듯, 묵환과 똑같이 생긴 강기가 뻗어 나왔다. 다른 점이 있다면 뻗어 나온 강기의 색깔이 시퍼런 화염과 같은 색이라는 것이었다.

"하앗!"

창대처럼 빳빳하게 일어선 연검의 끝이 미세하지만 공간을 뚫는 회전을 일으키며 쏘아져 오는 강기에 대항해 갔다.

꽈앙—

수운검의 끝에서 뻗어 나오는 기운과 묵환에서 날아온 기운이 충돌을 일으켰다.

'으윽!'

치명적인 빛깔을 띠고 날아오던 강기는 사라졌지만 강기에 실린 기운을 마주한 자운엽의 입술에서는 다시 한줄기 선혈이 흘러나왔다.

파앗—

다시 섬뜩한 음향과 함께 야율사한의 다른 쪽 묵환에서 시퍼런 동그라미가 쏘아져 나왔다.

"차앗!"

쏘아져 오는 강기를 무섭게 칼을 휘둘러 깨어버린 자운엽은 그 여세를 그대로 몰아 야율사한에게로 짓쳐들었다.

"제법이군!"

야율사한이 입꼬리에 한줄기 미소를 띠며 손에 쥐고 있던 묵환 하나를 강하게 던졌다.

까강—

"크윽!"

강기와는 비교할 수 없는 힘이 실린 묵환에 마주친 자운엽이 튕겨지는 연검과 함께 뒤로 주르르 밀려나 바닥에 주저앉았다.

"대단하긴 하지만 아직은 내 상대가 아닐세. 나 같았으면 제안을 받아들이고 후일을 도모했을 걸세."

"바빠서 그럴 여유가 없소!"

한 모금의 피를 더 토한 자운엽이 비틀거리며 일어섰다.

"설수연이란 여자 때문인가? 그것도 살아 있어야 가능한 얘기지."

야율사한의 눈빛이 차분히 가라앉았다.

"이젠 그 여자는 내 차지가 될 걸세. 지금은 비록 포위망을 빠져나갔지만 결국 내 여자가 되겠지. 그건 강한 남자의 권리이지.”

“개소리!”

자운엽의 눈에 불꽃이 튀었다.

“그렇다고 추한 상상은 하지 말게. 정정당당하게, 사내답게 차지할 테니까. 그럴 자신이 있다네.”

야율사한이 다시 묵환을 들어 올렸다. 웅웅거리는 진동음이 들리는 묵환에서는 지금까지와는 비교할 수 없는 강한 내력이 실려 있음을 능히 짐작할 수가 있었다. 그것을 증명이라도 하듯 야율사한의 눈빛에도 이번 공격으로 자운엽을 끝장내겠다는 의도가 서려 있었다.

“잘 가게!”

묵환이 무섭게 허공을 갈랐다.

“타앗—”

환사일결의 폭발적인 기운을 끌어올린 자운엽은 한 손으로 묵환을 쳐내며 다른 한 손으로 혈접쇄풍 초식을 펼쳐 한 점을 향해 칼끝을 찔러 넣었다.

펑—

“크윽!”

환사일결의 기운을 극한으로 끌어올리고도 묵환에 밀린 자운엽이 저만치 밀려가 바닥에 주저앉았다.

“이놈이 감히!”

수운검에 어깨를 찔린 야율사한이 믿을 수 없다는 표정으로 바닥에 주저앉은 자운엽을 쳐다보았다.

늑골을 부수고 심장을 터뜨려 버리기에 충분한 힘을 실어 보낸 묵환이었기에 그것을 막고 반격을 할 수 있을 것이라고는 상상조차 하지 못했다. 그건 도저히 불가능한 일이었다. 그랬기에 방심하고 있었는데 자운엽의 손바닥이 묵환의 힘을 잠시나마 견디며 다른 손에 쥔 칼끝이 방심의 틈을 찌르고 들어왔다.

아찔한 순간이었다!

반사적으로 상체를 틀지 않았으면 오히려 자신의 심장에 먼저 구멍이 났을 것이다.

"교활한 놈! 끝까지 마지막 패를 하나 숨기고 있었군!"

억눌린 목소리와 함께 야율사한이 미소를 지었다.

분노가 끓어오를수록 짙어지는 바로 그 미소였다.

한 손으로는 묵환의 힘에 대항하며 다른 한 손으로는 모골 송연한 공격을 해오던 힘은 처음에 느낀 자운엽의 힘보다 훨씬 더 큰 것이었다. 그것을 숨기고 있다가 방심한 틈에 모두 쏟아 부었다. 비록 최후의 순간에 상체를 틀어 어깨로 흘리긴 했지만 소름이 오싹 끼칠 정도의 힘이었다.

죽여야 할 이유가 겹겹이 쌓이게 만드는 놈이었다.

야율사한은 어깨에서 흘러내려 손끝을 타고 땅바닥에 떨어지는 피를 묵묵히 바라보았다.

"우리는 위대한 왕조의 후손이다. 누구도 결코 함부로 할 수 없는 위대한 피를 타고났으니 언제나 그것을 잊지 말고 몸을 보존하거라."

태어났을 때부터 귀에 못이 박히게 들었던 그 목소리가 귓전에 울려왔다.

"천하기 짝이 없는 놈이 감히 내 몸에 피를 흘리게 만들다니!"

야율사한의 눈에 형용할 수 없이 강한 살기가 어렸다. 이제껏 여유
있게 상대를 인정해 주던 모습과는 많이 다른, 선택받은 자의 오만함이
흘러나오는 그런 모습이었다.

"내 피를 흘리게 만든 이상 편한 죽음은 꿈도 꾸지 말아라!"

두 개의 묵환을 회수한 야율사한이 묵환을 팔목에 차고 양손 가득
공격을 끌어올렸다.

우우웅!

푸르스름한 기운이 야율사한의 양 손 사이에서 둥글게 뭉쳐졌다.

슈우욱―

야율사한이 이글거리는 눈빛으로 쌍장을 쭉 뻗자, 둥글게 뭉쳐진 푸
른 기운이 자운엽을 향해 무겁게 날아갔다.

"우욱!"

물에 적신 헝겊처럼 쓰러져 있던 자운엽이 겨우 상체를 일으키는 순
간, 무시무시하게 뻗어오는 기운에 대경하며 반사적으로 쌍장을 내밀
었다.

파앙―

두 개의 기운이 마주쳐 폭음을 울리고 흙먼지가 날아올랐다.

"크흑!"

억눌린 비명과 함께 자운엽의 신형이 피를 뿌리며 뒤로 밀려났다.

주르르―

털썩―

삼 장도 더 뒷걸음을 치며 뒤로 밀려 나간 자운엽의 신형은 마침내
바닥에 뒹굴었다.

'으음!'

자신의 쌍장에 밀려 바닥에 뒹굴고 있는 자운엽을 창백한 표정으로 쳐다보던 야율사한은 쌍장을 내뻗던 자세 그대로 유지한 채 의구심 가득한 눈빛으로 이번에는 자신의 양팔을 쳐다보았다.

이렇게 완벽하게 상대를 쳐내어 버렸다면 자신은 아무런 피해도 입지 않고 통쾌감을 느껴야 한다. 그러나 지금 양팔을 통해 느껴지는 기운은 자신의 그런 생각과 많이 달랐다. 서로의 쌍장에서 뻗어 나간 장력이 마주치던 순간, 야율사한은 양팔을 통해 뭔가 이질적인 기운 한 가닥이 느낀 것이다.

'이 기운은?'

잠시 이질적인 기운의 정체를 가늠하던 야율사한의 두 눈에 불신이 가득 어렸다.

문득 자신의 사부이자 맹의 주인인 태상맹주 가마륵의 탄식이 생각났다.

"그 기운은 이제껏 마주한 적이 없는 신묘로운 기운이었다. 강한 것은 한없는 부드러움으로 녹여내고, 무거운 것을 무수한 떨림으로 흩어버리는, 현묘로우면서도 무서운 기운이었다. 아무리 강한 기운이라도 종이에 물이 스며들듯 스며 들어오는 기운에 이 사부는 가랑비에 옷이 젖듯이 내상을 입고 말았다. 그리고 마지막 순간에 번쩍하던 벽력과도 같은 기운은 실로 가공한 것이었다. 그 신비로운 노인으로 인하여 사십 년을 허비하고 말았구나. 허허……."

'설마?'

아직도 팔을 내리지 못한 야율사한이 천천히 내력을 운기하였다.

미미하긴 했지만 가슴까지 스며든 현묘로운 기운이 느껴졌다.

"사중협!"

야율사한의 입에서 외마디 비명성이 흘러나왔다.

천상천, 천외천의 존재같이 느껴졌던 사부가 단 한 시도 두려움을 떨치지 못했던 노인인 사중협!

그리고 그 신비로운 기운!

'사중협의 후계자이다!'

야율사한의 뒤통수에 커다란 벼락이 하나 떨어져 내렸다.

단 오 년의 잠적 후에 다시 나타난 놈이 태어나기 전부터 온갖 영약과 온갖 안배로 다져진 몸에 칼을 쑤셔 넣고 피를 흘리게 만든 사실이 도저히 납득 가지 않았는데, 이젠 그 사실이 빠르게 납득 가기 시작했다.

미미하긴 하지만 아직까지 가슴을 울렁거리게 하고 있는 이 기운!

비록 난생처음 겪어보는 기운이지만 말을 알아듣기 시작하면서부터 지금까지 사부로부터 수백 번도 더 들었던 기운이었다. 그렇기에 오래 전부터 온몸으로 생생히 체험했던 것처럼 확신할 수 있었다.

사중협의 후계자!

놈은 사중협의 제자인 것이다.

그렇다면 놈이 왜 그렇게 자신의 이름과 자신들 조직의 정체를 캐내려 했는지도 이해가 갔다.

야율사한은 한동안 돌이라도 된 듯 그 자리에서 미동도 않고 서 있었다.

'죽여야 한다! 죽여야 할 이유가 만 가지는 더 되는 놈이다!'

쓰러져 있는 자운엽 쪽으로 고개를 돌린 야율사한의 눈이 혈광으로 물들었다.

저벅! 저벅!

귀화가 넘실대는 눈빛을 한 야율사한이 자운엽을 향해 걸음을 옮겼다.

'끝… 인가?'

가물거리는 의식을 놓지 않으려 안간힘을 쓰며 자운엽은 하늘을 쳐다보았다.

온통 먹구름이 쳐져 있었다.

뜨여지지 않는 눈꺼풀에 가린 하늘은 온통 먹구름 천지였다.

손가락 하나 까닥할 힘도, 눈꺼풀을 움직일 힘도 없었다.

혼미하나마 겨우 꺼지지 않고 있는 의식만이 살아 있다는 증거였다.

"사중협의 제자냐?"

환청처럼 야율사한의 목소리가 들려왔다.

"그 노인네는 어디 있느냐?"

또다시 들려오는 뜻 모를 소리에 자운엽은 죽을힘을 다해 눈을 떴다.

염라대왕의 눈빛도 이자의 눈빛 같지는 않을 것이다.

"사중협은 어디 있느냐?"

야율사한이 어금니를 드러내며 다시 물었다.

'사중협?'

자운엽은 다시 들려오는 사중협이란 소리에 가물거리는 의식을 가다듬었다.

사중협이라면……?

언젠가 큰 공자가 설가를 떠나던 날 새벽에 나눈 대화 중에서 현재

무림제일인자가 사중협이고, 제이인자가 정마협이라 들었다. 그 후 표행을 하면서 사중협이란 소리는 몇 번 들었지만 호사가들이 꾸며낸 얘기로 여기고 가슴에 담아두지는 않았다.

그런데 왜 이런 기막힌 순간에 그 노인의 별호를 듣게 되는 것인가?

"사중협의 제자란 걸 감추고 싶은 모양이군. 하지만 몸속에 쌓인 내력까지 감출 수는 없지!"

야율사한이 절대적인 확신이 담긴 어조로 말했다.

'사중협의 제자?'

이 무슨 개 풀 뜯어 먹다 딸꾹질하는 소린가?

혼미하던 의식이 더 혼미스러워졌다.

죽이든 살리든 마음대로 하라며 의식을 놓고 잠에 빠져들고 싶었지만 이젠 궁금해서라도 그럴 수가 없을 것 같았다.

"네 스승의 거처를 말하라. 그럼 넌 살려주겠다."

야율사한의 눈이 자운엽의 생각을 빨아들이기라도 할 듯이 쳐다보았다.

'난 네놈처럼 팔자 좋게 스승을 모시고 영약으로 먹을 감으며 무공을 배우지 못했다.'

자운엽의 내부에서 강한 반발심이 차고 올랐다.

"미친 소리 집어……."

겨우 몇 마디 뱉어낸 자운엽은 스르르 눈을 감았다.

"하긴 나 같아도 말할 수 없지. 아쉽지만 네놈을 확실히 죽이는 것으로 만족하지."

휘리릭—

'암기?'

자운엽을 향하던 시선을 돌린 야율사한은 맹렬한 속도로 날아온 수십 개의 암기에 급히 손을 내저었다.

따당—

칭—

묵환에 부딪친 암기가 불꽃을 튀기며 튕겨 나갔다.

"하앗!"

몇 명의 복면인들이 쾌속하게 날아들며 칼을 휘둘렀다.

슈우욱—

갑작스런 사태에 야율사한이 신속히 팔을 움직이며 장력을 뿜었다.

퍼엉—

"크악!"

야율사한이 뿌린 쌍장에 복면인 하나가 피떡이 되며 뒤로 날아갔다.

휘익—

갑자기 사방에서 달려든 복면인들에게 야율사한의 신경이 분산된 사이 비호같이 날아든 북호가 솔개 병아리 채가듯 자운엽을 낚아챘다.

"어딜!"

야율사한이 가소롭다는 표정을 지으며 북호의 등에 일장을 날렸다.

휘익—

무시무시한 장력이 등 뒤에서 엄습함을 느낀 북호가 맹렬히 칼을 휘둘러 장력을 분산시키려 했다.

치치칭—

바람을 가르는 북호의 칼에서 쇠를 두드리는 듯한 음향이 울려 퍼졌다.

"아악!"

최상의 조건에서 혼신의 힘을 다해도 완벽히 막아내기 어려운 장력을 자운엽을 허리에 낀 상태에서 엉겁결에 휘둘러 막은 북호의 입에서 고통스런 비명이 흘러나왔다.

야율사한의 장력을 향해 칼을 휘두른 어깨가 탈골된 듯한 통증을 느꼈지만 북호는 이를 악물며 땅을 박찼다.

"섰거라!"

야율사한이 야차 같은 표정으로 땅을 박차려는 찰나 복면인 하나가 칼을 휘두르며 필사적으로 야율사한의 앞을 막아섰다.

"불나방들!"

야율사한의 쌍장을 쭈욱 앞으로 내밀자 막아서던 복면의 사내가 피를 토하며 폭풍에 휩쓸린 가랑잎처럼 뒤로 날아갔다.

"하아!"

동료의 신형이 피떡이 되어 튕겨 나가는 것을 목격하고도 전혀 망설임없이 재차 막아서는 복면인들을 본 야율사한의 눈빛이 짧은 순간 이채를 띠었다. 죽음을 도외시한 이런 투혼은 오랜 시간 조직적인 훈련을 받은 자들에게서 나타난다. 자신이 알기로는 죽이고자 하는 저놈은 어떤 문파나 조직에 몸담은 놈이 아니었다. 그런데 죽기를 각오하고 달려들며 저놈을 구해내려는 이자들은 누구인가?

작은 의문이 일었지만 그것은 극히 짧은 순간의 일이었고, 그 어떤 것에 우선하여 자운엽을 죽여야 한다는 생각이 뇌리에 가득한 야율사한은 팔목에 걸친 묵환을 손목으로 옮겨 쥐었다.

최대한 속전속결로 막아서는 자들을 처치하고 자운엽을 죽이고자 함이었다.

"하앗―"

양팔을 교차시키며 크게 휘두르자 두 개의 묵환에서 시퍼런 강기가
쏟아져 나왔다.

"크악!"

"크으윽—"

"아아악—"

막아선 복면인들의 신형이 한꺼번에 걸레처럼 너덜해지며 바닥에
꼬꾸라졌다.

"차앗!"

야율사한이 땅을 박차며 북호가 자운엽을 채간 방향으로 바람처럼
쏘아져 갔다.

"조금만 더 가면 강이고 그곳에 먼저 도착하면 빠져나갈 수가 있소.
힘을 내시오, 대장!"

석인추가 지친 북호를 독려하며 자운엽을 업고 달리고 있었다.

야율사한을 습격한 인원들 중 남은 사람은 이제 자신들 두 사람뿐이
었다. 아니, 자신들 두 사람뿐일 것이라 확신했다.

몇 명의 부하들이 그자를 막아섰지만 그자의 무위로 보아 지금쯤이
면 단 한 명도 살아남지 못했을 것이다. 그리고 그자와의 거리가 점점
더 좁혀져 있을 것이란 것도 짐작이 갔다.

자운엽을 낚아채고 얼마 지나지 않아 석인추가 북호를 대신해 자운
엽을 업고 북호는 맨몸으로 경공을 펼치고 있지만 북호의 속도가 자꾸
떨어지고 있었다.

정상적인 상태라면 언제나 자신들이 북호를 따라잡기에 안간힘을
쓰며 고개를 흔들었지만 자운엽을 구해내며 정체 모를 그자가 날린 장

력을 마주하며 입은 내상이 결코 가볍지 않은 모양이었다.

"조금만 더 힘을 내시오, 대장. 저기 강이 보이오!"

한 손으로 자운엽을 들쳐 업고 한 손으로 북호의 어깨를 끌며 석인추가 고함을 질렀다. 숲이 끝나는 곳에 강이 보이기 시작했다. 강가에 작은 조각배 한 척이 떠 있는 것이 아울러 눈에 들어왔다. 조각배를 타고 강을 건넌다면 놈의 마수에서 벗어날 수도 있을 것이다.

"어서!"

강이 보이자 북호도 마지막 힘을 짜내어 필사적으로 달렸다.

"뭐 하는 거예요, 조장? 어서 타요! 놈이 저기 와요!!"

조각배에 묶인 줄을 끊고 북호와 자운엽이 탄 조각배를 세게 밀친 석인추가 등을 돌리는 것을 보고 북호가 찢어질 듯한 고함을 질렀다.

저만치 숲의 끝 자락에서 야율사한의 모습이 눈에 들어왔다. 그런 상황에서 석인추가 배를 타지 않고 내린 것이다.

"최대한 시간을 벌겠소. 젖 먹던 힘까지 짜내 노를 저으시오! 저자의 무공으로 봐서는 이 강 중간까지 가지 못하면 죽은 목숨이오."

야율사한을 향해 마주쳐 가던 석인추가 악을 쓰듯 말했다.

"석 조장!!"

통곡처럼 외친 북호가 하염없이 눈물을 흘렸다.

무공과 계급은 자신의 아래였지만 넓은 가슴과 넉넉한 여유로 언제나 큰오빠처럼 자신을 떠받쳐 주던 사내였다.

"어서!"

석인추의 급박한 목소리가 다시 한 번 들리자 복호가 얼른 노를 저었다.

'뭔가, 이자는?'

북호가 탄 조각배가 천천히 속도를 올리는 것을 본 석인추가 야율사한을 향해 칼을 다잡았다.

북호가 탄 배가 멀어져 가는 것을 보면서도 이자는 조금도 서두르지를 않았다. 배를 띄워 노를 젓는 것을 보면서도 그렇게 서두르지 않고 자신을 향해 다가왔다. 마치 배가 강 한가운데로 나가기를 기다리는 것처럼…….

'저놈의 약점을 최대한 물고 늘어져야 한다.'

석인추는 야율사한의 어깨를 바라보며 온 신경을 집중시켰다.

자운엽의 칼에 찔린 야율사한의 어깨에서 흐른 피의 양이 적지 않았지만 그 팔로 내민 쌍장에서 뿜어져 나오는 힘은 경천동지할 만한 수준이었다.

"차앗!"

석인추가 야율사한의 왼쪽 어깨로 공격해 들어갔다.

왼팔을 들어 공격을 막으려면 야율사한이 짧은 순간 멈칫하는 행동을 보여주었다. 상처를 입고도 아랑곳 않고 뿌린 몇 번의 공격으로 인해 무리가 와 자신도 모르게 멈칫거린 것이다.

휘익—

단번에 바로 공격하고 처치하려 했던 야율사한이 몸을 틀어 석인추의 공격을 피했다.

다행이었다!

단 한 순간이라도 더 벌 수가 있다면 그만큼 조각배는 이자에게서 더 멀어질 것이다.

석인추는 조금이라도 더 시간을 끌겠다는 일념으로 입술을 악물었다.

"끄으윽!"

그러나 그것은 석인추의 생각일 뿐 느릿하게 다가온 야율사한의 오른손이 석인추의 목을 잡았고, 석인추는 두 눈을 부릅뜨고 괴음을 토해 냈다.

"강이 꽤 넓군!"

석인추를 썩은 짚단 던지듯 던져 버린 야율사한이 속도를 내어 강을 건너가는 조각배를 느긋이 바라보았다.

"넓은 강이니 가운데는 꽤 깊겠지?"

미소를 배어 문 야율사한이 팔목에 채워진 묵환을 손바닥으로 옮겨 왔다.

우우웅—

묵환을 쥔 손에 공력이 돋우어지자 묵환 주변에 푸른 기운이 어리며 진동음이 흘러나왔다.

"하앗!"

공력을 잔뜩 끌어올린 야율사한이 강 복판에 이른 조각배를 향해 강하게 묵환을 던졌다.

쐐애액—

귀곡성을 울리며 묵환이 조각배를 향하여 쏘아져 나갔다.

"저건?"

북호의 눈이 찢어질 듯 부릅떠졌다.

조각배를 향해 빛살처럼 빠르게 날아오는 묵환이 일으키는 기파에 강물이 용솟음치며 허공으로 빨려 올랐다.

정확히 조각배를 두 조각 낼 듯 수면에 닿지도 않고 수면 위 한 자 정도 높이에서 날아오는 묵환이었지만 묵환이 지나간 자리 뒤에는 강물이 미친 듯이 허공으로 빨려 올랐다. 그만큼 묵환에 실린 힘이 엄청난 것이리라.

"안 돼!"

북호가 비명을 지르며 손을 뻗었다.

이대로 묵환의 공격에 노출된다면 조각배는 물론이고 정신을 잃고 누워 있는 자운엽의 몸마저 정확히 두 조각으로 갈라질 것이다.

뱃전에 납작 엎드린 북호가 왼손으로 뱃전을 최대한 강하게 움켜쥐고 오른손에 공력을 최대한 끌어올려 손바닥으로 묵환에 마주쳐 갔다.

뻐아악—

뼈가 부러져 나가는 섬뜩한 소리가 팔목과 어깨에서 동시에 들리는 듯했다.

"아아악!"

앞으로 쭉 뻗은 북호의 팔이 산산이 부서지며 어깨 어림까지 박살이 났다. 그와 함께 묵환에 실린 힘이 북호의 몸을 통해 발바닥까지 전해졌고, 발바닥에 밀린 뱃머리가 무섭게 앞으로 쏘아져 갔다.

"지독한 계집!"

팔 하나와 어깨까지 박살이 나면서도 그 힘을 조각배의 추진력으로 삼아 쏜살같이 나아가는 조각배를 보며 야율사한은 신음성을 내뱉었다. 설마 이런 식으로 엉뚱한 결과를 맞이할 줄은 상상도 하지 못했기 때문이다.

"하지만 묵환은 하나 더 남아 있지!"

야율사한은 왼쪽 팔목에 있던 묵환을 오른쪽 손아귀로 옮겨 쥐었다.

"하앗!"

다시 한 개의 묵환이 물보라를 튀기며 무섭게 날아왔다.

"아악!"

기절 일보 직전의 북호가 남은 한 팔로 뱃전을 잡고 강하게 몸을 틀었다. 한 팔을 잃은 대가로 야율사한으로부터 훨씬 멀어졌고, 그 거리가 조각배를 조금이나마 옆으로 이동시킬 시간을 벌어주었다.

콰아앙—

필사적으로 몸을 흔들어 배를 옆으로 이동시킨 북호의 노력 덕에 묵환은 배의 정중앙이 아닌, 배의 한쪽 면을 부수며 지나갔다. 그와 함께 부서진 배가 팽그르르 돌며 강기슭이 저만치 보이는 곳에서 바닥으로 가라앉기 시작했다.

"제발!"

온몸이 강물 속으로 잠기기 시작했지만 남은 한 손으로 자운엽의 목덜미를 강하게 들어 올리는 북호의 가물가물한 의식 속에 보통 사람보다 족히 두 배는 더 큰 덩치에 쌍도끼를 울러 멘 거한의 모습이 새겨졌다. 그 뒤로 비슷한 덩치의 거한이 앞에 나타난 거한과 함께 미친 듯이 강물 속으로 뛰어드는 모습을 환각처럼 느끼며 북호는 그만 의식의 끈을 놓았다.

◆ 제39장

죽음

잠입

"느꼈나?"

"그래, 반 시진 전부터 우릴 따라오고 있어."

거울에 비춘 듯 똑같이 생긴 쌍둥이 사내들이 나직이 중얼거리며 눈빛을 빛냈다.

"어떻게 할까?"

"일단 잡아서 미행한 이유나 캐물어보지, 심심하기도 한데."

두 사내는 씨익 웃으며 옆길로 접어들었다.

"오랜만이오!"

기다리고 있는 쌍둥이 사내들 앞에 느긋한 걸음걸이로 한 청년이 다가왔다. 청년의 말투로 봐서는 두 사람을 알고 있는 듯했으나 쌍둥이 사내들은 잘 기억이 나지 않는 듯 고개를 갸웃거렸다.

그런 사내들의 의중을 짐작한 듯 다가온 청년은 슬쩍 머리를 걷어

올렸다.

"헉! 네놈은!"

쌍둥이 사내들이 거의 동시에, 거의 똑같은 음성으로 신음성을 내질렀다.

"네놈이 여길 어떻게 다시 왔느냐? 설마 복수를 하러 온 것은 아니겠지?"

"신기하군! 어떻게 두 사람이 한 자도 안 틀리고 그렇게 똑같이 말할 수 있는 것이오? 쌍둥이는 이심전심으로 통한다더니 정말 그런 모양이오. 물론 그것이 내가 당신들을 찾은 이유이기도 하지요."

젊은 사내는 여유로운 미소를 지으며 쌍둥이 사내를 쳐다보았지만 쌍둥이 사내는 그 미소에서 정체를 알 수 없는 본능적인 공포감을 느꼈다.

"감히 네놈은 그것이 가능하다고 생각하느냐?"

잠시 이유 모를 공포심에 질렸던 쌍둥이 사내들이 다시 똑같은 목소리와 똑같은 내용의 말을 한 자도 틀리지 않고 동시에 내뱉었다.

그러나 청년은 쌍둥이 사내들의 질문과는 상관없이 자기 말만 했다.

"정말 감탄스런 기술이오. 그걸 익히려면 고생깨나 해야 될 것 같구려."

젊은 사내가 걱정된다는 표정으로 쌍둥이 사내들을 쳐다보았다.

"무슨 소리를 하는 것이냐, 이놈? 네놈이 왜 그걸 배운단 말이냐?"

똑같은 목소리가 다시 울렸다.

"그건 나중에 자세히 알려줄 테니 칼이나 한번 겨뤄봅시다. 사내들끼리 제일 빨리 가까워지는 방법은 칼 아니면 술이잖소? 난 술을 별로 좋아하지 않으니 칼로 하고 싶소. 물론 두 사람은 합격술을 익혔을 테니 같이 상대하겠소."

젊은 청년이 조용한 음성으로 말하자 쌍둥이 사내들은 흠칫 표정을 굳혔다.

여유있게 칼을 겨루어보자는 청년의 말투에서는 조금도 적의를 느낄 수 없었지만 결투를 앞두고 서서히 피어오르는 청년의 기운은 등골을 오싹하게 만들었다.

쨍!

쨍!

잠시 마주 본 쌍둥이 사내들이 칼을 뽑았고 그와 함께 젊은 사내도 천천히 쌍장을 모았다.

휘리릭—

쌍둥이 사내들은 신속한 보법으로 젊은 사내의 앞뒤로 배치하며 각각 다른 자세로 칼을 겨누었다.

단 두 사람으로 이루어진 합공의 자세였지만 젊은 사내는 마치 수십 명이 검진을 펼친 듯한 착각에 사로잡혔다.

'과연 사부의 시종들답군!'

청년의 눈빛에 언뜻 아련한 그리움이 물들었다. 그 빛깔은 지금껏 풍겨온 청년의 분위기와 너무도 달라 청년을 포위한 쌍둥이 사내들은 일순 혼란을 겪었다.

"공격해 보시오!"

젊은 사내는 다시 패도적인 기운을 뿌리며 쌍둥이 사내들을 바라보았다.

"우웃!"

쌍둥이 사내들은 젊은 사내에게서 뿜어지는 막강한 기운에 섣불리 공격하지 못하고 식은땀을 흘렸다.

'이건 성주님의 기운이다!'

이번에는 쌍둥이 둘 다 입 밖으로 내뱉지 않았지만 똑같은 내용의 말을 내심으로 중얼거렸다. 내심 그렇게 외친 쌍둥이 사내들은 얼른 고개를 들어 자신들 가운데 있는 젊은 사내를 건너 서로를 쳐다보며 놀란 눈빛을 교환했다.

태어나서 지금까지 곁에서 모셔온 자신들의 주인이자 천마성, 아니, 전 마도의 주인인 정마협의 기운이 어찌 이 청년에게서 피어난단 말인가? 자신들의 기억으로는 이 청년은 몇 년 전 정마협의 노여움을 사 초죽음이 된 채 쓰러진 것을 자신들 두 사람이 들판에 메어다 버렸다. 그 때의 상태로 보아 몇 년은 내상을 치료해야 할 것 같았는데 주인인 정마협과 흡사한 패도적인 기운을 뿌리며 자신들 앞에 서 있는 것이다.

'위험한 놈이다!'

쌍둥이 사내들의 간담이 서늘해져 왔다.

그때 그렇게 쫓겨났으니 오늘 이곳에 다시 나타난 것은 필시 복수를 하기 위함일 것이다. 이런 정도의 기운을 뿜어내는 놈이라면 큰 소용돌이 하나를 일으킬 수도 있을 것이다.

쌍둥이 사내들은 다시 한 번 설수범을 뛰어넘어 서로에게 눈길을 보내 의중을 확인했다.

자신들 두 사람의 손에서 미연에 싹을 잘라야겠다는 생각을 교환한 두 사내는 최대한 엄중한 자세로 설수범을 공격할 자세를 잡았다.

"하앗!"

설수범의 정면에 선 운령이란 사내가 깃털처럼 허공을 날아올랐다. 그와 동시에 풍령이란 사내가 설수범의 허리를 가르며 젖혀들었다.

홀쩍 날아오른 운령을 향해 고개를 젖히고 주의를 뺏기는 순간, 허리 쪽이 무방비 상태가 되고 그 틈으로 정확히 풍령의 칼이 날아드는 완벽한 합격술이었다.

스슷—

두 개의 칼이 설수범의 신형을 가로세로로 양단하려는 순간 설수범의 모습이 흐릿해지며 긴 그림자를 남기고 삼 장여를 이동했다.

"수라환영보(修羅幻影步)!"

목표물을 잃는 운령, 풍령이 황급히 칼을 거두며 경악성을 내질렀다.

방금 설수범이 자신들 두 사람이 펼친 쇄혼쌍검진(鎖魂雙劍陣)의 공격권을 여유롭게 빠져나간 보법은 자신들의 주인인 정마협이 익힌 수라환경 속의 보법이었다. 천하에 단 한 명, 정마협만이 익히고 있는 줄 알았던 수라환경 속의 무공이 설수범에게서 완벽히 펼쳐지자 운령과 풍령 두 사내는 지금 자신들이 무얼 하고 있는지도 잊은 채 한동안 멍하니 설수범의 얼굴만 쳐다보았다.

"누구냐, 네놈은?"

너무 놀란 나머지 평상심이 흐트러졌는지 이번에는 두 사내가 똑같이 말하지 못하고 운령만이 긴장된 목소리로 질문을 던졌다.

"벌써 잊었단 말이오? 당신들 두 사람에 의해 천마성 앞의 들판에 메다꽂혔는데……."

"그걸 말하는 게 아니다. 네놈이 어떻게 성주님의 무공을 쓰는 것이냐? 그것은 수라환경의 무공으로 오직 성주님 한 사람밖에 쓸 수가 없다."

이번에는 풍령이 눈빛을 번뜩이며 말했다.

"내가 제대로 펼쳤는지 조금은 궁금했는데 그 소리를 들으니 적지
않게 안심이 되오. 그럼 어디 한번 더 겨루며 서로의 궁금증을 확인해
봅시다. 백 마디 말보다는 한 번 직접 체험하는 것이 더 확실할 테니까
말이오."

설수범은 다시 한 번 쌍장을 들어 올리며 사내들의 공격을 기다리는
자세를 잡았다.

그런 설수범의 전신에서 다시 무형의 압박감이 운령과 풍령을 짓눌
러 오자 운령과 풍령 두 사내의 눈빛이 어지럽게 흔들리며 갈피를 잡
지 못했다.

눈을 씻어 다시 보고, 다시 느껴도 이 젊은 놈의 몸에서 피어오르는
기운은 자신들이 모시는 정마협이 노했을 때 온몸에서 퍼져 나오는 기
운이었다. 그 기운이야말로 아무리 광포한 노괴들이라도 눈을 내리깔
고 꼬리를 말게 하는 패왕의 기운이었다.

'뭔가 착각하고 있다!'

운령, 풍령은 그렇게 결론짓고 있었다. 그렇기에 다시 한 번 확인해
보고 싶은 강렬한 충동을 느꼈다.

"하앗!"

누가 먼저랄 것도 없이 운령과 풍령이 설수범을 향해 칼을 휘두르며
쇄도해 들었다. 천마성 성주의 가장 가까운 곳에서 수발을 드는 사람
들답게 두 사람의 칼은 웬만한 고수의 수준은 훨씬 뛰어넘어 있었다.
평소에는 성주의 수발을 드는 시종의 위치에 있지만 상황에 따라서는
정마협의 호위로 돌변해야 하는 충분한 자격을 갖춘 청년들이었다.

휘익!

푸스스스—

칼바람과 함께 두 개의 칼날에서 뿜어져 나오는 시퍼런 기운이 그물처럼 가로세로로 뻗치며 설수범의 신형을 뒤덮어갔다. 서로의 마음을 가장 잘 읽는 쌍둥이에 의한 합공은 한 치의 빈틈도 없는 완벽한 씨를 날줄의 그물로 만들었다.

우우웅—

설수범의 양손이 가볍게 흔들리며 쌍장에서 백색의 기운이 뻗어 나갔다.

스스스—

운령, 풍령의 칼에 의해 개미새끼 한 마리 빠져나가지 못할 정도로 엄중하게 만들어진 검세가 설수범의 간단한 손동작에 햇살에 어둠이 밀려나듯 사라졌다.

"어, 어떻게?"

운령, 풍령이 두 눈을 부릅뜨며 소리를 질렀다.

자신들이 펼친 쇄혼쌍검진을 이렇게 간단하게 파훼할 수 있는 사람은 천마성 내에서도 없었다. 단 한 사람 정마협을 제외한다면…….

'이놈은 소용돌이를 일으킬 정도가 아니라 성주님을 위협할 정도다.'

운령과 풍령의 입술이 파랗게 질려왔다.

이놈의 의도가 자신들이 생각하는 대로 몇 년 전의 복수를 하러 온 것이라면 자신들은 이 자리에서 뼈를 묻어야 할 것이다. 단 두 번의 격돌이었지만 충분히 그것을 판단할 수 있었다.

'알려야 한다!'

쌍둥이 사내는 서로에게 눈빛을 교환했다.

한 사람은 천마성으로 달려가 성주에게 이 사실을 알리고 대비책을 세워야 한다. 물론 성주가 일 대 일 대결에서 이 애송이에게 당할 리는 없지만 예기치 못한 곳에서 암습이라도 당한다면 위험할 수도 있다.

운령과 풍령은 서로 같은 생각을 하며 눈짓을 교환하였다. 그러나 이심전심으로 눈빛만 보고도 의사를 소통하던 쌍둥이 사내들도 이 순간만은 서로의 의견이 상충되고 말았다.

'이 녀석은 내가 상대할 테니 넌 어서 성주님께 알려라.'

두 사람의 눈빛은 서로에게 그런 의미를 강하게 전달하기만 하고 서로의 생각을 받아들일 생각은 하지 않았다.

"한 번만 더 겨뤄봅시다. 그렇게 해야 내가 여기 온 목적을 당신들이 받아들이기가 훨씬 쉬워질 것이오."

설수범은 운령과 풍령의 의도를 읽은 듯 슬쩍 몸을 움직였다.

스읏—

그림자처럼 힐끔 움직인 설수범의 신형이 쌍둥이 사내들이 서 있는 중간 지점에서 불쑥 솟아나 그 누구도 쉽사리 공격하고, 쉽사리 이 자리를 빠져나갈 수 없는 교묘한 방위를 점했다.

"우웃!"

설수범의 신형이 약간은 비스듬히 자신들 중간에 나타나자 운령과 풍령은 오히려 자신들 두 사람이 설수범 한 사람에게 포위된 듯한 착각을 느끼게 되었다. 이제는 도저히 자신들의 의도를 실행시킬 수 없을 것 같았다. 죽든 살든 설수범의 말대로 한 번 더 겨루어보고 이곳에 나타난 의도를 들어주어야 할 것 같았다.

"하앗!"

운령이 몸을 날렸고 간발의 차이로 풍령도 몸을 날렸다.

차아앙—

자신들이 익힌 쌍검진 최후의 검초가 강맹하게 펼쳐졌다.

"차앗!"

두 사람이 혼신의 힘을 다해 펼쳐 내는 검초에 실린 가공할 잠력을 무시 못한 설수범은 양팔을 크게 휘두르며 빠르게 신형을 회전시켰다.

"수라흡멸(修羅吸滅)!"

초식명까지 친절히 외치는 설수범의 쌍장에서 뻗어 나온 강기가 운령, 풍령 두 사내의 검에서 뻗어 나온 강기와 충돌했다.

우우웅—

강기와 강기의 충돌에 의한 엄청난 폭음 대신 무거운 진동음이 장내를 가득 채우며 두 기운이 충돌한 곳에서 새로운 기운이 생성되어 찰나지간 공간이 일그러지는 듯 사물이 뒤틀려 보였다.

하지만 그것도 잠시, 쌍둥이 사내들이 최후의 검초로 내뿜은 엄청난 기운이 설수범이 내뻗은 기운에 빨려들어 흔적도 없이 사라져 버렸다.

"어헉!"

쌍둥이 사내의 놀란 음성이 비명처럼 퍼져 나갔다.

"수라환경 속의 무공이 확실하다!"

한동안 넋을 잃고 있던 풍령이 멍하니 중얼거렸다.

"네가, 네가 어찌 그것을 펼친단 말이냐?"

운령 역시 넋 나간 소리로 외쳤다.

"이 정도 겨뤄봤으면 앞으로 풀어 나갈 얘기가 훨씬 쉬워지리라 생각하오!"

설수범은 넋이 나간 채 벌린 입을 다물지 못하고 있는 운령과 풍령을 한번 쳐다본 후, 공터를 벗어나 사람의 이목이 띄지 않는 숲 쪽으로 걸음을 옮겼다.

"따라가야 하겠지?"

풍령이 멍하니 설수범이 사라진 숲을 바라보며 중얼거렸다.

"그래야겠지. 해칠 생각이었다면 벌써 열 번은 더 해쳤을 거야. 그리고 지금 이 순간 도망친다 해도 반각 이내에 따라잡힐 거야."

운령이 휴! 하고 한숨을 내쉬며 설수범이 사라진 방향으로 걸음을 옮기자 풍령도 멈칫거리며 운령의 뒤를 따랐다.

천마성!

청해성에 있는 마도제일성으로 어쩌면 무림제일성이라 해도 과언이 아니다. 전대 주인인 천마 소규광 때부터 마도는 물론 흑도의 고수들까지 규합하여 세를 늘려 나가 현 주인인 정마협에 이르러 명실상부한 마도의 총집결체가 된 것이다.

누구에게 물어보아도 현 마도의 세력은 사상 최강이라 할 만큼 당금 천마성의 힘은 최강이었다. 그리고 또 누구에게 물어보아도 현 무림은 사상 최고의 평화를 맞이하고 있고, 그 평화의 가장 큰 주역은 천마성이라고 서슴없이 말했다. 그리고 정마협 갈문혁이야말로 현 무림의 최고영웅이라고 나지막하게 덧붙였다. 누구나 그것을 알고 큰 소리로 외치고 싶었지만 마도의 일인자를 영웅으로 버젓이 외치고 다닌다는 것은 겉멋만 잔뜩 든 어중이 칼잡이들 앞에서는 위험을 초래하는 일이었기에 낮은 목소리로 속삭였지만 그럴수록 세인들의 확신은 더 깊어만 갔다.

그런 천마성 전체에 오늘은 평소와 전혀 다른 기운이 감돌았다.

평소 한가롭기만 하던 천마성의 넓은 광장에는 많은 인원들이 도열해 있었고, 그들 모두의 표정에는 긴장감이 넘쳐흐르고 있었다.

　한없이 여유롭던 천마성 내 분위기가 갑자기 살얼음판을 걷는 것 같은 긴장으로 뒤덮인 이유는 이른 아침 천마성주 갈문혁이 천마령으로 성내 모든 사람들을 모이게 한 것이다.

　천마령에 의한 인원의 소집이라면 어떤 집단과 전쟁을 치르거나 아니면 성내의 반역자를 공개 처벌하는 등, 그에 준하는 상황의 결정이 있을 경우이다. 그러나 지금은 누구와 전쟁을 벌일 상황도 아니었고 반역을 꾀한 자들도 없었다. 그렇다면 짐작할 수 있는 것은 단 한 가지, 정마협의 제자에 관한 일이다.

　최근 들어 갈문혁은 이젠 제자를 키워야겠다는 말을 노래처럼 내뱉었고 그때마다 성내에 작은 술렁거림이 일어났었다.

　정마협이 제자를 맞이하겠다는 말은 자신의 절기인 수라환경을 가르치겠다는 말이고, 그것은 마도의 다음 주인이 탄생한다는 말이다.

　대승적 차원에서 생각한다면 그것은 마도의 중흥을 위해 정말로 쌍수를 들어 환영해야 할 일이고 경사스런 일인 것이다. 그러나 그것은 어디까지나 표면적인 견해이고 천층만층의 생각들을 가진 개개인의 내심은 각양각색으로 나누어졌다.

　성주 갈문혁이야 이미 초인의 경지에 도달한 사람이니 어찌해 볼 도리가 없지만 그가 노쇠해지고 난 후를 노리며 와신상담의 시간을 보내고 있는 야심 가득한 인물들은 그런 사태를 절대로 바라지 않았다. 정마협의 진전을 이어받아 정마협에 버금가는 사람이 탄생한다면 자신들은 또다시 머리를 숙이고 따분하고 진저리 쳐지는 평온 속에서 치를 떨어야 하는 것이다. 다행스럽게도 이제껏 누구도 정마협의 진전을 이어받을 만한 자질을 보이지 못했고, 정마협 역시 학문에 뜻을 두고 매진하던 시절 사부에게 끌려와 강제로 무공을 익혔기에 누군가에게 무공을 가르치는 것을 극도로 싫어했다. 그 때문에 천마성은 이제껏 큰 분란이 일어나지 않은 것이다.

그러나 이젠 정마협도 더 늦기 전에 제자 하나 정도는 키울 생각을 한 모양이고, 그것은 그동안 억누르고 있었던 화산이 폭발하는 결과를 초래할 것은 불을 보듯 뻔한 일이었다. 그것을 짐작하는 모든 이들이 긴장으로 미동도 않고 도열해 있는 것이다.

"흐흠!"

정마협 갈문혁이 도열해 서 있는 사람들을 쳐다보고 헛기침을 한 번 한 후 입을 열었다.

"갑자기 천마령으로 그대들을 소집하여 좀 놀랐으리라 생각하오. 천마령은 본좌가 사부님의 제자가 되던 날 마지막으로 발동된 후 오늘 처음으로 발동하는 것이오. 그만큼 우리 천마성이 그간 평온하면서도 충실한 발전을 이루어왔고, 그것은 모두 그대들의 공이라 생각하오."

정마협의 말이 끝나자 이곳저곳에서 작은 외침들이 일어나다 급기야는 큰 물결을 이루며 만세 소리가 높아졌다.

잠시 그 모습을 지켜보던 정마협이 손을 치켜들었고 물결치던 움직임들이 서서히 멈추어갔다.

"하지만 달도 차면 기우는 법, 언제까지 그런 안정과 번영이 지속된다고는 볼 수 없는 일이오. 그래서 본좌도 이제 그만 게으름의 옷을 벗어 던지고 마도의 안녕을 위해 마지막 불꽃을 태워보고자 하오."

정마협의 말이 서서히 본론으로 접어들자 넓디넓은 광장을 가득 채운 많은 군중들 속에서 침 넘어가는 소리마저 들릴 듯한 적막이 감돌았다.

"그대들도 알다시피 본좌를 이 자리에 있게 한 것은 수라환경의 무공이었소. 사부님의 심혈이 깃든 가르침과 온갖 영약을 복용했지만 아직도 그 깊은 오의를 다 깨우쳤다고 자신할 수 없을 만큼 수라환경은 가공할 무공이오. 그래서 나 역시 그것을 제대로 배울 만한 인재를 찾지 못했소. 그것이 이제껏 내가 후인을 거두지 못한 이유이오."

정마협이 말을 마치고 잠시 안타까운 표정을 지었고 그것을 본 군중들의 얼굴에는 제각각의 표정들이 스쳐 지나갔다.

일부의 사람들은 그 사실에 짧은 순간이었지만 안도의 표정을 지었고, 다른 일부의 사람들은 안심 반, 긴장 반의 표정을 지었다. 그리고 또 다른 일부의 사람들은 자신들의 성주가 아직까지 제대로 된 후인을 얻지 못한 데 대한 진심 어린 근심의 표정을 나타냈다.

"그래서 본좌는 오래전부터 하나의 안배를 준비해 두었소."

강한 확신이 실린 정마협의 목소리에 광장에 모인 많은 사람들이 번쩍 눈빛을 빛냈다.

"본좌는 스승을 잘 만나 운 좋게도 수라환경 속의 무공을 한 몸에 익힐 수 있었지만 본좌의 능력은 스승님 능력의 반도 미치지 못하기에 도저히 그것을 누구 한 사람에게 전해줄 수 없다는 사실을 알았소. 그래서 궁리를 거듭한 결과 그것을 두 사람에게 나누어 전수하면 가능할 수도 있겠다는 확신을 가지게 되었소."

정마협이 안도의 표정으로 좌중을 둘러보자 적막감이 감돌던 좌중에 작은 웅성거림이 일기 시작했다.

"하나 그것을 익힐 두 사람 역시 보통의 인간으로서는 불가능하고 서로 일심동체처럼 마음이 맞는 사람이라야 하오. 이쯤 하면 그대들도 짐작이 갈 것이오. 우리 천마성 안에 그런 사람이 있다는 것을……."

말을 멈춘 정마협의 의미심장한 눈빛으로 좌중을 둘러보았다.

“운령, 풍령!”

“그렇군, 그 아이들이야.”

“호오~ 그렇지!”

잠시 후, 능히 짐작이 간다는 듯 모두들 천천히 고개를 끄덕이며 서로의 얼굴을 쳐다보았다. 성주의 제일 가까운 곳에서 시중을 드는 쌍둥이 청년들이야말로 지금 정마협이 말하는 조건에 완전히 부합되는 청년들이었다. 그들 쌍둥이를 한 번이라도 겪어본 사람이라면 누구나 그들 쌍둥이가 거의 한 사람처럼 똑같은 말을 똑같은 순간에 한 자도 틀리지 않고 같이 내뱉은 것을 보고 신기해한 적이 있었다.

“그렇소. 그대들의 추측대로 그 아이들은 내 시중을 드는 쌍둥이 형제인 운령과 풍령이오. 본좌는 그 아이들에게 십 년 전부터 한 가지씩 준비를 시켰소.”

“십 년 전부터……?”

“허어!”

이곳저곳에서 예측 못한 사태에 대한 놀람의 반응이 나타났고 개중에는 낭패한 기색이 역력한 표정을 짓는 사람도 있었다.

단순히 성주의 곁에서 시중을 드는 아이들로만 알았는데 성주가 자신의 절기를 두 아이들에게 나누어 전하기 위해 십 년 전부터 준비를 해왔다면 지금쯤 상상 못할 성과를 이루었을 것이라는 판단이 선 것이다.

현 무림최고의 기재가 십 년 동안 가르쳤다면 충분히 그러고도 남을 것이다. 그렇다면 이제부터 치밀한 암계를 준비해 쌍둥이가 수라환경을 완전히 성취하기 전에 싹을 잘라야 할 것이라는 생각이 지금 이 순간 낭패한 표정을 떠올린 사람들의 공통된 생각이었다.

"그리하여 내 오늘 그 두 아이들을 정식으로 낸 제자로 삼아 혼신의 힘을 다해 가르쳐 보고자 하오."

정마협의 말이 끝나자 장내에는 일순 쥐 죽은 듯한 고요가 내려앉았다.

"감축드리오, 성주! 그동안 내 천마성의 안위가 걱정되어 이제나저제나 성주께서 제자를 거둘 날만 눈이 빠지게 기다렸는데 이미 십 년 전부터 준비를 해오셨다니 이젠 맘이 놓이오. 카하하하!"

우괴 우승곽이 눈이 번쩍 뜨인다는 표정으로 고함을 질렀다.

"정말 잘한 결정이오, 성주! 게으름뱅이인 줄만 알았더니 그런 안배를 해놓았을 줄이야… 허허허! 성주가 익힌 수라환경만 제대로 전수가 된다면 우리 천마성은 대를 이어 무림제일성으로 군림하게 될 것이오. 이보다 더 기쁜 일이 어디 있겠소. 허허허……."

온통 백발이 성성한 최고령 장로 용화성(龍華星)도 정마협 갈문혁에게 진심 어린 기쁨을 표했다.

"정말 고맙습니다, 여러 장로님들! 하지만 이제껏 수라환경을 배울 만 한 터만 닦았을 뿐, 아직 한 가지도 가르치지 못했으니 그것이 문제이지요. 그리고 실제로 가르쳐 보면 생각대로 될지도 모르겠고……."

갈문혁이 염려스런 표정을 지으며 한숨을 내쉬었다. 그 모습에는 걱정이 태산 같다는 심정이 그대로 드러났다. 하지만 그런 갈문혁의 걱정스런 모습은 은밀한 눈빛으로 주시하던 마두들은 정반대로 안도의 한숨을 내쉬었다.

정마협이 십 년 전부터 누군가를 가르쳤다는 말에 불식간에 신음성이 흘러나오기도 하였지만, 제자로 내정된 쌍둥이가 아직 수라환경을 한 줄도 익히지 못했다는 소리를 들었을 때는 이제껏 별로 공경하지도 않았던 조상에 감사하는 마음까지 생겼다.

수라환경을 익힌 사람만 사라지고 더 이상 그것을 익히는 사람이 나타나지 않는다면 언젠가는 자신들에게도 기회가 오는 것이다. 물론 그것을 익히려 하는 두 어린것들을 쥐도 새도 모르게 없애야 한다는 전제 조건이 따르긴 하지만……

'늙은이가 그런대로 용의주도하게 준비를 했군!'

장내에 운집한 사람들 속에서 날카로운 눈빛을 한 노인이 보일 듯말 듯한 비웃음을 흘리다 얼른 무표정하게 안색을 바꿨다. 그리고 천천히 고개를 돌려 광장에 운집한 사람들의 표정을 유심히 살폈다.

'이미 반 이상은 우리 편이다. 그리고 나머지도 상황이 발생하면 우리 쪽으로 몸을 의탁할 수밖에 없을 것이다.'

노인은 정마협이 아직 두 제자에게 수라환경을 전하지 못했다는 말에 같이 안도의 한숨을 짓는 사람들을 바라보며 염두를 굴렸다.

'하지만 뭔가 석연치가 않아. 천하의 능구렁이가 설마 여기 모인 대다수 사람들의 생각이 어떤 것인지도 모르고 수라환경을 익힐 제자를 키우겠다고 공공연하게 선언을 한단 말인가?'

노인은 다시 주변의 표정들을 살피고는 깊은 생각에 잠겼다.

"구배지례!"

광장 앞 높은 계단 위에서는 두 명의 젊은이가 정마협에게 사제지간의 예를 올리며 정해진 순서대로 격식이 거행되었다.

"와!"

"와—"

쌍둥이가 아직 수라환경을 익히지 않았다는 사실에 고무된 야망 큰 사람들도 이젠 진심으로 기뻐하는 표정을 지으며 축하해 주었다. 물론 기쁨의 의미야 전혀 다르겠지만…….

"쌍둥이들이 정말 수라환경을 익힐 수 있을까요?"

사제결연의 예가 끝나고 장내에 운집했던 많은 사람들이 제각기 모여 앉아 잔치판을 벌였다. 그리고 그 잔치판 한쪽 구석에서 몇 개의 눈빛들이 은밀히 번득이고 있었다.

"글쎄… 워낙 예측 못할 이무기 같은 인간이니 자기 말대로 십 년 동안 그 방법을 찾아냈을지도 모르지."

옆에서 술잔을 들이키던 한 노인이 지그시 눈을 감으며 답했다.

"뭔가 흉계가 있을 것 같습니다."

"어떤 면에서 말인가?"

중년인의 말에 노인이 빙긋 미소를 지으며 말했다. 그 표정에는 이미 자신도 그 정도는 생각하고 있다는 의미가 담겨 있었다.

"그러니까……."

노인의 그런 미소에 자신을 얻은 중년인이 말을 하려다 저만치서 우스꽝스런 모습으로 걸으며 다가오는 노인을 보고 입을 다물었다.

"아이구, 연 노형! 어찌 이런 구석 자리에서 어린애들과 술을 마시고 있는 것이오?"

우괴 우승곽이 기괴하게 얼굴을 찡그리며 연우백(燕宇栢)에게로 다가왔다.

'이 늙은이가?'

연우백 옆에서 어린애로 전락한 중년인들이 사나운 표정을 지었다.

"얼씨구! 이놈들이 어디다 눈을 부릅뜨는 것인가? 한번 해보겠다는 거야, 뭐야?"

우숭곽이 소매를 걷어 올리며 길길이 날뛰자 사나운 표정을 짓던 중년인들이 소태 씹은 표정을 지으며 시선을 내렸다. 천마성의 장로인 이 늙은이는 성주 갈문혁도 혀를 내두르며 머리를 흔들게 하는 사람이었다. 그런 만큼 똑같이 상대했다가는 며칠 동안은 신주단지가 들썩거려야 할 것이다.

"케헤헤! 겁은 나는 모양이구나. 하긴 첫사랑에 실패만 안 했어도 네놈보다 몇 살은 더 먹은 아들 놈이 있을 것인데 아무리 막돼먹은 놈이라도 끝까지 눈을 똑바로 뜨고 쳐다볼 수야 없는 것이지. 암암!"

눈을 내리고 있는 중년인을 보며 우숭곽이 승리감 가득한 소리를 질렀다.

"똥이 무서워 피하나……."

우괴의 뒤통수 쪽에서 들릴 듯 말 듯한 소리가 흘러나오자 득의양양했던 우괴의 표정이 대번에 구겨지며 황소라도 한주먹에 때려잡겠다는 기세로 신형을 돌렸다.

"어느 놈이냐? 순순히 자수하면 몇 군데 분질러 놓는 것으로 그치겠다!"

우괴가 나지막이 으르렁거리며 뒤쪽에 앉아 있는 중년인들을 차례로 쳐다보았다.

"네놈이더냐?"

"생사람 잡지 마시오, 우 장로. 내가 미쳤소, 우 장로에게 그런 말을 하게?"

한 중년인이 손을 내저으며 다급성을 질렀다. 하는 짓은 영락없이 노망 든 노인이었지만 그 칼은 결코 그렇지 않았기 때문이다.

몇 년 전 비무를 하러 온 애송이 젊은이에게 자신의 유마칠검의 초식을 깡그리 도둑맞은 이후, 근 일 년을 더 숙소에 틀어박혀 초식을 보완하고, 칼을 닦은 지독한 노인인지라 그 칼은 겁이 날 수밖에 없었다.

"그럼 누구냐? 오가 애송이, 네놈이냐?"

유괴의 눈길이 오문기(吳文基)에게로 쏘아져 갔다.

"어허, 참! 노선배도, 내가 언제 남의 뒤에서 욕이나 하고 다닙디까? 할 말 있으면 면전에서 하지. 그리고 나도 이제 환갑을 바라보는 나인데 애송이가 뭐요?"

오문기가 인상을 썼다.

"그렇지! 네놈이야 뒤에서 남을 욕하는 인간은 아니지. 그런데 말이야, 개는 주인을 닮는다는 말이 있지. 주인이 이쪽저쪽 눈치만 보며 기회를 노리는 박쥐 같은 인간이면 개도 똑같이 못 믿을 놈으로 넘어가는 것이지!"

"뭐라구요? 이건 너무 심하지 않소, 노선배?"

마침내 오문기가 자리를 박차고 일어섰다.

그러나 오문기의 다음 행동은 연우백의 보일 듯 말 듯한 손동작에 의해서 간단히 제지되었다. 도저히 참을 수 없을 만큼 분기탱천한 모습으로 자리를 박차고 일어서던 오문기의 행동을 그런 미세한 손놀림으로 제지하는 것으로 보아 오문기가 연우백을 어떻게 생각하는지 짐작할 수 있었다.

'으음!'

연우백의 미세한 손놀림과 그에 따른 오문기의 행동 변화를 놓치지 않은 우승곽이 아무것도 못 본 척, 시선을 슬쩍 다른 곳으로 돌렸다. 그러나 방금 자신이 본 두 사람의 행동은 천마성 내 서열로는 결코 일어날 수 없는 이상한 상하 관계였던 것이다. 최근 들어 곳곳에서 그런 기운들을 감지하고 이곳저곳 들쑤시며 다닌 보람이 있는 것이다.

"이거 왜 이러시오, 우 노형! 연세도 지긋하신 분이 매일 그렇게 아랫사람을 들볶으면 노년이 외로워지기만 한다오. 그러지 말고 술이나 한잔하시오."

연우백이 술잔을 들어 우승곽에게 내밀며 분위기를 부드럽게 만들었다. 그러자 우괴도 더 이상은 트집을 잡지 못하고 연우백이 내민 술잔을 받았다.

"이거 연형의 술까지 다 받다니… 내일은 해가 서쪽에서 뜰 것 같소!"

우괴가 술잔을 냉큼 비우고는 연우백에게 내밀었다.

"하하! 종종 이런 자리를 만들어야 하는데… 내 불찰이 크오. 오늘 저녁 같이 한잔하시고 그간 서운했던 점이 있었다면 다 풀어버립시다."

연우백이 만면 가득 인자한 미소를 지으며 연신 권커니 잣커니 술잔을 돌렸다.

"크흠! 뭐, 연형이 그렇게 나오니 내가 좀 부끄러워지는구려. 연형 말대로 이런 자리를 자주 만들고 재미있는 일 있으면 이 노인네도 좀 끼워주시구랴!"

우승곽이 많이 누그러진 표정으로 몇 잔 술을 더 비우고 자리를 떴다.

"저 노인네가 뭔가 눈치를 챈 걸까요? 요즘 들어 부쩍 우리에게 시비를 거는군요."

옆에 있던 중년인이 우괴가 사라진 방향을 쳐다보며 말했다.

"저 노인네야 이곳저곳 돌아다니며 시비거는 것이 취미가 아니오?

괜한 걱정은 할 필요 없을 것이오."

오문기가 아직도 분이 풀리지 않는다는 표정으로 씩씩거렸다.

"괴팍하고 예측 불허의 행동을 하지만 나름대로 냄새는 잘 맡는 인간이지. 우리 행동에서 뭔가 이상한 냄새가 풍긴 모양이니 앞으로 각별히 주의하도록 해라.

"명심하겠습니다!

연우백의 말에 옆에 있던 중년인들이 가볍게 목례를 하며 연우백을 배웅했다.

"흐흠!"

술자리를 파하고 연우백이 향한 곳은 마구간이었다.

말에 대한 그의 애정은 온 천마성이 다 아는 사실로 별일이 없는 한 하루에 꼭 한 번씩은 이렇게 자신의 애마 곁으로 와서 손수 말갈기를 다듬고 쓰다듬으며 반 시진 이상을 보낸다. 그것은 거의 빠지지 않는 그의 일과이기에 이젠 오히려 그런 모습이 보이지 않으면 천마성에 큰 변고가 생긴 것으로 여겨질 정도였다. 그러나 그런 말에 대한 그의 광적인 애정에 가장 고초를 겪고 있는 사람은 바로 마사의 모든 잡일을 담당하고 있는 마노(馬奴)였다.

남들은 하루를 정리하고 허리를 펴며 휴식을 취할 준비를 할 시간에 마노는 하루 중 가장 긴장된 심정으로 연우백을 맞아야 한다. 자칫 잘못되어 연우백의 애마에게 무슨 일이 일어나던지, 주변이 정결하지 못하다면 그날 저녁 마노는 말채찍 세례를 받아야 하는 것이다.

때때로 다른 장로 급들 인물들이 나서서 말리기도 했지만 말에 대한 광적인 그의 애정은 식어들 줄을 몰랐다. 아니, 요즘 들어서는 그 애정이 더욱 깊어가는지 마사에서 보내는 시간이 예전보다 더 길어졌고, 그로 인해 잔뜩 굽은 허리를 더욱 굽힌 마노만 고생문이 훤히 열린 것이다.

"아이구, 아가씨! 소인 놈을 죽이실 작정인가요?"

연우백이 마사에 다가왔을 때, 연우백보다 한발 앞서 마사를 찾은 손님이 있었고 그로 인해 마노가 곤혹스런 표정으로 연신 죽는시늉을 하고 있었다.

"연 장로님에게는 내가 잠시 빌려갔다고 하면 될 것 아닌가요? 설마 내가 말 한 마리 빌려갔다고 연 장로님이 마노를 어찌하겠어요?"

"연 장로님이 문제가 아닙니다. 아가씨가 또 말을 타고 천마성 밖으로 나간 것을 주모님께서 아신다면 소인, 살아남지 못합니다."

마노가 애원을 하다시피 말고삐를 잡고 매달렸다.

"할머니는 매일 그 말씀이지요. 말만한 처자가 하시면서……."

갈미란이 아미를 찡그리며 지겹다는 표정을 지었다.

"하지만 말이라도 타고 한 바퀴 바람을 쐬지 않는다면 이 복마전에서 숨이 막혀 어떻게 살아간단 말이에요? 죽을 때 죽더라도 나갈 거예요."

"아이고, 아가씨……."

마노가 죽는소리를 내다가 다가오는 연우백을 보고 얼른 고개를 숙였다.

"천마성의 무법자께서 무슨 심사가 뒤틀리는 일이 있기에 또 이러시나?"

연우백이 빙그레 미소를 지으며 갈미란을 쳐다보았다.

한때는 무공을 가르쳐 달라고 온 천마성을 돌아다니며 뭇 노괴들을 귀찮게 하더니 요즈음은 틈만 나면 말을 타고 천마성 밖으로 나가려 했다. 다 큰 처녀가 매일 말을 타고 밖으로 나돌아다닌다며 기겁을 한 소씨 부인이 엄명을 내렸지만 큰 효과를 거두지는 못했다.

"잘 오셨어요, 연 장로님! 저놈 설아 좀 빌려주세요."

갈미란이 금방이라도 말에 올라탈 기세로 말했다.

"하하! 설아를 빌려주는 것이야 어려운 일이 아니지만 그 뒷일을 어찌 감당하려고 그러느냐?"

"그야 뭐… 연 장로님과 마노만 비밀을 지켜주시면 되지 않나요?"

갈미란이 입을 삐죽거렸다.

이젠 스무 살이 넘은 처녀가 되었지만 응석받이로 자라서인지 때때로 그녀의 대책없는 말괄량이 같은 행동은 주변 사람들을 난처하게 했다.

"이 천마성 식구가 몇인데 우리 둘만 입을 다문다고 비밀이 지켜진단 말이냐? 무슨 일이기에 어둠이 내리는 이 시간에 말을 타려고……."

연우백이 인자한 미소를 지으며 갈미란을 달래려 했다.

"그냥 갑갑해서요."

갈미란이 건조한 음성으로 답하고 연우백이 시선을 피했다.

"이렇게 넓은 천마성이 갑갑하다니? 웬만한 마을보다 더 큰 곳이거늘……."

"크기만 하면 뭐 해요. 사람 사는 곳 같은 느낌이 들어야죠."

갈미란의 목소리가 점점 더 날카로워졌다.

"허허! 그럼 이곳에 있는 사람들은 뭐란 말인가? 모두 짐승이란 말인가?"

연우백이 웃음이 좀 더 짙어졌다.

“짐승은 아니죠. 하지만 짐승보다 더 흉측한 본심을 감춘 사람들만 득실거리죠.”

갈미란의 말에 연우백의 표정이 흠칫 굳어졌다가 다시 웃음을 띠었다.

“백도에서도 존경을 마다 않는 성주님께서 들었다면 많이 섭섭할 말이구나. 허허허!”

연우백이 너털웃음을 터뜨리며 갈미란을 쳐다보았지만 갈미란의 표정은 어쩐지 더욱 냉랭해졌다.

“전 이젠 천마성이 싫어요. 할아버지도 마찬가지고……. 정마협이란 칭호로 만인의 존경을 받지만 마도인을 사부로 모시고 싶지 않다는 말 한마디에 며칠 동안 간을 빼어줄 듯 다정하게 대하던 사람을 피떡으로 만들어 내쫓았지요. 그것이 마도의 한계이겠죠.”

“허어!”

연우백이 한 말을 찾지 못하고 잠시 한숨을 내쉬었다.

“말이나 빌려주세요!”

갈미란이 다시 재촉했다.

“그럼 이렇게 하자꾸나. 오늘은 내가 할 일이 좀 있으니 내일 낮에 나와 함께 직접 말을 타고 나가자꾸나. 아무래도 밤보다야 낮이 낫지 않겠느냐? 그럼 할머님도 뭐라 못하실 것이야. 그러지 않고 지금 내 말을 타고 나간다면 나까지도 망령난 노인네로 몰릴 것이 아니겠느냐?”

연우백이 대안책을 제시하자 갈미란이 고개를 들었다.

“정말 내일 연 장로님께서 동행해 주실 거죠?”

“그럼! 대천마성의 장로나 되는 사람이 한 입으로 두말할 리야 있겠느냐?”

연우백이 인자한 표정으로 다짐하자 갈미란이 말고삐를 놓았다.

“그럼 내일 봐요, 연 장로님.”

갈미란이 새침하게 돌아서서 걸음을 옮겼다.

“허허! 이젠 할아버지 소리는 아예 잊어버린 모양이구나.”

연우백이 허전한 목소리로 웃었다.

우괴 우승곽을 비롯해 천마성의 모든 노괴들에게 할아버지라 부르며 갖은 아양으로 무공을 가르쳐 달라던 갈미란은 언제부터인가 그런 행동을 일체 하지 않고 할아버지란 호칭 대신 공식 명칭을 불렀다. 그리고 냉랭한 기운이 차츰 짙어졌다.

“그건 성주가 그놈을 내쳤을 때부터이지!”

이제껏 굽신거리고 있던 마노의 음성이 나지막하게 흘러나왔다.

비록 굽신거리는 모습과 허리를 잔뜩 구부린 자세는 좀 전과 조금도 변하지 않았지만 목소리에서 뿜어져 나오는 위압감은 전혀 딴사람인 듯했다.

“그, 그런가요……? 그렇군요!”

그와 함께 이제껏 당당하던 연우백의 목소리도 백팔십 도 다르게 흘러나왔다. 물론 마노를 엄하게 굽어보는 표정은 조금도 변하지 않았지만 그 목소리는 자신이 섬기는 사람 앞에서 조심스럽게 울려 나오는 충복의 목소리였다.

“그때 그놈을 마음에 두고 있었던 모양이군요, 저 아이가?”

연우백이 다시 조심스럽게 입을 열었다.

“그렇다고 봐야겠지. 그런 놈을 자기 할아버지가 그렇게 내치는 것을 본 후부터 마도에 대해 환멸을 느끼고 있는 것이지. 후후……!”

마노가 허리를 잔뜩 굽힌 자세로 연우백의 뒤를 따르며 나직한 웃음을 흘렸다. 주위에서 누군가가 본다면 분명 연우백의 호통이 있지나 않을까 전전긍긍하는 노인의 모습이었지만 실상 두 사람 사이에서는 정반대의 인간관계가 나타나고 있었다.

"오늘 일에 대해서 더 알아낸 것은 없느냐?"

여전히 허리를 굽힌 마도가 이젠 완전히 수하를 부리는 목소리로 연우백에게 질문했다.

"이렇게 갑작스럽게 제자를 결정할 줄은 미처 생각 못했습니다. 모두들 뒤통수를 한 방 맞았다는 표정으로 어안이 벙벙해 있습니다."

연우백 역시 얼떨떨한 표정으로 마노의 질문에 답했다.

"영감이 드디어 전쟁을 선포한 것이다."

잠시 생각에 잠겼던 마노가 단호하게 한마디 했다.

〈제5권 끝〉